성공으로 가는
유일한 길
─────────
냄비보다
뚝배기의 삶

냄비보다 뚝배기의 삶

초판인쇄	2017년 12월 11일
초판발행	2017년 12월 15일

지은이	성남주
발행인	조현수
펴낸곳	도서출판 더로드
마케팅	최관호 최문순 신성웅
편집교열	맹인남
디자인 디렉터	오종국 Design CREO

ADD	경기도 고양시 일산동구 백석2동 1301-2
	넥스빌오피스텔 704호
전화	031-925-5366~7
팩스	031-925-5368
이메일	provence70@naver.com
등록번호	제2015-000135호
등록	2015년 06월 18일
ISBN	979-11-87340-56-0-03810

정가 15,000원

성공으로 가는
유일한 길
————
냄비보다
뚝배기의 삶

성남주 지음

도서
출판 **더 로드**
The Road Books

"성공을 향한 인내와 끈기"

성공은 자신의 자존감을 높여주고 끊임없이 많은 행복과 만족을 가져다준다.
인간은 누구나 성공을 원한다. 신념은 무엇을 하는데 필요한 힘이라고 할 수 있다.
일을 하는데 원동력을 제공해준다.

성공을 원하는 것은 모든 사람의 바램이
다. 그런데도 쉽게 성공에 이르지 못하고, 힘들어 하기도 한다. 성공
에 이르는 방법을 몰라서 헤매는 경우가 많다. 성공하는 사람들은 미
래에 대한 목표를 긍정적이고 명확하게 세운다. 세운 목표는 어떤 고
통과 어려움이 닥치더라도 밀고 나가는 인내와 끈기를 갖고 있다. 또
한 꼭 실현하고 말겠다는 신념을 버리지 않는다. 뚜렷한 목표를 세웠
으면, 어떠한 어려움과 난관이 있어도 좌절하지 않고, 인내와 끈기로
밀고 나간 사람이 성공을 일구어 낸다. 힘들다고 말하는 대부분은 정
말 못하는 것이 아니다. 안 하니까 힘들어하고 못 하는 것이다. 일단
목표를 설정하였다면, 일을 끝장 보겠다는 각오를 다져야 하고, 인내
와 끈기로 끊임없이 자신을 채찍질해야 달성할 수 있다. 목표에 대한

의지와 집념을 불살라야 한다. 인내와 끈기가 없는 사람은 꿈을 이루겠다는 욕심을 가질 수 없다. 모든 일에 집요하고 끈질긴 성격은 성공의 보증수표이기 때문이다. 권력과 돈은 인내심이 강하고 집념이 있는 사람을 좋아한다. 도전에는 최고가 되기 위해 스스로 동기를 불어넣고, 인내와 끈기를 갖고 최선을 다하는 노력이 있어야 성공에 이른다.

많은 위대한 업적은 밤새 이루어지지는 않는다. 우연히 이루어진 것처럼 보이지만, 수많은 고통을 이겨내면서 이루어진다. 처음부터 큰 성공으로 이루어지는 경우는 많지 않으며, 작은 성공들이 모여서 때가 되면 큰 성공으로 만들어진다. 성공으로 만들어 내기 위해서는 자신이 성공할 수 있다고 믿어야 한다. 성공할 수 있다는 신념을 가져야 한다. 반드시 성공할 수 있다는 신념이 필요하다. 성공이란 괴로움이나 두려움, 고통, 실패로부터의 자유로움을 의미한다. 성공은 자신의 자존감을 높여주고 끊임없이 많은 행복과 만족을 가져다준다. 인간은 누구나 성공을 염원한다. 성공한 사람들의 놀랄 만큼 탁월한 성공을 거둔 것에 또 다른 공통점이 있다. 그것은 바로 힘이다. 힘은 삶을 변화시키고, 세상을 보는 눈을 새롭게 하며, 자신을 위해 어떤 일을 뜻대로 만들어내는 능력이다. 진정한 힘은 함께 나누는 것이지 강요하는 것이 아니다. 힘은 나 자신이 결과를 정확히 만들어 내는 능력이다. 그러기에 우리는 자신의 힘을 믿어야 하고, 그 힘을 통해서 성공할 수 있음을 믿어야 한다.

인내와 끈기는 인간의 가장 위대한 특성 중 하나이다. 성공으로 가는 유일한 길은 인내와 끈기이다. 인내와 끈기를 가지고 목표를 향해 무심하게 노력을 해야 한다. 끈기와 인내는 천부적인 재능을 능가한다. 성공을 위해서 가는 길에는 끊임없이 우리의 의지와 결심을 시험받는다. 그렇기에 결심은 꾸준히 지속하여야 한다. 결심과 결단을 통해서 확정되고 신념으로 만들어진 목표는 어떠한 고난과 역경도 이겨나가야 한다. 이렇기 위해서 인내와 끈기는 성공의 필수 요건이다. 그렇기에 인내와 끈기는 인간이 겪어야 할 최고의 가치이다. 성공으로 가는 유일한 길은 참고 견디는 힘인 인내와 끈기이다.

운을 이야기할 때에 끌어당김의 법칙을 많이 인용한다. 끌어당김의 법칙이란 어떤 바람이나 대상에 대해 생각하면 그 일이 실제 일어날 가능성이 높아진다는 것을 의미한다. '간절히 바라면 이루어진다.' 는 긍정적인 생각의 중요성을 역설한 것이다. 필자는 성공으로 가는 공식을 전하려 한다.

　첫 번째, 운이 있다고 믿어라
　두 번째, 원하는 바를 명확하게 하라
　세 번째, 꾸준하게 지속하되, 한 방법에 집착하지마라
　네 번째, 평생학습 태도를 가져라
　다섯 번째, 자신의 직관을 믿어라.
　여섯 번째, 성공할 수 있다고 믿어라
　일곱 번째, 인내와 끈기를 가져라

　무엇인가를 성취하고 싶은 강한 염원을 가지고 노력하는 사람은 자신이 의식하든, 의식하지 못하든, 우주의 에너지를 끌어오고 있다는 것이다. 우주의 에너지를 끌어당겨서 성공으로 이룰 수 있도록 끈기 있게 인내하면서 노력하고 정진하는 경험을 전하고 싶다.

2017년 11월

저자 성남주

Contents | 목 차

CHAPTER

01

• • •

제1장

견디지 못하면 이룰 수 없다

"성공의 가장 큰 요소는 끈질긴 인내다.
오랫동안 큰 소리로 문을 두드리면
반드시 누군가를 깨울 수 있다."고 말했다.
그러기에 목표를 달성하기 위해서는
참고 견디는 힘인 인내가 필요하다.

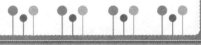

평탄한 삶은 없다

하루하루의 일상을 살아가는 사람들이 평온하고 행복하게 살아가는 것처럼 보인다. 넉넉하지는 않아도 별 모자람 없이, 어렵지 않고 풍족하게 아무런 걱정도 없이 사는 것처럼 느껴진다. 세상사람 모두가 행복한 삶을 살아가는데, 나는 왜 힘들고 어렵게 살아야 하나하는 고민을 할 때도 있다. 삶이 지치고 힘들 때 사람들의 모습이 그렇게 보였을 것이다. 다른 사람들의 삶을 직접 들여다볼 기회가 없기에, 모두가 잘살고 있는 것처럼 보이는지도 모른다.

새롭게 개설한 강의에 들어가기 전 수강생들과 자신을 알리는 시간을 갖는다. 아무런 형식 없이 자기를 소개하는 시간이다. 서로 서먹함을 없애기 위한 라포(rapport)의 시간이다. 대체로 참석자들은 평탄하게 살아오신 것처럼 보인다. 한 사람 한 사람의 이야기를 나누어 가면서 사연이 없는 사람이 없다는 것을 알게 된다. 어릴 때 궁핍하게 살았던 이야기에서부터 경제적 문제로 부모님이 하루도 조용할 날이 없이 부부싸움 했었다는 이야기를 비롯한 경제적인 어려움으로 학교를 포기해야만 했던 이야기, 사업에 실패해서 어렵게 지냈던 이야기 등을 본인이 이야기하지 않으면 모를 이야기들을 서로 나누며 마음을 열어간다. 순탄하게 살아온 것처럼 보이는 것과는 다르게 힘들었던 경험을 자신의 입을 통해서 듣게 된 것이다. 그중 한 분은 젊었을 때부터 집념이 강해 총각 시절부터 경제관념이 남달라 젊었을 때부터 아껴 쓰고 저축하여, 자그마한 가게를 시작으로, 그 가게를 밑거름으로 해 사업으로 연결해 꽤 크게 사업을 일구기까지 했다. 그렇게 잘 성장하던 회사가 한 번의 의사결정 실수로 부도처리 되었고, 신용불량자로 전락하고 말았다. 개인 파산선고를 통하여 본인은 신용불량자가 되고 만 것이었다. 결국에는 자신의 명의로는 아무것도 할 수 있는 것이 없게 되어, 고생을 수없이 했다고 한다. 부인의 이름으로 사업의 재기를 노리고 있다고는 하지만 아직도 그 충격에서 완전히 헤어 나오지를 못하고 있는 것 같아서 안타까웠다. 재기의 성공이 눈앞에 보인다고 희망찬 말씀을 하지만, 힘든 삶의 여정을 느낄 수 있었다. 참석자들 개개인의 이야기를 들으며, 큰 굴곡 없이 살아온 사람이 있지만, 순탄하지 않은 삶에 대한 이야기도 듣게 되었다. 보이기에는 아무런 문제없이 평범하게 사는 것처럼 보이지만, 보통의 사람들이 평탄하게만 살아가고 있지 않다는 것을 알게 되었다.

　새 정부가 집권하면서 각 부처를 이끌고 갈 장 차관 후보의 추천과 인사청문회로 시끄럽다. 국무총리 후보자를 포함하여 고위공직자들의 삶을 우리는 청문회를 통하여 엿볼 기회를 가졌다. 아주 청렴하게 살아온 것처럼 하시던 분들의 삶도 별다르지 않았다. 세금탈루에 병역문제, 위장전입에 부동산투기, 논문표절 등 이전의 정권과 하나도 다를 바가 없는 후보가 추천되었다. 그렇게 목청 높여서 배제하고 청산하겠다던 비리 연루자들을 중용하겠다고 추천해 놓고, 청문회를 통과시켜 주지 않고 발목을 잡는다고 새 정부는 볼멘소리를 한다. 정치의 잘 잘못을 논하자는 것은 아니다. 국민들을 이끌고 갈 리더들의 삶도 평탄하지만은 않았다는 것을 말하고 싶다. 우리가 보기에는 아주 모범적으로 살아왔을 것 같은 사람들의 삶도 평탄하지만은 않았다는 것이다. 경제적인 어려움만 굴곡이 아니다. 살아오면서 사랑에 대한 굴곡, 명예에 대한 굴곡, 가치관에 대한 굴곡 등 대부분 사람들이 평탄한 삶을 살기가 쉽지가 않음을 알게 한다. 생각이나 주관에 대한 변화도 굴곡이라고 볼 수 있다. 언론을 통해서 보는 사람들 또한 평탄하게 사는 사람이 많지 않은 것 같은데, 가슴속에 담아놓고 말 못하는 사람들의 삶에 대한 굴곡은 어떠하겠는가? 세상 어떤 사람의 삶이라도 평탄한 삶을 살기가 쉽지가 않다는 것이다. 재벌 2세로 금수저를 입에 물고 태어난 사람도, 권력의 중심에 있는 판검사도, 모든 것을 본인의 생각대로 움직일 수 있는 권력자도 평탄하게 살아온 삶만 있는 것은 아니라는 것이다.

필자는 심한 굴곡 없이 살아오고 있기는 한데, 보기에 따라 다르게 볼 수 있다. 먹을 것 없던 어려운 시절에 유년기를 보냈지만, 굶지는 않고 살았다. 정상적으로는 고등학교도 진학할 형편이 못 되었지만, 어찌했던 대학원 박사과정까지 공부를 마쳤다. 누가 봐도 겉으로 보기에는 아주 평범하고 순탄하게 삶을 사는 것처럼 보일 수 있다. 죽을 고비를 넘겼거나, 인생을 포기해야 할 정도의 어려움을 겪으며 살아온 것도 아니다. 하지만 개인적으로 나를 혹사한 것까지 평탄하다고 볼 수 있는가 하는 문제이다. 모든 사람이 다 그렇게 사는 것이 아닌가? 하고 묻는다면 할 말은 없다. 그렇지만 내가 살아온 삶을 돌이켜보면 한순간도 여유롭게 살았던 날이 없었다는 것이다. 새벽 일찍 일어나서 온종일 나를 혹사했던 것을 평탄하게 살았다고 보기는 어렵겠다. 큰 기복은 없이 살아왔고, 살아가고 있지만, 평탄한 길만 걸어온 것은 아니다. 기복이 없다는 것도 어느 범주에서의 기복을 말하느냐에 따라 다르다. 보통의 이상이 아닌 평범함의 아래쪽에서 큰 기복이 없었다는 것이다. 큰 부를 가져보지 못했기에 크게 잃을 것도 없었고, 높은 명예를 가져보지 못했기에 명예에 타격을 입을 정도의 추락할 일도 없었다. 그냥 보통 사람으로서 가끔은 부족함을 즐기며 살아왔다고 할까? 그런데도 가끔 나만 힘들고 어렵다고 생각이 드는 경우가 종종 있다. 금수저가 부럽고 시기의 대상이 될 때도 있다. 하고 싶은 것을 마음대로 할 수 없었음이 원망스러울 때도 있었다. 그림을 계속하고 싶었지만, 손을 놓을 수밖에 없었던 상황, 공부를 제때 할 수 없어서 밤중에 힘들게 해야만 했었던 상황을 원망도 했던 적이 있었다. 하지만, 나보다도 더 힘든 상황에서 생활하고, 어려움을 극복해 오고 있는 사람들도 많은데, 내가 힘들고 어렵다고만 넋두리하자는 것이 아니라 평탄하지만은 않은 삶을 살았다는 것이다. 등산을 좋아하는 사람들은 세상이 너무 평탄하면 등산의 즐거움을 느낄 수 없기에 평탄하면 안 된다는 농담도 한다. 못생긴 사람이 있어야 잘난 사람이 빛나 보이고, 공부 못하는 친구가 있어야 공부 잘하는 친구 우러러 보인다. 느린 사람이 있어야 빠르다는 것을 알 수 있고, 궁핍한 사람이 있어야 가진 사람들의 여유가 부럽게 보인다. 많은 것을 가지려고 욕심 부리다가 망하는 사람이 있어야 없어도 소박하게 살아가는 삶이 행복하다는 것을 알게 된다.

아직도 생사의 정보가 불투명한 이건희 회장을 보자. 금수저를 물고 태어나서 남부럽지 않게 한세상을 살아온 사람이다. 부의 축적으로는 우리나라에서 최고라고 해도 틀리지 않을 정도로 아주 순탄하고 부유한 삶을 살아왔을 것이라고 우리는 생각한다. 하지만 그 사람의 삶을 들여다보면 그렇지 않다는 것을 알 수 있다. 아버지인 고 이병철 회장이 사업으로 인해 자주 이사를 다녔기에 전학도 자주 했다. 친구를 사귈만하면 전학을 하게 되어 친구를 가깝게 사귈 여유가 없었다. 초등학교 5학년 무렵엔 일본으로 유학을 가게 되었고, 유학 생활은 더 혼자 있는 시간이 많아졌다. 자연스럽고 당연하게 홀로 견뎌야 했던 타국생활의 외로움을 달래기 위해서 영화에 몰입하고, 애완견을 좋아하게 되었다. 어린 나이의 이건희에게 타국 생활은 무척 힘이 들었던 시기였다. 그런 상황에서 유일하게 소통하고 애정을 나눌 수 있는 상대가 애완견이었다. 외로움을 달래려고 영화에 몰입하고, 개에게 애정을 쏟았고, 분해하고 조립하는 일에 빠져들었다. 더욱이 전자제품에 대해 끈질기고 치밀하게 분석을 해야 직성이 풀렸다. 그것이 어린 이건희에게는 외로움을 달랠 수 있는 또 하나의 방법이었을 것이다. 이러한 환경이 이건희가 기계에 몰두할 수 있는 계기가 되었고, 남다른 애착을 갖게 된 것이다. 그러한 애착은 결국 그가 경영자로 두각을 나타낼 때 좋은 토대가 되었을 것이다. 강준만 교수는 자신의 저서인 「이건희 시대」에서 이건희에 대해 이렇게 평가한다. 이건희는 한 마디로 '어려서부터 특수한 환경에서 특수한 교육을 받고 자라났고, 그러한 극소수의 사람 중에서도 워낙 특수한 성격을 가졌기 때문에 인간에 대한 우리의 기존 지식으로는 제대로 파악이 안 되는 인물'이다. 그렇기 때문에 이건희란 인물을 한마디로 정의하는 것은 매우 어렵고 복잡한 문제라는 것을 토로하면서, 그는 기업경영의 관점에서 보면 천재가 있을 수 있다고 한다면 이건희는 천재이거나 천재에 가까운 인물일 것이라고 했다. 이건희 회장은 한번 물면 놓지 않는다고 진돗개라고 한다. 목표에 대한 집중력과 끈기는 누구도 따라잡을 수 없을 정도였다. 어떤 것이든 호기심이 생기면 직접 분해해보고, 조립해보고, 남들이 잘 보지 않는 제품을 속을 다 들여다봐야 직성이 풀리는 사람이었다. 이건희 회장의 집무실은 회사에도 있지만, 자택의 지하실에 있다. 아주 넓은 공간에 영상시스템을 갖추어 놓고, 회사에 나가서는 중요한 일만 챙기고, 집의 집무실에서 주로 시간을 보냈다. 미리 확보해둔 경쟁사의 영상 자료를 분석하거나, 궁금한 호기심을 해결하기 위해 분해하고 조립할 수 있는 연구 장비를 갖추어 놓고 집요함을 해결하는 장소로 활용했다. 어릴 때의 외로움을 달래기 위해 영화를 좋아하고, 개와 소통하고 교감을 나누고, 기계에 몰두하였던 것이 직접 경영일선에서도 계속 이어졌다. 남들이 보기에는 부럽고 존경스러운 삶이지만, 이건희 본인의 입장에서는 절대 평탄한 삶이 아니었다. 어릴 땐 친구들과 뛰어놀고 부대끼면서 살고 싶었을 것이다. 특수한 환경, 특수한 교육을 받은 것이 이건희 자신이 원했던 것이 아닐 수 있다. 정서적인 면이나 사회적인 면에서 이건희의 어릴 때의 삶은 평탄하지 못했다고 할 것이다.

세상이 불공평하다고 남 탓만 하는 경우가 많다. 기술의 변화와 세상을 변화를 읽어내고 미리미리 준비하고 대응을 해야 함에도, 정작 그렇게 하지 못하여 생기는 힘들고 지칠 일이 생기면 조상 탓을 하고, 정부를 탓하며, 세상에 책임을 떠넘기는 경우가 많다. 남 탓하고 책임을 떠넘긴다고 해결될 수 있으면 그것도 하나의 방법일 수 있다. 그러나 남 탓한다고 해결될 수 있는 일은 아무것도 없다. 남 탓으로 돌리면 돌릴수록 일은 꼬이기만 하고 풀리지 않는다. 긍정적인 생각으로 주체적인 삶으로 전환해야 한다. 네 탓에서 내 탓으로 생각을 바꾸어야 한다. 누구의 탓으로 돌린다는 것은 자신이 그 누구에게 예속 당한다는 것이다. 그 누군가가 상대방이든 조상이든, 국가이든 간에 내가 스스로 할 수 있는 것은 없다고 스스로 포기하는 행동이다. 상대가 어떻게 해주어야 만이 자신의 삶을 바꿀 수 있다는 것으로 해석할 수밖에 없다. 결론적으로 말하면 주체적으로 살지 못한다는 것을 스스로 만천하에 공표하는 것이다. 마음과 몸은 하나라고 하지 않았던가? 정신이 해이해지면 몸도 긴장을 풀어 버린다. 정신과 몸을 긴장하게 하고 튼튼히 단련해야 한다. 성공하기 위해서는 목표를 구체적이고 명확하게 설정해야 한다. 목표는 노력하지 않고도 달성할 수 있는 것이 아니다. 끈기와 인내로서 버티며 노력을 결집해야만 달성이 가능한 것이다. 시인 롱펠로는 "성공의 가장 큰 요소는 끈질긴 인내다. 오랫동안 큰 소리로 문을 두드리면 반드시 누군가를 깨울 수 있다."고 말했다. 그러기에 목표를 달성하기 위해서는 참고 견디는 힘인 인내가 필요하다. 세상 대부분의 사람이 보이는 것과는 달리 평탄하게만 사는 것이 아니라는 것을 알아야 한다. 힘든 것에 대해 환경을 탓하고, 책임을 다른 곳으로 돌릴 것이 아니라, 내 탓이오 라는 능동적이고 주체적인 사고로 바꾸어야 성공할 수 있는 기틀을 마련할 수 있다.

한꺼번에 세 가지의 일을 했던 인내와 끈기

길거리를 지나다가 20대의 젊은이들을 보면 젊음이 너무 아름답게 보인다. 나도 저렇게 풋풋한 시절이 있었던가 싶을 정도로 젊은 그 자체가 아름답다. 얼굴이 좀 못나면 어떻고, 키가 좀 작으면 어떠한가? 젊음 그 하나만으로도 충분히 아름답고 빛나는 청춘이다. 젊었을 때 연세든 할머니들이 '참 잘생겼다.' 고하신 말씀을 이제야 이해가 된다. 잘 생기지도 않았는데 왜 그런 말씀을 하셨을까 하는 의문이 이제야 풀린다. 아름답고 빛나는 청춘을 즐기는 것도 나쁘지 않은 일이다. 공부 때문에, 취직 때문에, 젊음을 모두 소진하는 것이 올바른 것만은 아닌 것 같다. 즐거움을 누리지 못하며 찌들어 살아가는 것이 어쩌면 안타까울 때가 많다. 마음의 여유를 갖고 세상을 넓게 보면서 하루하루에 최선을 다해야 하지만, 여유를 갖고 즐겁게 살아야 한다. 경쟁 사회에서 실현하기가 쉬운 것은 아니지만 간과해서도 안 된다.

　필자의 20대 시절을 되돌아볼 기회를 가져본다. 여유 있게 젊음을 즐기면서 살아왔던가? 하고 돌이켜 보게 된다. 짧은 기간이라도 청춘을 불사르면서 젊음을 만끽했던 적이 있었던가를 회상해 본다. 사회에 첫발을 내디디고 2년 정도를 아무 생각 없이 살았었다. 친구가 좋아서 어울리고, 술잔을 기울이며, 세상과 인생을 논하면서 허송세월한 적이 있다. 두 해를 보내면서 그것이 젊음을 누리는 것이 아니라는 것을 알아차렸다. 스스로 정신을 가다듬고 나서 목표를 찾게 되었다. 물론 누가 시켜서 한 것은 아니다. 스스로 결정하고 실행했기에 힘이 들어도 누구에게 힘들다고 넋두리조차 할 수 없었다. 산업화가 급속하게 진행되던 시기였기에 산업현장에 기술자가 많이 필요했다. 그러기에 산업현장에서 5년간의 근무를 하면 군대 소집을 해제시켜주는 특례보충역 제도를 정부에서 적극적으로 장려했었다. 특례보충역은 학문과 기술의 연구, 산업의 육성 또는 농어촌 보건의료제공 등의 국가이익을 위해 따로 보충역에 편입되어 방위소집 복무에 갈음하여 해당 전문분야에 종사하도록 하는 제도이다. 현재 이 특례제도는 대상자를 연구 요원·기능 요원·공중보건의사로 분류하여 운영하고 있으며 연구·기능 요원은 약 4주간의 군사훈련을 마치고, 병역특례심사위원회가 지정한 연구기관 · 기간산업체 · 방위산업체에서 지정된 근무 기간만큼 의무종사한 뒤 예비역으로 소집 해제된다. 이 제도는 기업의 우수연구요원, 산업인력 확보난의 해소에 기여하며 국가과학기술력 확충을 위한 중요한 수단이 되고 있다. 더욱이 민간연구소의 설립증대와 대규모화 및 고급연구인력 수요의 증대에 따라 병역특례제도의 적용 범위 확대의 필요성도 커지고 있다. 국가적으로 좋은 제도 이기는 하지만, 직접 제도의 혜택을 보는 사람들에게는 고충과 어려움이 함께 있다는 것이다. 혹자는 군에 가지 않고 돈을 벌 수 있으니 얼마나 좋은 제도냐고 하지만, 꼭 좋은 제도라고 장점만 있는 것은 아니다. 입대하지 않고 근무하므로 인하여 받게 되는 불이익도 많다. 군대에 입대한 것 못지않게 불이익을 감내해야 했다. 5년 동안 급여인상은 거의 이루어지지 않으며, 여차하면 그만두고 입대하라는 압박을 받았다. 온갖 힘든 어려움을 다 참고 견뎌내어야 만 28살 정도에 제대 즉, 소집해제를 받게 된다.

선 취업 후 학습제도가 요즘 진로지도의 화두로 떠오르고 있다. 선 취업 후 학습제도는 특성화고등학교로 진학하여 취업을 목표로 하는 학생들에게 적용되는 제도이다. 특성화고등학교로 진학을 하게 되면 선 취업 후 학습이라는 전형을 선택할 수 있게 되는데, 말 그대로 취업을 먼저하고 나중에 진학하는 것을 말한다. 졸업 후 산업체에서 3년간

근무를 하게 되면, 재직자 특별전형으로 좀 더 쉽게 대학에 진학할 수 있는 제도이다. 취업과 진학을 동시에 할 수 있다는 장점을 가진 제도이다. 선 취업 후 진학의 장점은 특성화 고등학교 학생들이 일반 고등학교 학생들보다 자신이 원하는 분야의 경험을 일찍 실무를 통해서 배울 수 있다는 점이다. 선 취업 후 진학을 하면 자신이 공부한 분야에 대한 실무경험과 경력을 쌓을 수 있고, 재직자의 특별전형을 통해 3년 후 좀 더 쉽게 대학에 진학할 수 있다. 진학하는데 필요한 등록금 부담도 줄일 수 있는 매력이 있다. 선 취업 후 진학에 대한 정부 지원도 있고, 앞으로는 더 많아질 것이라고 한다. 어려움이라면 야간에 학교에 가야 한다는 것이다. 일과 학습을 병행해야 하기에 몸이 아주 고달픈 것이 힘든 것이다. 학비도 회사에서 반 정도는 부담을 해주기도 한다. 시간과 비용적인 면에서 많은 도움을 받게 되고, 무엇보다도 본인이 하고 싶은 전문분야의 실무경험을 먼저 할 수 있다는 점과 취업을 걱정하지 않아도 된다는 장점이 있다. 평생학습 단과대학이 선 취업 후 학습 제도를 확산하기 위한 제도이다. 이제는 학교 다닐 때만 공부하는 것이 아니라 학습은 평생토록 해야 하기에 이러한 제도가 생겨난 것이다. 우리나라에만 있다면 논란거리가 되겠지만, 독일 등의 선진국에서는 벌써 실행되고 있는 제도이기에 우리나라에도 빨리 정착되어야 할 제도라고 본다.

회사에 다니다가 23살에 야간 대학에 입학했다. 입학과 동시에 몇 개월 차이로 특례보충역에 편입하여 회사근무와 학교, 특례보충역을 동시에 수행하게 되었다. 지금은 4주간의 기본훈련이지만, 그때는 6주간의 기본훈련을 받았었다. 기본훈련에 들어가면 훈련 조교들의 집중관리대상이 특례보충역 훈련병들이다. '야! 이 새끼들아 너희들은 6주만 받으면 끝나지만, 우리는 3년을 고생해야해! 6주도 힘들다고 징징거리는 거야!' 라고 하면서 아주 혹독하게 훈련을 시켰었다. 지금처럼 훈련을 부대에 입소해서 받는 것이 아니었고, 출퇴근하면서 훈련을 받았다. 아침에 훈련장에 들어갈 때부터 운동장을 기기 시작해서 저녁 나올 때까지 기어서 나와야 했을 정도이다. 땀과 흙 범벅인 옷을 갈아입지도 못하고 학교로 가야 했던 것이 문제였다. 공직과 은행에 근무하는 여학생들도 꽤 있었는데, 씻지도 못한 몰골로 학교에 갔어야 했으니 얼마나 창피했겠는가? 한참 멋 부릴 청춘이었는데 말이다. 그때의 고통과 창피함에 아주 힘들었던 것으로 기억된다.

학교의 공부도 지금과는 차이가 컷다. 야간수업이라고 주간의 학습시간과 하나도 다를 바 없었다. 조금의 편의도 기대할 수 없던 시대였다. 일주일에 최소 4일간 수업이 있었고, 2학년까지는 교련이라는 과목의 수업을 매주 토요일에 받아야 했었다. 그러니 일주일에 꼬박 5일은 학교에 갔었다. 온종일 서서 기계를 잡고 일을 하면 다리가 천근만근에 피로가 몰려온다. 일이 끝나기가 무섭게 상사들의 눈치를 보면서 뛰쳐나와야 했다. 밥은 먹지도 못하고 뛰어야 버스를 겨우 탈 수 있었다. 시내버스로 1시간 정도를 타고 가야 학교에 도착할 수 있었으니, 학교까지 가는 동안 대부분 잠에 곯아떨어진다. 매일 이어지는 지각에 교수님에게 야단도 많이 들었다. 상사나 선배들의 눈치를 보는 것도 힘들었지만, 그보다도 더 힘들었던 것은 토요일 교련과목의 수업출석이었다. 토요일까지 정상근무를 하던 시절이었던지라 오후에 교련수업이 있어서 조퇴해야만 했다. 토요일 아침에 출근해서 조퇴 결재를 받아야 했지만, 특례보충역 복역하면서 학교 가는 학생들에게 조퇴를 승인해주지 못하도록 방침이 내려져 있었다. 일을 마치고 학교에 간다고는 하지만, 긴급한 업무가 생기거나, 야근이 필요할 때에 작업에 투입하지 못하니 당연한 결정일 수도 있다. '회사를 그만두고 군대에 입대 하거나, 학교를 그만두고 회사를 택하든 둘 중에 선택해' 라는 이야기를 수없이 들어야만 했다. 어쩔 수 없이 결재를 해주기도 했지만, 경영진의 지시 때문에 결재를 받지 못하는 경우가 더 많았다. 어쩔 수 없이 무단 조퇴! 그것도 정문으로는 나갈 수 없으니 담을 넘어야만 하는 경우가 자주 생겼다. 회사의 담을 넘는다는 것이 회사의 규칙위반이라는 것을 모를 리가 없다. 방법이 없으니 규칙을 어기고 학교에 갈 수밖에 없었다. 각오하고 한 일이었기에 월요일 출근해서 경위서와 시말서도 수없이 적었었다. 공부하는 것이 힘들고 어려웠던 것보다 학교에 간다는 것이 힘이 들었다. 그때 인간이 가져야 할 최고의 가치인 참고 견디는 인내를 몸에 익혔던 것 같다. 그런데도 회사에서 내팽개치지는 않았던 것은 공부하려고 애쓰는 모습이 안쓰럽게 보였던 모양이다. 젊은 친구들이 배워 보려고 종종거리는 것을 보면서, 상사들도 더 독하게 할 수 없었던 것 같다. 졸업하고 몇 해가 지난 후에 당시의 과장님이 '그땐 나도 어쩔 수 없었다는 걸 알지? 정말 수고했네!' 라는 한마디에 가슴에 맺혀있던 응어리를 싹 지울 수 있었다.

내가 하고 싶어서 시작한 일이었기에 참고 견뎌 낼 수 있었다. 누군가가 내게 세 가지 일을 함께하라고 지시를 했다면 절대로 못 했을 것이다. 아니 하지 않았을 것이라 표현하는 것이 맞을 거다. 하지만 나 스스로 하겠다고 마음을 정하고 하겠다는 의지가 있었기에 참고 견디어낼 수 있었다. 누군가의 지시에 의한 것이 아닌, 스스로 하겠다는 마음을 끌어내는 것이 중요했다. 자신의 삶을 개척해 나가겠다는 주체적인 생각을 하고 있었기에 가능했었던 것 같다. 그리고 요즘 화두가 되는 코칭이 바로 그런 것이다. 누군가에게 가르쳐 주는 것이 아닌, 스스로가 하려고 하는 마음을 끄집어내도록 도와주는 것이 코칭이다. 한 번에 세 가지 일을 함께하겠다는 무모함이 스스로 결정한 것이기에 끝까지 마무리할 수 있었다. 그렇게 힘이 들 줄을 미처 몰랐었기에 가능했었다. 회사를 때려치우고 군대에 입대하려고 했던 적도 많았다. 친구 중에 몇몇은 그만두고 군대에 입대한 친구들도 있었으니까! 그런데도 해낼 수 있었던 것은 참아내는 인내심과 끈기가 있었기에 가능했다. 그때의 힘들고 어려웠던 경험이 나를 참고 견디게 하며, 목표를 세우면 아무리 어려운 과정이 있더라도 정진하는 열정의 밑거름이 되었다.

모든 성공에는 견디는 힘이 필요하다

우리나라의 경제는 급속하게 발전하였다. 1.2차 산업혁명을 제대로 느껴보지도 못하고, 3차 산업혁명의 시대를 맞이한 몇 개 안 되는 나라이다. 좁은 국토이기는 해도 곳곳에 공단이 조성되어 제조 활동에 공장이 돌아가고 있다. 근래에 들어서 그 공장들을 임대나 매매를 한다는 현수막이 자주 보이는 것에서 경기가 좋지 않다는 것을 느끼게 한다. 전 국토의 65%이상을 산이 점유하고 있고, 남은 35%의 땅을 우리가 사용한다. 농사를 짓기 위한 논과 밭을 빼고 나면 개발해서 사용하는 땅은 국토의 5%에 불과하다. 향후 개발의 여지를 남겨둔 땅이 국토의 5%정도이고 나머지는 보전하여 좋은 환경으로, 살기 좋은 나라로 만드는 것이 국가의 장기계획이다. 곳곳에 공단을 조성하여 지자체에서 세수 확보를 위해 기업 유치에 혈안이 되어있다. 새로운 공단을 조성하려고 안간힘을 쓰고 있는 것이 우리나라를 지탱하는 힘인지도 모른다. 제조 활동이 활발하게 움직여야 수출을 하고, 수출을 통해서 먹을거리를 만들어 낼 수 있기 때문이다. 나라를 지탱하는 기업이 살아야 나라가 발전하고 일자리도 만들어 주며, 국민들이 행복하게 살 수 있다. 우리나라의 중소기업은 숫자만으로는 대기업과 비교해 99.9%를 점유하고 있다. 종업원은 87.9%, 생산액은 48.3%, 부가가치액은 51.2%를 점유한다는 통계치를 본다. 중소기업과 대기업의 구분은 관련 법규에 따라 분류하는 기준이 여러 가지이다. 대기업그룹의 계열사를 제외하면 대부분이 중소기업이라 해도 과언이 아니다. 이러한 중소기업이 살아남기 위해서는 경쟁력을 확보하여야 한다. 경쟁력을 확보하지 못하면 어려운 경영환경에 직면하게 된다. 대기업의 단가인하 요구로 가격은 지속해서 떨어지고, 물가 및 인건비 상승으로 이익구조가 악화 일로로 치닫고 있다. 또한, 최저임금의 상승으로 인건비의 부담은 감당하기 어려운 정도이어서 경영의 위기에 빠져들고 있다. 돌파구를 찾지 않으면 생존할 수 없을 정도로 경영환경이 나빠지고 있음이 현실이다. 그런데도 포기하지 않고 기업을 경영하고 있는 중소기업의 경영인을 애국자라고 하지 않을 수 없다.

지인이나 친구 중에 중소기업 경영으로 성공한 사람들이 있다. 가까운 친구의 이야기를 해보자. 같은 공업고등학교를 졸업하고 울산의 큰 자동차 회사에 실습생으로 취업을 나갔던 친구이다. 당시에는 자동차 시장의 경기가 좋지 않아 실습 이후에 채용되지 못하고 모두 귀가 조처를 받았다. '될성부른 나무는 떡잎부터 알아본다.'고 했던가? 크게 될 사람은 어릴 적부터 남다르다는 뜻으로, 좋은 결과가 기대되는 일은 처음부터 잘됨을 비유적으로 이르는 말이다. 이 친구가 그랬었다. 실습 기간이 끝났음에도 집으로 돌아가지 않고, 인근의 중공업 회사 정문으로 출근을 했다. 매일 아침 정문으로 출근해선 '내가 벌어야 우리 부모님에게 효도할 수 있다고 출근할 수 있게 해 달라'고 부탁을 했단다. 그렇게 한 달을 정문 경비실로 출근해서 그 회사에 취직했던 친구이다. 군대에 입대하여 군 복무를 마치고 제대 후의 취직자리를 구할 때도 남달랐다. 창원의 모기업에 면접을 보고 나서 귀가하지 않고 면접관을 다시 만나러 면접장에 들어갔다고 한다. 왜 다시 들어왔느냐는 면접관의 질문에 '회사가 마음에 들어서, 내일 면접 볼 대기업에 가지 않으려고 하는데, 저 합격했습니까?'라고 질문을 했다고 한다. 면접관들이 어이가 없어서 허허 웃으시면서 좋은 소식 있을 터이니 집에 가서 기다리라고 해 취업을 했던 친구이다. 나중에 안 일이지만 면접관 중에 대표가 있었는데, 그 대표의 눈에 들어 입사 후 많은 지원과 관심으로 기술을 배울 기회를 얻었다 한다. 해당 분야에서 국내에서는 최고로 인정받을 정도의 기술을 배우게 된 계기가 면접 때 좋게 찍힌 것 때문이라고 스스럼없이 이야기하는 친구이다.

그러다가 우연한 기회에 다니던 회사의 전폭적인 지원을 받아서 창업했다. 모든 창업자금을 회사에서 장기로 빌려주었다. 친구가 가진 기술로 일본에서 사들이는 금액의 1/3도 안 되게 직접 기계를 만들어 제품을 생산하여 납품하는 것으로 사업을 시작했다. 사업을 시작할 때부터 가까이에서 봐왔는데 초기에는 상당히 큰 이익을 남겨 돈을 벌었었다. 기계 1대로 시작하여 소규모경영이기에 매출액은 크지 않았지만, 남는 이윤은 상상을 초월했었다. 임대공장에서 시작하여 땅을 사 공장을 지어서 이사를 하고, 설비를 투자하고, 인력을 충원하면서 나날이 발전하였다. 동문이나 친구 중에도 성공한 사업가로 명성이 높았다. 공장이 협소하여 바로 옆의 공장을 사서 확장을 하고, 그래도 비좁아서 넓은 땅을 확보하여 확장 이전하였다. 거침없이 발전하고 성장하는 친구를 보면서 부러움을 느낄 때도 많았었다. 친구는 기술력과 영업력에 탁월한 능력을 갖추고 있었다. 무엇인가에 한 번 몰입하면 해결할 때까지 놓지 않는 끈기가 있었다. 문제를 풀지 않고서는 퇴근하지 않고, 잠도 자지 않을 정도의 집요함이 사업가로서 친구를 성공으로 이끌었었다. 하지만 주변에서 보는 사람들은 친구가 운이 좋아서 성공했다는 말로 치부하는 경우가 많았다. 사업의 기회를 잘 잡아서 성장하고 있다고 부러워만 하는 것이다. 쉬운 말로 억세게 운이 좋은 사업가라고 말하는 사람들도 많았다.

정말 그랬을까? 옆에서 지켜만 보는 사람들은 중소기업 경영자의 애환을 모두 알 수가 없다. 해보지 않고서는 그 고충이나 고민을 헤아릴 수 없다. 운칠기삼[運七技三]이라는 말은 사람이 살아가면서 일어나는 모든 일의 성패는 운에 달린 것이지 노력으로만 이루어지지 않는다는 말이다. 틀린 말은 아니다. 사업이란 것은 스스로 열심히 노력한다고 모두 성공하는 것은 아니다. 주변의 환경을 잘 분석하고 대응을 해야 한다는 말이다. 운이라는 것은 아무런 노력 없이 기다린다고 오는 것이 아니다. 운도 준비된 사람을 좋아한다고 한다. 주변의 환경을 잘 분석하고 대응책을 만들고, 자신이 가진 기술의 연마를 게을리 해서는 안 된다는 것이다. 가끔 한 번씩 부럽다고 이야기하면 "너 줄게 한번 해볼래?"라고 이야기를 한다. 여기까지 오기에 힘들고 괴로울 때가 너무 많았다는 것이다. 특히 투자를 결정해야 할 때는 며칠 동안 밤잠을 설치는 경우도 많았단다. 자금을 조달하는 데에도 어려움이 있지만, 설령 은행에서 빌려준다 해도 결정이 어렵단다. 매출액에 비교하여 큰 부담으로 오는 투자를 결정하기가 어렵다고 한다. 고객이 물량을 주겠다고 약속을 해줘도, 경기의 변화와 환경이 어떻게 바뀔지 모르기 때문이다. 사람의 말은 믿어도 환경의 변화는 예측할 수 없다는 것이다. 고객은 믿을 수 있어도 시장의 변화는 예측하기가 쉽지 않다는 말이었다.

9·11 테러는 2001년 9월 11일 미국 뉴욕의 세계무역센터(WTC) 쌍

둥이 빌딩과 워싱턴의 국방부 건물인 펜타곤에 벌어진 항공기 자살 테러 사건이다. 이 사건으로 3000명이 넘는 인명피해가 발생했다. 미국이 본토 공격을 당한 것은 역사상 처음이며, 미국 안보 정책의 근본적인 변화를 가져오는 계기가 됐다. '미국의 역사는 9·11 테러 전과 후로 나뉜다.'는 말이 나올 정도이다. 정말 영화에서나 볼 수 있는 상황을 TV로 생생하게 보게 될 줄은 아무도 몰랐다. 9.11테러가 우리나라에 그것도 친구의 회사에 영향이 있을 것이라고는 아무도 예상하지 못했었다. 만드는 제품이 미국으로 수출되어 건설장비에 조립하여 중동에 판매하는 제품이었다고 한다. 테러 발생 이후에 수출물량이 완전히 중단되어 회사가 휘청하는 어려움을 겪는 상황에 부닥치게 되었다. 50%이상을 수출하였는데 그 당시 정말 회사가 힘들고 어려움에 빠졌다 한다. 중소기업은 매출이 어느 정도 확보되지 않으면 은행의 이자 부담을 감당하지 못해 곤경에 빠지게 된다. 즉 고정비를 상쇄할 수 있을 정도의 손익분기점을 넘는 매출이 발생해야 경영이 정상적으로 돌아간다. 당시의 힘든 고비를 넘기기 위하여 한 번도 하지 않았던 인력의 구조조정을 하는 아픔도 겪었다 한다.

얼마 전 회사를 방문했을 때 친구의 안색이 좋지 않았다. 고객사에서 경기가 침체하여 생산물량이 줄어들었다고 친구 회사에서 생산하는 제품을 내작(內作)으로 돌린다는 연락을 받았다 한다. 모기업도 살아남아야 하기에 고객사의 어려움도 이해는 하나, 해서는 안 될 일을 하고 있었다. 매출이 30%이상 급감하는 어려움을 맞게 된 것이다. 경영자로서의 고민은 헤아릴 수 없을 정도로 깊어진다. 두 번째의 인력 구조조정을 할 수밖에 없다고 어려운 심정을 토로한다. 본인의 살점을 도려내는 아픔을 느낀다고 마음을 털어놓는다. 모두 힘을 보태고 의지를 합해서 멋진 회사로 만들어보자고 누누이 말했던 것이 모두 거짓말이 되고 말았다 한다. 기업을 경영한다는 것이 절대 쉬운 것이 아니다. 순간순간의 의사결정에 경영자는 수많은 고민과 고뇌를 해야만 한다. 누구에게 이야기를 나눌 수 있는 것도 아니다. 이야기 한다 해도 들어주고, 나름대로 의견을 제시해줄 수는 있을지 모르나, 그에 따르는 위험성은 모두 경영자 자신이 책임져야 하기 때문이다. 의사결정을 잘못하게 되면 기업의 영속성은 담보하지 못하기 때문에 힘들고 어려운 일이다.

자신이 직접 경험해 보지 않은 것은 알 수가 없다. 특히 기업의 경영은 아무나 하는 것이 아니기에 더 그러하다. 옆에서 보기에 승승장구하고 있는 기업을 부러워한다. '저 친구는 무슨 재수가 좋아서 저렇게 잘나가는 몰라?' 라는 시기와 질투를 할 때도 있다. 당사자의 이야기를 들어보지 않고서는 그 어려움이나 애환을 알 수가 없다. 세상의 어떠한 일도 절대 그저 이루어지는 것은 없기 때문이다. 수많은 날을 고민하여 결정하고, 자금을 빌리기 위해 은행마다 쫓아다니며 애걸복걸했다는 것은 옆에서 봐서는 알 수 없기 때문이다.

기업을 창업해서 안정시키고 성장시켜 나가는 데에 사업가에게 꼭 필요한 덕목 중의 하나가 인내이다. 참고 견디어 나가는 인내가 없이는 성장시킬 수 없다. 목표를 끝까지 추구해 나가려는 끈기와, 어떠한 어려움이 닥치더라도 참아내는 인내가 성공에 꼭 필요하다. 어떨 땐 때려치우고 싶다는 말을 하는 중소기업의 경영자도 만나게 된다. 특히 요즘처럼 반기업 정서가 사회를 지배하고, 최저임금을 인상하여 모두가 잘살자는 논리는 좋지만, 중소기업에 미치는 영향은 너무나 크다. 어렵다고 넋두리하는 말씀이 아니라는 것을 안다. 스스로 생존할 수 없을 정도의 부담이 현실로 닥쳐왔기에 고민스러워하고 있는 것이다. 기업의 성장이 멈추는 순간 우리나라의 미래는 아무도 장담하지 못한다. 경제가 안정되고 성장하지 못하면 복지는 물론이거니와 정치와 경제가 흔들릴 수밖에 없게 된다. 그런데도 언젠가는 정상으로 돌아오겠지 하는 기대를 하고서 견디어내는 힘을 갖고 있기에 지탱하고 있다. 그러기에 중소기업을 운영하는 경영자를 애국자라고 한다. 힘든 어려움을 참고 견디면서 성장시키고 발전시켜온 것에는 어려움을 이겨내는 힘이 있었기에 존경받아 마땅하다.

성공한 사람 안철수의 삶을 엿보다

학자, 기업가, 정치가인 안철수가 지난 대선에서 대통령 후보로 출마하여 낙선의 고배를 마셨다. 비록 정치에서는 성공하지 못하고 있지만, 학자로서 기업가로서 안철수의 성공은 모두가 인정한다. 기본을 지키면서 모든 일에 최선을 다하는 성실성을 가진 사람이다. 끊임없이 공부하는 자세를 몸소 실천으로 보여준다. 정직과 성실을 바탕으로 기본을 지켜나가는 정치를 하려고 노력을 했지만, 현실정치의 높은 벽을 넘지 못하고 당선하지는 못했다. 필자의 개인적인 욕심이지만 학자로서 성공한 기업가로 있었으면 더 존경받으실 훌륭한 사람이 아닐까 하고 생각해본다. 정치가로는 아니지만, 학자로 기업가로서의 성공한 삶을 직접 엿볼 수가 없어서 책을 통해서 안철수의 성공한 비결을 알아보려고 한다. 작가 김병완은 3년 동안

9000권 이상의 책을 읽고, 작가로 성공한 사람이다. 김병완이 안철수를 깊이 연구하고 조사하여 정리한 「안철수의 28원칙」에서 본인이 말할 수 없는 안철수의 성공한 삶을 엿보기로 한다. 아래의 내용은 김병완의 「안철수의 28원칙」에서 발췌하여 정리하였다.

1. 승부사: 이것이다 싶은 것에 영혼을 걸어라

30대 중반의 나이에도 불구하고 펜실베이니아 대학으로 유학을 가서 자신의 모든 에너지를 쏟아부었다. 안철수에게서 배워야 할 첫 번째 원칙이 있다면 '모든 에너지를 쏟아부을' 만큼 몰입하고 집중하는 것이다. 자신의 모든 에너지를 쏟아부을 줄 알았기 때문에 가능했다. 인생에서 성공하기를 원하는 사람이 있다면 자신의 모든 에너지를 쏟아부을 줄 알아야 한다. 그것이 성공의 제1원칙이다. 또한, 새벽 3시에 일어나 6시까지 프로그래밍을 하고, 온종일 의사의 직업을 충실하게 다하면서 7년 동안을 지속했다. 그 후로 2년 동안 이틀에 하루만 잠을 자고, 다른 하루는 밤을 새워서 공부하는 것을 쉬지 않았기에 성공할 수 있었다. 영혼을 걸고 쉬지 않고 달렸기에 성공할 수 있었다. 또한, 지금의 그를 만든 원칙 중의 하나는 '최선을 다해 치열하게 살아가는 법을 배우는 것'이라고 한다. 그는 자신의 삶에 녹아들어 있는 최선을 다하고 치열하게 사는 법을 스스로 배운 인물이다. 안철수의 남다름은 원칙과 기본으로 승부한다는 것이다. 원칙을 지키기 위하여 무수히 큰 손해를 감내하며 살아왔다. 원칙을 지키지 않았다면 대학교수 직분도 유지할 수 있었을 것이고, 벤처 열풍이 불었을 때 닷컴에 투자했더라면 큰돈을 벌 수도 있었을 것이다. 그는 「카르마 경영」에서 "원리원칙에 입각한 철학을 확실히 세우고, 그에 따라 살아가면 모든 일에 성공을 거두고 인생에 큰 결실을 볼 수 있다. 그러나 그것은 결코 쉽고 편안한 길이 아니다. 원리원칙에 따르는 삶이란, 두 가지 길 가운데 어느 쪽을 선택하면 좋을지 몰라 고민이 될 때, 자신의 이익을 앞세우지 않고, 아무리 힘든 일이라도 가시밭길이더라도 '모름지기 가야 할 길'을 선택하는, 어떻게 보면 우직하고 요령 없어 보이기도 하는 그런 삶이다. 그러나 장기적인 안목으로 보면 확고한 철학에 근거한 행동의 결과는 결코 손해가 나지 않는다. 일시적으로는 손해처럼 보여도 결국은 반드시 '이익'이 되어 돌아오며, 크게 길을 잘못 드는 일도 없다."라고 말한다.

이렇게 잠을 하루건너 한 번씩 자면서 자신을 불태우며, 에너지를 쏟아부을 수 있는 것은 어디에서 나오겠는가? 안철수 자신의 의지에서 시작하겠지만, 상당한 인내가 필요한 일이다. 신체의 구조상으로 잠을 푹 자주여야 피로가 풀리게 되어있다. 자신의 목표를 향해 질주하는 의지와 피로함을 참고 이겨내는 인내가 있었기에 가능했다.

2. 가치: 지켜야 할 가치가 있다면 보상 없이 따라야 한다.

안철수는 어떤 사람을 이야기하거나 평가할 때 가장 중요한 것은 가치관이라고 말한다. 그리고 그는 자신의 삶을 통해 가장 중요시하는 가치관으로 다음의 세 가지를 제시하고 있다.

첫째. 정직

둘째. 성실

셋째. 끊임없이 공부하는 자세

이러한 가치관을 근간으로 하여 안철수에게는 일곱 가지의 자신이 지키고자 하는 삶의 원칙과 다섯 가지의 다른 사람과의 관계에서 지키고자 하는 삶의 원칙을 정하고 실천한다.

첫째. 매 순간에 최선을 다하고, 끊임없이 변화하며 발전하기 위해서 노력한다.

둘째. 목표를 세우고 자신을 채찍질한다.

셋째. 결과도 중요하지만, 과정을 더 중요하게 생각한다.

넷째. 자신을 다른 사람과 비교하지 않으며, 외부 평가에 연연하지 않는다.

다섯째. 항상 자신이 모자란다고 생각하며, 조그만 성공에 만족하지 않으며, 방심을 경계한다.

여섯째. 기본을 중요하게 생각한다.

일곱째. 천 마디 말보다 하나의 행동이 더 값지다고 생각한다.

그리고 그가 다른 사람과의 관계에서 지키고자 하는 삶의 원칙 다섯 가지는 다음과 같다.

첫째. 나이와 성별, 학벌 등으로 차별을 두지 않는다. 중요한 것은 능력이다.

둘째. 다른 사람의 의견을 존중하고, 각자의 다양성을 인정한다.

셋째. '너는 누구보다 못하다' 는 식으로 다른 사람끼리 비교하지 않는다.

넷째. 다른 사람을 나 자신의 이익을 위해서 이용하지 않는다.

다섯째. 내 스타일을 다른 사람에게 강요하지 않는다.

이러한 원칙을 만들어서 지켜나가는 데에도 상당한 인내가 필요를 하게 된다. 본인의 가치관에 의해서 지켜지겠지만, 가끔은 일탈하고 싶을 때도 있었을 것이다. 그런데도 가치를 준수해 나가며 존경받는 안철수가 되기까지는 상당한 인내가 필요로 했을 것이다.

3. 리더: 우리는 모두 자기 인생의 주인공이다.

CEO가 경계해야 할 것은 자기를 둘러싼 만족의 소리가 아니라 드러나지 않는 '불만족의 침묵' 이다. 이것은 누구의 말을 빌리자면 바늘이 떨어지는 소리를 듣는 것과 같은 예민함이 요구되는 부분이다. 라고 안철수는 리더의 덕목을 말한다. 안철수는 선택하는 순간부터 이후의 길은 순탄하지 않음에도 선택 이후의 변화를 두려워하지 않는다. 도리어 보다 다양하고 풍부한 삶을 경험하며 살아갈 수 있도록 하여준 자신의 용감한 선택을 자랑스러워한다. 선택의 연속이 인생이다. 선택하기 위해서는 용기가 있어야 하고, 자신에 대한 각오가 있어야 한다. 안철수는 선택할 때 자신이 정해놓은 세 가지 판단 기준을 되새기면서 한다고 한다.

첫째. 원칙을 지킨다.

둘째. 본질에 충실 한다.

셋째. 장기적인 시각으로 본다.

성공의 본질은 단기적인 승리가 아니라 장기적인 승리에 있는 것 같다. 원칙을 지키고, 본질에 충실하고, 장기적인 시각으로 인생의 중요한 순간순간을 선택해 나간다면 우리 인생은 장기적으로 승리할 수밖에 없다고 이야기한다. 또한 대중이 리더한테 바라는 세 가지를 첫째. 안정성, 원리원칙에 분명하고 흔들리지 말아야 한다. 둘째, 미래 비전에 대해 희망이 있어야 한다. 셋째, 공감 능력, 리더가 대중을 이해하지 못하고 공감 능력이 없으면 리더로서 자질이 아무리 뛰어나도 대중은 외면한다고 말한다.

4. 독서(공부): 우리는 우리가 읽은 것으로 만들어진다.

우리는 왜 독서를 하는 것일까? 의 질문에 독일의 철학자 카를 야스퍼스는 "자기의 성을 쌓는 자는 반드시 파멸한다."라고 했다. 우리의 존재는 다른 사람과의 상호 인정과 관계 속에서만 가능하다는 의미이다. 행복하고 풍성한 삶은 다른 사람과의 관계 속에서 서로 배려하고 인정하고 관심을 넓혀 다른 사람과 마주하는 삶이다. 그리고 이렇게 다른 사람과 마주하며 세상과 다른 사람과 올바른 관계를 맺고 살아가도록 해주는 힘과 도구는 바로 독서이다. 독서는 새로운 지식만 쌓기 위해 하는 것이 아니라 독서를 통해 사고력을 확장하고, 고민하고, 사색을 위해서 하는 것이다. 라고 하였다. 또한, 독서를 하지 않는 사람의 가장 큰 문제는 무지하다는 것이 아니라 자신의 편협한 성안에서 평생을 살아야 한다는 것이다. 생존을 위해서 공부와 독서는 선택이 아니라 필수라고 역설한다. 안철수가 밝힌 공부의 목표는 '남을 주기 위해' 공부를 한다고 한다. 남을 주기 위한 공부는 자신의 삶을 위한 공부보다 한 단계 위라고 할 수 있다. 그것을 몸소 실천하기 위해서 가장 보람 있게 여기는 책 쓰기를 계속하고 있다. 공부는 자신의 인생과 미래를 위해서 가장 유익한 인간의 활동이다. 책을 읽고 공부를 한다는 것은 자신과의 싸움, 시간과의 싸움이기도 하다. 부족한 시간의 짬을 내어서 책을 읽고 공부를 한다는 것에도 많은 인내가 필요로 했을 것이다.

5. 비즈니스: 비즈니스는 긴 호흡과 영혼의 승부이다.

세계 최고의 병법서인 손자의 「손자병법」에 "백 번 싸워 백 번 이기는 것은 최선 중의 최선이 아니다. 싸우지 않고 적병을 굴복시키는 것이 최선 중의 최선이다."라는 명구가 나온다. 손자는 "백 번 싸워 백 번 승리한다." 해도 부하들의 손실이 있고, 주변 사람들과는 원수가 되고, 상대방 가슴속에는 분노를 만들어 놓았는데 아무리 승리를 많이 한들 그 승리는 온전한 승리가 아니라고 말한다. 1995년에 창업하여 국내의 보안업계 선두주자로 자리 잡은 안철수 연구소는 싸우지 않고 도 승리하는 기업이 되었다. 싸우지 않고도 승리할 수 있었던 비결은 개인적인 부나 단기적인 회사 이익에 집착하지 않고, 투명하고 윤리적 인 경영으로 자신의 강점인 바이러스 백신 소프트웨어와 보안 전문분 야에 집중했기 때문이다. 주식투자가 더 큰 돈을 번다는 것을 알면서 도 자신만의 강점인 바이러스 백신 프로그램에 집중할 수 있었던 것은 남들이 가지 않을 길을 간다는 것과 자신의 강점에 집중하였기에 가능 했다.

사업가로서 안철수가 부를 더 창출할 방법을 포기하고 자신의 강점 에 투자를 집중할 수 있었던 것도 상당한 마음의 인내가 필요로 했다.

6. 성공; 모두가 행복해지는 것이 진짜 성공이다.

남들처럼 하지 않고 교과서처럼 해도 성공하는 법을 안철수는 말한 다. 성공은 부와 명예와 권력을 직접 추구하는 이기적이고 지극히 개 인적인 성공을 원하지 않는다. 남들처럼 하지 않고, 없던 길을 스스로 개척해가면서 다른 사람과 사회에 유익을 주며 좀 더 살기 좋은 사회로 만들어가는 사회적이고 이타적인 성공을 원한다. 이런 성공을 하게 되면 부와 명예와 권력은 부산물처럼 따라서 온다고 믿는다. '결과가 아닌 과정을 중요시하는 것, 미래가 아닌 현재에 충실한 것, 그리고 전략이 아닌 실행에 집중한다는 것'을 안철수에게서 배워야 하는 성공의 원칙이다. 작은 것이 큰 것이며 부드러운 것이 강한 것이다. 원칙과 기본이 가장 중요한 것이며 정직과 성실이 성공의 비결이라는 사실들을 깨닫게 해준다.

7. 열정과 냉정함: 열정과 냉철함을 동시에 갖춘 자가 승리한다.

기업의 경영에서 낙관주의자가 아닌 현실주의자가 되는 길을 안철수는 선택했다. "생존경쟁에서 살아남는 것은 가장 강한 종(種)이거나 똑똑한 종(種)이라서가 아니다. 그 종(種)이 변화에 가장 잘 반응했기 때문이다."라고 찰스 다윈은 「진화론」에서 말했다. 그의 말대로라면, 결국 살아남는 종은 강인한 종도 아니고, 지적 능력이 뛰어난 종도 아닌, 변화에 가장 잘 적응하는 종이다. 변화에 가장 잘 반응하는 자가 결국에는 생존경쟁에서 승리하는 자이다. 그렇다면 누가 변화에 가장 잘 반응하는 사람일까? 그것을 낙관주의가 아니라 현실주의자라고 안철수는 이야기한다. 또한, 위대한 성공을 거둔 사람은 자신의 성공에 대한 확신과 믿음, 뜨거운 열정에 의해 이루어진다고 한다. 그 어떤 사람이라도 자신이 성공할 것으로 생각하고 그 생각을 변함없이 간직할 수 있는 신념과 믿음으로 승화시킨 후에 큰 성공을 할 수 있게 된다고 한다. 또한, 우리의 생각이 우리를 부자로 살아가도록 만들기도 하고 반대로 우리의 생각이 우리를 평생 가난하게 살아가도록 만들기도 한다고 말한다. 생각은 가장 강력한 창조 에너지라고 한다. 그럼에 진짜 부자들은 생각하는 힘을 이용하는 사람들이라고 한다.

승리의 법칙=생각(믿음) × 열정 × 냉철함(능력)

삶과 비즈니스에서 승리하고 성공하는데 필요한 것을 식으로 위와 같이 간단하게 표현하였다.

김병완 작가가 쓴 책을 통하여 안철수의 성공한 삶을 들여다보았다. 정직과 성실로 끊임없는 공부와 독서를 바탕으로 성공한 삶의 기초를 다졌다. 그리고 자신이 지켜야 할 가치를 만들어서 벗어나지 않으려고 최선을 다한 모습을 배웠다. 성공으로 남들에게 존경받는 삶을 살기란 쉽지가 않다. 철저하게 자신을 관리하고 다스리지 않고서는 얻을 수 없는 일이다. 그렇게 하기 위해서 자신을 철저하게 관리를 해야 하고 어쩌면 자신의 몸을 혹사했다고 보는 것이 맞을 것이다. 피로함이 건강에 좋지 않고, 잠자는 시간은 많으면 많을수록 건강에 도움이 된다는 것을 모를 리가 없다. 그런데도 이틀에 한 번씩 잠을 자면서까지 몸을 혹사한 것은 자신이 이루어야 할 목표가 뚜렷했기 때문이다. 그 목표를 달성하기 위해서 지금 당장 해야 할 것이 무엇인지를 알았기에 몸의 피로쯤은 이겨낼 수 있었던 것이 아닌가 싶다. 참고 견뎌내는 끈기와 인내가 있었기에 가능했다고 본다. 힘든 어려움을 견뎌내지 못하면 어떤 것이라도 이루어 낼 수 없다는 것을 몸소 자신의 체험으로 보여주었다.

행운도 준비된 사람을 좋아한다

"착하게 사는데 안 좋은 일이 왜 겹쳐서 일어나는지요?" "베풀면서 사는 사람에게 왜 복이 오지 않나요?"라는 질문을 하는 경우가 있다. 생활하다 보면 정말 착하게 베풀면서 사는 사람에게 복이 오지 않는 것 같은 경우를 경험하는 경우가 많다. 왜 그런지 명확하게 근거가 있는 말은 아니지만, 사람에겐 정해진 사주라는 게 있다고 한다. 사주는 태어난 연월일시의 네 간지(干支)로 길흉화복을 알아보는 점인데, 누구나 연월일시를 마음대로 정해서 태어날 수는 없다. 물론 요즈음에는 의술이 발달하여 연월일시를 정해놓고 태어나는 경우도 있지만, 운명이라는 게 정해져 있으니 우리가 아무리 착하게 살고 노력하여도 안 좋은 일이 생길 수 있다는 것이다. 사주명리(四柱命理, 영어: Four Pillars of Destiny) 또는 사주팔자(四柱八字) 혹은 팔자명리(八字

命理)는 사람이 태어난 연월일시의 네 간지(干支), 또는 이에 근거하여 사람의 길흉화복을 알아보는 점을 일컫는데 태어나는 시점으로 운명이 달라진다는 것을 전제로 한다.

'사주'란 본래 위의 설명처럼 사람이 난 연월일시를 가리키는 말이었는데, 그것이 곧 한 사람의 운명을 나타내는 것이라 하여 사람이 타고난 운명을 가리키는 말로 쓰이게 되었다. 이렇게 해서 '사주를 본다.'는 말은 곧 한 개인의 길흉화복을 점치는 일이라는 의미로 굳어졌다. 사람을 하나의 집으로 비유하고 생년·생월·생일·생시를 그 집의 네 기둥이라고 보아 붙여진 명칭이다. 각각 간지 두 글자씩 모두 여덟 자로 나타내므로 팔자라고도 한다. 그리고 사주팔자를 풀어보면 그 사람의 타고난 운명을 알 수 있다 해서 통상 운명이나 숙명의 뜻으로 쓰이기도 한다. 사주는 간지로 나타내는데 '간(干)'은 10가지이므로 '십간'이라 하고, 사주의 위 글자에 쓰이므로 천간(天干)이라고도 한다.

'지(支)'는 12가지이므로 '십이지' 또는 사주의 아래 글자에 쓰이므로 지지(地支)라고도 한다. 천간은 갑(甲)·을(乙)·병(丙)·정(丁)·무(戊)·기(己)·경(庚)·신(辛)·임(壬)·계(癸)의 10가지이며, 지지는 자(子)·축(丑)·인(寅)·묘(卯)·진(辰)·사(巳)·오(午)·미(未)·신(申)·유(酉)·술(戌)·해(亥)의 12가지이다.

천간과 지지는 모두 음양(陰陽)과 오행(五行)으로 분류되고 또 방위와 계절 등을 나타낸다. 지지는 이밖에도 절후(節候)·동물(띠)·달[月]·시각 등을 나타낸다. 천간과 지지가 처음 만나는 갑자부터 마지막인 계해까지 순열 조합하면 육십갑자(六十甲子, 六甲)가 되는데 사주는 이 육갑으로 표현된다.

일이 잘되다가 풀리지 않는 경우도 있고, 애초부터 일이 생각처럼 진행되지 않는 경우를 많이 겪는다. 애초부터 욕심대로 풀어지지 않는 것은 준비가 덜 되었거나, 욕심이 과한 것일 수 있다. 그릇은 바라는 만큼 크지가 않은데, 담고 싶은 것은 그릇의 크기에 비하여 훨씬 많은 것을 바라면 넘쳐서 흘러버리고 만다. 사람이기에 그 바람과 욕심이 클 수도 있다. 심한 차이만 아니면 목표는 그대로 유지를 하고, 그릇의 크기를 키워나가는 것이 해결의 방안이다.

그런데 일이 잘되다가 풀리지 않는 경우는 흔히 슬럼프에 빠졌다고 한다. 슬럼프는 공부나 운동 등을 순조롭게 잘하던 사람이 상태가 좋지 않아 성적이 나빠지는 경우가 해당한다. 학교에서 항상 성적이 상위권에 유지하던 학생의 성적이 나빠지는 경우와 운동을 잘 하던 사람이 갑자기 실력을 제대로 발휘하지 못하는 경우를 슬럼프에 빠졌다고 한다. 인간관계에도 슬럼프는 있다. 잘 지내오던 사람이 오해로 인하여 소원해지거나 틀어지고, 그것으로 인하여 다른 사람과의 관계에까지 영향을 미치게 되어 의욕을 잃게 되는 경우도 있다. 이렇게 잘 나가던 사람이 어떤 계기로 일이 순조롭지 않을 때를 슬럼프에 빠졌다고 한다.

흔히 우리는 '운세가 좋지 않아' 서 그렇다 한다. 운세의 기복, 운수에도 기복이 있으며, 기세가 좋아서 상승하기도 하지만, 기세가 꺾여서 하강할 때도 있다. 운세의 기복은 이론적으로 설명하기는 너무나 어렵다. 그러기에 보통 사람들은 '슬럼프' 라 말하고, 슬럼프가 왔을 때 어떻게 헤쳐 나가고 처신해 나가야 하는가에 관심을 둔다.

슬럼프는 뛰어난 사람일수록 심한 슬럼프에 빠진다. '슬럼프에 빠진 적이 없다' 고 하는 사람일 경우, 일반적으로 평범하게 살아온 경우가 많다. 평범하기 때문에 슬럼프에 빠질 상황이 거의 없다. 그러기에 슬럼프가 없다는 것이 꼭 좋은 이야기만은 아니다.

슬럼프란 어느 정도 재능이 있고, 일도 열정적으로 잘 하던 사람이 상태가 좋지 않게 되는 것을 말한다. 재능이든 업적이든 바라는 꿈이든, 보통 사람과는 차이가 있는 비범함을 가진 뛰어난 면을 가진 사람이라야 슬럼프가 오는 것이다.

슬럼프를 헤쳐 나가는 마음가짐의 첫 번째는 '나는 우수한 인격자라고 자각하는 것' 이다. 두 번째로는 '자신만 쳐다보지 말고, 자신을 전체 속에서의 위치를 생각하는 것' 이다. 특수한 그룹 내에서의 자신의 위치가 아닌, 해당 분야의 전부 중에서의 자신의 위치를 보는 것을 말한다. 세 번째로 '지금까지 해 왔던 방법대로 하면 성공이 없을 수도 있다. 똑같은 방법으로 계속할 수 없음에도 불구하고 자신은 알아차리지 못했기 때문에 벽에 부딪히거나 함정에 빠진 것처럼 허둥대는 경우가 있다.' 그러므로 변화하고 혁신을 통해서 새로운 자신을 발견할 기회를 찾아야 한다.

하루살이의 일생을 우리는 잘 알지 못한다. 정말 하루만 살다가 죽는가도 의문스럽다. 곤충학자가 아니기에 정확하게는 알 수 없지만, 하루살이도 종류가 다양하다고 한다. 정말 하루만 살다가 죽는 종류도 있지만, 2주간 살다가 죽는 종류도 있다고 한다. 그런데 하루살이의 유충이 보통 1년 이상 애벌레로 살아간다는 것을 우리는 잘 알지 못한다. 애벌레로 나뭇가지나 물속을 기어 다니며 살다가 어느 날 갑자기 번데기로 변한다. 그러다 시간이 지나면 나방이나 하루살이로 다시 태어나서 하늘을 날아다니는 시기가 온다. 그 잠깐의 비행을 위해서 보통 1년 이상의 준비를 해 왔다고 할 수 있다. 하루를 살면서 하늘을 날려고, 1년 이상을 물속에서 또는 땅속에서 애벌레나 유충으로 생활을 참고 견디어 왔다.

한 단계 더 발전하고 성공하기 위해서는 사람인 우리도 '애벌레의 시절' '번데기의 시절'을 거쳐야 한다. 100세 시대, 120세 시대의 장수 시대가 도래하고 있다. 지금까지 살아온 자신의 과거가 완전히 무너지는 혼돈의 상태를 거쳐야 한다. 그 혼돈의 상태를 몇 번의 변신을 통해야 새로운 시대인 4차 산업 혁명에 맞는 삶을 찾을 수 있다. 변화하는 4차 산업 혁명에 적응하면서 함께 변해가야만 한다. 그러기에 슬럼프일 때는 '이것이 번데기 시절일거라고 생각하고 다음 변신의 기회를 기다린다.' 는 것이 중요한 극복의 방법일 수 있다.

미국의 유명 작가이자 강연자인 수잔 로앤은 「행운을 부르는 신비한 습관」에서 특별한 습관이 성공의 차이를 만든다고 말한다. 수잔 로앤은 행운을 부르는 8가지 습관을 다음과 같이 이야기한다.

첫 번째, 처음 만난 사람에게 쉽게 말을 건넨다.

두 번째, 대화를 즐긴다.

세 번째, 이름을 뿌린다.

네 번째, 세밀하게 듣는다.

다섯 번째, 인맥을 활용해 도움을 주고받는다.

여섯 번째, 새로운 길을 두려워하지 않는다.

일곱 번째, 확실하게 마침표를 찍는다.

여덟 번째, 'NO' 라고 하고 싶을 때도 'YES' 라고 말한다.

수잔 로앤은 중요한 일은 만나야 이루어진다는 대면 커뮤니케이션의 진수를 말한다. 상대를 직접 만나거나 전화를 통한 대화에서 어떻게 신뢰를 쌓고 인간관계를 맺어갈 수 있는지를 구체적이고 상세한 방법을 알려준다. 최첨단의 시대를 사는 지금 인터넷의 발달과 함께 이메일이 홍수를 이루고 있다. 수많은 만남이 얼굴을 직접 보는 대면이 아닌, 전자기기를 통해 이루어지고 있다. 핸드폰을 통한 대화조차도, 간단한 문자메시지나 이메일로 대신한다.

인터넷이 활성화되면서, 네트워크상의 만남이 실제 만남을 대신하여 대인관계가 축소될 것이라는 사회적인 우려가 크다. 활발한 대인관계를 유지하는 사람에게 인터넷상의 인맥은 새로운 세계이고 더 넓은 인적 네트워크의 생성과 유지를 할 수 있게 해 주기도 한다. 이러한 결과는 세상이 변해도 변하지 않는 것, 세상의 변화를 통해 성장해가는 부류가 있다는 것을 말해준다. '모든 중요한 일은 만나야 이루어진다.'라는 것은 사람과 사람의 만남이 중요함을 알려준다.

감나무 밑에 누워서 감 떨어지기를 기다리는 사람에게 행운이 오지 않는다. 옛날의 농경시대 때에는 가능했을 수도 있다. 하지만 지금의 시대는 그렇지 않다. 100세, 120세 시대가 닥쳐와 있는데, 미리 준비하지 않으면 행운은 비껴가고 말 것이다. 사주팔자나 믿고, 운세에 운명을 맡겨서는 행운을 맞이할 수 없다. 4차 산업혁명을 맞이하면서 세상이 어떻게 변화해 갈 것인지를 파악해야 한다. 그 변화의 방향에 앞서가기 위해서 많은 준비를 해야 하지만, 어떻게 변화할지 전문가들조차 예상을 제대로 못 하고 있기에 많은 사람과의 네트워크를 통해서 감을 잡아야 한다. 지속해서 정보를 입수하고 분석하며 변화하는 방향을 예견하고 준비해야 한다. 열심히 학습해가면서 변화의 방향을 읽어내는 것이 먼저다. 평생토록 해야 하는 학습이라 생각하고 준비하다 보면 변화의 길이 보이게 될 것이다. 꾸준히 준비해서 새롭게 닥칠 4차 산업혁명 시대의 행운을 맞이하여야 한다. 행운도 준비되지 않은 사람은 좋아하지 않는다. 행운이 좋아할 수 있도록 미리 예견하고 학습하며 준비하는 활동을 통하여 행운이 오면 잡도록 해야 한다. 운명에다 모든 것을 맡기고 요행을 바라서는 안 된다. 운명과 행운을 잡기 위해서는 끊임없이 자기계발을 통해 변화의 방향에 대응을 해 나가야 한다.

내 탓이오 라는 마음이 필요하다

　필자는 창원에서 꽤 명성이 높았던 포럼의
사무국장을 맡았었다. 성공하신 분들을 모셔서 강연을 통해 지식을 공
유하는 포럼이다. 매월 한 번씩 포럼을 개최하여 성공사례를 회원들과
공유하였다. 보통 50여명이 참여를 하는데, 명망 있는 유명인사의 강
연에는 참석인원 200명을 넘어서 영상으로 중계해야 할 만큼의 열기
가 높은 경우도 있었다. 3년 정도 포럼을 운영하다가 기부금에 의존해
오던 구조의 한계점을 극복하지 못하여 휴식기를 갖고 있다. 휴식의
기간이 많이 흘러버린 것 같아 아쉽고 안타깝다. 이름만 들어도 알 수
있는 유명한 사람들이 강연을 많이 해주셨다. 그중에 유독 기억에 남
는 강연이 있다. 주한미국 상공회의소회장직을 역임했던 제프리 존스
김앤장 법률사무소 국세변호사의 강연이 아직도 기억에 생생하다. 섭

외는 포럼의 회장님이 직접 하셨기에 어려움이 없었지만, 사무국장으로 포럼의 운영을 총괄하고 있었기에 고민이 많았다. 제프리 존스 변호사에 대한 사전지식이 없었기 때문이다. 행사를 기획하고 개최는 하는 데에는 참석인원이 얼마나 될지가 첫 번째 고민이고, 두 번째는 강연의 내용이 얼마나 참석자들을 만족시켜 줄 수 있을 것인가를 고민하게 된다. 어렵게 느꼈었던 것 중 하나는 외국인이기에 의사전달이 잘될 수 있을 것인가와, 어떤 내용으로 특강을 해주실 것인가에 대한 걱정이었다. 회장님은 강연 잘하신다고 사전에 말씀해 주셨지만, 혹시나 하는 걱정이 있었기 때문이다.

강연이 시작되어 걱정이 기우였다는 것을 알게 되는 데는 몇 분이 걸리지 않았다. 걱정이 아니라 전달해 주는 메시지에서 등줄기에서 식은땀이 흐를 정도의 전율을 느꼈다. 한국 사람의 입으로는 도저히 하기 힘든 이야기를 외국인의 시각에서 해주었기 때문이다. 한국에서 오랫동안 살아서 한국이라 말하지 않고 '우리나라'라고 했다. 너무 살기 좋고, 안전하고, 발전한 좋은 우리나라라는 이야기로 시작을 해서, "40년 전에 한국에 왔을 때는 먹을 것이 없어서 못 먹고 살던 나라였는데, 이제는 살 뺀다고 못 먹고 사는 나라"가 되었다는 이야기에 박장대소를 했다. 그리고 한국의 발전사와 세계 속에서 한국의 위치나 경쟁력 등으로 한껏 좋은 점으로 분위기를 고조시켰다. 분위기가 어느 정도 조성되었다고 판단을 하고는 우리의 아픈 정곡을 꼬집어 주었다.

"세계에서 유일하게 한국 사람만 가진 병이 있는데 무엇인지 아십니까?" 라는 질문에 여러 가지의 반응들이 나왔다. '화병' 이라는 말과 '빨리빨리 병' 이라고 하는 등 여러 가지 대답이 나왔다. 하지만 제프리 존스 씨의 입에서는 세계에서 유일하게 한국 사람만 가진 병은 '배 아픈 병' 입니다. 라고 말했다. 배 아픈 병이 왜 우리나라 국민들에게만 있는 걸까? 하고 잠시 혼란스러웠지만, 이내 그 말의 의미를 알아차릴 수 있었다. 그냥 배가 아픈 것이 아니라 '사촌이 논을 사면 배가 아프다' 는 병이다. 보릿고개가 있던 옛날 먹을거리가 없어 배 굶주리며 살던 시대 그 이전부터 전해오는 속담이다. 먹을거리가 없는데 왜 사촌이 논을 사면 내 배가 아파야 했을까? 가까운 친척이 논을 사면 먹을거리가 없을 때 좀 얻어서 먹거나, 그렇지 않으면 빌려서라도 배고픔을 달랠 수 있었을 터인데 말이다. 배고픈 것은 참을 수 있어도 가까운 친지가 잘되는 것은 못 봐주겠다는 것으로 밖에 이해되지 않는다. 아무리 좋게 해석하려고 해도 해석할 방법이 없다. 실리도 없고, 명분도 없는 행위다. 쉬운 말로 '남 잘되는 것 보니 배알이 꼴린다' 라고 밖에 해석이 안 된다.

왜 배 아픈 병이 우리나라 국민에게만 있을까? 역사적으로 지정학적인 문제가 있는 것일까? 아무리 생각해봐도 보통의 상식으로는 답을 찾을 수 없다. 왜 그런지는 몰라도 우리나라 국민들의 마음에는 남을 인정하지 않으려는 못된 마음이 있다는 것이다. 절대로 남 잘되는 꼬락서니를 볼 수 없다는 몹시 나쁜 또 다른 내가 마음속에 자리 잡고 있다. 나만 그런 것이 아니고 대부분의 우리 국민이 비슷하다. 쉽게 이 야기하면 상대방을 인정하고 칭찬할 줄 모른다. 그러기에 성공한 사람들을 존경하지 않는 경우가 많다. 잘못된 무엇인가를 찾아서 잘하고 있는 것들을 깎아내려 못된 사람으로 만들어버리는 바쁜 습성을 갖고 있다. 없어서 배 굶어가며 살던 나라가 살 뺀다고 못 먹고 사는 나라가 되었고, 원조를 받던 나라에서 원조를 주는 나라로 바뀌었는데도, 근대사를 이끌어온 지도자들이 누구도 존경을 받지 못하고 있다. 왜 그럴까? 발전하고 성장한 것은 사실인데도 인정하고 싶지 않다는 것이다. 잘된 것은 당연히 칭찬하고 인정해야 함에도, 누가 했어도 그만큼 했을 것이라고 무시해 버린다. 그런데도 잘못한 것 하나라도 발견되면 죽을죄를 지은 것처럼 마녀사냥 해버린다. 사람이 신이 아닌데 어떻게 모든 것을 다 잘 할 수 있으랴! 잘하는 것이 있으면 못하는 것도 항상 함께 존재하기 마련이다. 잘한 것으로 못하고 부족한 것을 감싸줄 줄을 모른다. 이러한 현상은 정치판에만 있는 것이 아니다. 우리의 일상 생활에 깊이 자리를 잡고 있다. 예를 들어 옆집 철수 엄마가 부동산 투자로 돈을 벌었다면, 진솔한 마음으로 칭찬을 해주는 것이 사람 사는 세상이다. 보는 앞에서는 칭찬해주는 척하고서는 돌아서서 뒷말로 깎아내리거나 험담하는 경우가 허다하다. 내가 못 벌어서 부러운 것이 아니라, 남 잘되는 꼬락서니가 보기 싫어서 배가 아픈 것이다.

우리는 남 탓으로 돌리는데 익숙한 민족이다. '잘되면 내 탓, 잘못 되면 조상 탓!' 이라는 옛말이 하나도 틀리지 않는다. 일이 잘 풀리면 자신이 열심히 노력해서 된 것이고, 잘 풀리지 않을 때면 누구든 원망 의 대상을 찾는다. 찾을 수 없으면 지자체나 정부에 책임을 전가한다. 절대로 내 탓이오! 라는 마음을 갖지 않는다. 나는 열심히 하는데 일이 잘 풀리지 않는 것은 상대방 탓이고, 조상 탓이고, 그렇지 않으면 정부 탓으로 돌리는 데 아주 익숙하다는 것이 안타깝다. 왜 이런 좋지 못한 습성이 우리 마음속에 있을까? 너무 경제성장이 빨라서 생긴 폐단이 라고 말하는 사람도 있다. 어쩌면 그것이 맞는 말일 수 있다. 그런데 사촌이 논을 사면 배 아픈 병은 산업화되기 이전부터 있었던 이야기이 기에 설득력이 떨어진다. '내로남불' 이라고 했던가? '내가 하면 로맨 스고, 남이 하면 불륜이다' 는 말이 요즘 자주 사용되고 있다. 우리는 너무 편리하게 자기 위주로 정리해 버린다. 그리고는 반대되는 입장에 서 비슷한 경우가 생기더라도 '그때와는 상황이 다르다' 는 황당한 괴 변으로 넘겨버린다. 이러한 현상은 정치판에만 있는 것이 아니다. 우 리 생활의 곳곳에 퍼져 있다는 것이 문제이다. 1인당 GNP가 2만 달러 를 넘어 선진국에 진입한 지가 수년이 지났는데도 3만 달러로 진입하지 못하는 결정적인 이유이다. 자신이 잘못한 것을 스스로 인정할 줄 아는 성숙한 시민의식이 필요하다. 예전에 잘못 알고 비판했던 일이었다면 알고 난 이후에는 사과도 할 줄 알아야 한다. 구렁이 담 넘어가듯이 '내가 언제 그런 말 했느냐' 고 모르는 체해서 될 일이 아니다. 주춤하기는 하지만 외형적인 부문의 지표는 선진국으로 들어선 지 오래전이다. 그런데도 더 이상의 성장을 하지 못하는 것은 정부의 탓만이 아니다. 개개인 국민들의 마음속에 있는 남 탓을 없애야 한다. 그리고 잘한 일은 진정한 마음으로 축하해주고 인정할 줄 아는 넓은 마음이 필요하다. 자신이 한 일에는 잘된 것도 내 탓이고, 잘못된 것도 내 탓이오! 라는 선진국 국민다운 생각과 마인드가 필요하다.

성공한 사람들을 보면 남다른 재주나 특별한 능력이 있어서라기보다는 보통 사람에게서는 찾아볼 수 없는 뛰어난 인내력이 있음을 알 수 있다. 그래서 성공한 사람 중에는 인내를 통해서 성공한 사람이 많다. 보통 사람들은 재능이 있어도 그 재능을 다 발휘하지 못한다. 그러기에 재능이 많은 것만으로는 성공을 보장받지 못한다. 훌륭한 교육을 받은 것만으로도 성공하기에 충분하지 않다. 용기가 있는 것만으로 성공하지 못한다. 성공은 인내가 없으면 안 되기 때문이다. 또 참을성이 있어야 하기 때문이다. 모두 참지 못하고 도중에 포기하기 때문에 성공하지 못하는 것이다. 이런 이들에게 정말로 필요한 것은 '인내' 이다. 인생을 살다 보면 낙심할 때도 있고, 포기하고 싶을 때도 있고, 게으름을 피우고 싶을 때도 있다. 미국의 사업가 강철왕 카네기는 "승부를 가리는 데 있어서 가장 중요한 것은 인내다"라고 말했다. 그는 또한 "참고 있으면 반드시 기회가 생긴다." 라고도 했다. 생존 경쟁에서 남보다 앞서기 위해서는 무엇보다 인내가 필요하다는 것을 강조하고 있다. 마음과 삶에 인내라는 뿌리가 내리면 성공이라는 풍성한 열매를 맺을 수 있다는 메시지를 전해준다. 인생의 성숙과 성공은 인내의 값을 치른 사람에게만 주어지는 귀중한 결실이니까 인내를 통해 삶은 성숙 해진다.

잘못된 결과를 남의 탓으로 돌리는 무책임함은 내 마음에서 들어내고, 내 탓이오 라는 넓은 마음이 필요하다. 이러한 마음은 누군가가 만들어 줄 수 있는 것이 아니다. 특히나 정부에다 그 역할을 전가해서도 될 일이 아니다. 국민 한 사람 한 사람이 마음을 바꾸어야 한다. 그러기 위해서 너부터 해보라는 생각은 버리고, 나부터 시작한다는 참여가 우선이다. 개인의 의식이 바뀌지 않고서는 더 이상의 발전을 기대하기 어렵다. 그러기 위해서는 인내하면서 자신이 맡은 역할을 다하는 것이 필요하다. 잘한 일에는 칭찬하고 축하해주는 진솔한 마음이 필요하다. "내로남불"이라는 웃지 못 할 단어가 없어져야 한다. 다른 선진국 국민들이 보면 어떻게 생각하겠는가? 무책임의 극치라고 생각할 것이다. 어떻게 세계에서 유례 없는 발전을 해왔는지에 대해 의문을 제기할 것이다. 지금까지는 성장의 그늘에서 앞만 보고 달려온다고 정신적인 성장과 사고의 발전은 놓치고 왔을 수 있다. 이제는 진정한 선진국으로 진입하기 위해서 국민의 생각이 바뀌지 않고는 불가능하다. 선진국 국민다운 책임지는 생각을 바탕으로 국민 한 사람 한 사람이 실행으로 옮기면 사회갈등의 문제는 해소되고 발전해 나갈 것이다. 한 가지 더 중요한 것은 남의 탓으로 돌린다는 것은 자기 자신이 주체가 되지 못하고 객체로의 삶을 살 수밖에 없다는 것이다. 객체로의 삶이란 환경을 다스리지 못하고, 환경에 지배를 받을 수밖에 없다는 것이다. 한번 살다가 가는 인생을 자신이 주체적으로 살기 위해서는 남 탓의 못된 습성을 없애야만 한다. 오랫동안 우리 몸에 습관화된 것이기에 쉽게 변화시키기가 어려울 수 있다. 그렇더라도 인내와 끈기로서 바꾸어 나가야 진정한 선진국 국민으로 성장하고 발전할 수 있게 된다. 성공은 부정적인 네 탓으로는 절대 이룰 수 없다. 오로지 내 탓이오 라는 긍정적인 생각과 주체적인 신념이 있어야 가능하다.

타협은 내 것의 양보가 먼저다

우리나라 사람들은 비빔밥을 잘 먹는다. 커다란 양푼 그릇에 따뜻하게 갓 지은 흰쌀밥을 넣고 위에 여러 가지의 채소로 나물을 무쳐서 밥 위에 얹는다. 콩나물과 고사리나물, 무채 나물과 상추 나물, 호박 나물, 시금치나물, 도라지나물, 산채나물이 들어간다. 그 위에 김 가루를 뿌리고 달걀부침을 하나 얹고 참기름을 살짝 두르고서, 고추양념장과 함께 비벼서 먹으면 맛이 일품이다. 곁들여서 된장국이나 물김치와 함께 먹으면 어우러지는 맛은 더 좋아진다. 이러한 비빔밥은 각각의 개별 나물의 독특하고 고유한 맛이 함께 어우러지면서 더 좋은 맛을 낸다고 한다. 한 그릇에 담은 작은 우주 비빔밥! 비빔밥에 참기름을 맨 마지막에 넣어야 맛있는 이유는 참기름은 향이 강해서 맨 마지막에 넣고 비벼야 은은하고 감미로운 풍미가 더해진다. 참기름에는 리그난(Lignan)이라는 성분이 들어있다고 한다. 이 성분은 식물성 항암 성분으로 노화 방지, 심혈관질환 개선, 콜레스테롤 감소 효과, 알코올 분해 촉진, 비만 예방, 동맥경화나 고혈압 예방, 지방간 예방, 당뇨병 등등의 다양한 효능이 있다고 한다. 비빔밥은 여러 가지 나물과 참기름 등을 골고루 섭취하는 효과를 넘어서 서로의 맛과 향이 어우러져 더 좋은 맛과 향을 낸다는 것이다. 또한, 무조건 섞어서 먹는다고 그 맛이 나는 것이 아니라 언제 어떻게 섞어야 더 좋은 맛을 내는지의 순서도 있다.

이렇게 간편하게 먹는 비빔밥의 유래는 어디에서 왔을까?

중국 명나라 골동십삼설(骨董十三說)에 의하면, 분류가 되지 않은 옛날 물건들을 통틀어 골동(骨董)이라 하는데, 밥에 여러 가지 음식을 섞어서 익힌 것을 골동반(骨董飯)이라 했으며, 조선 말기 「동국세시기(東國歲時記)」에는 골동면(骨董麪)을 언급하면서 골동은 뒤섞는다는 뜻이라고 했다. 조선 말기 요리서인 「시의전서(是議全書)」에는 骨董飯을 부븸밥이라 적었는데, 만드는 방법은 밥을 정히 짓고, 고기는 재워 볶고, 간납은 부쳐 썰고, 각색 나물을 볶아놓고 좋은 다시마로 튀각을 튀겨서 부숴놓는다. 밥에 모든 재료를 다 섞고 깨소금, 기름을 많이 넣고 비벼서 그릇에 담고, 위에는 잡탕거리처럼 계란을 부쳐서 골패 짝만큼씩 썰어 얹으며, 완자는 고기를 곱게 다져 잘 재워 구슬만큼씩 빚은 다음, 밀가루를 약간 묻혀 계란을 씌워 부쳐 얹는다. 이렇게, 조선 초기에 골동이란 단어가 쓰였고, 19세기에 한자 골동반이 한글 비빔밥과 같이 쓰이다가, 현대에는 비빔밥으로 되었다고 한다.

한편, 민간에서는 비빔밥의 유래에 관해서는 세 가지 이야기가 전해 온다.

첫 번째, 제사 풍습으로 밥, 고기, 생선, 나물 등을 상에 올려놓고 정성껏 제사를 지낸 뒤 후손들이 음식을 골고루 나눠 먹었는데, 이때 밥을 비벼 먹었던 데서 비빔밥이 탄생했다는 이야기다.

두 번째, 한 해의 마지막 날 음식을 남긴 채 새해를 맞지 않기 위해 남은 밥에 반찬을 모두 넣고 비벼서 밤참으로 먹었던 풍습에서 유래했다는 설이다.

세 번째, 모내기나 추수를 할 때 품앗이 풍습이 있었는데, 이때 시간과 노동력을 절약하기 위해 음식 재료를 들로 가지고 나가 한꺼번에 비벼서 나눠 먹었던 것에서 유래하였다는 설 등 세 가지의 설로 전해 오고 있다.

이상에서 본 바와 같이, 비빔밥은 골동반에서 유래한 것이니, 오래되어 골동품이 된 여러 가지 음식들을 한꺼번에 섞고 익혀서 반찬과 버무려진 밥으로 만든 것이고, 그러한 형태는 제사 후나 품앗이할 때에 흔히 사용되던 방식이었다는 것이다. 그러면, 비빔밥의 비빔과 밥의 어원을 보자.

비비다는 르완다어 bibye에서 유래한 것으로서, '땅에 나무를 심거나 씨를 뿌리듯이, 밥에 음식을 심고 뿌리는 것'을 의미하며, 비빔은 르완다어 bibye + mo의 합성어로서 '밥에 음식을 뒤섞는 그런 것'을 의미한다. 한국어의 또 다른 조상어인 세소토어 baballa는 '깃들이고 편하게 하는 것 또는 경제적으로 하는 것'을 뜻한다.

밥은 세소토어 baballa (to nestle)에서 유래한 것으로서, '먹기 편하게 하는 것' 즉, '곡식을 물에 끓여 익혀서 먹기 쉽게 만든 것'을 의미한다. 결국, 비빔밥은 '음식을 버무려 넣고 생쌀을 익혀서 먹기 좋게 한 것'을 의미하는 것이다. 나는 지금도 비빔밥을 좋아하는데, 우선 먹기가 수월하고, 섞어서 먹으면서 여러 가지 맛을 함께 느낄 수 있어서 좋다. 어원이야 어떻든 간에 비빔밥은 모든 재료가 섞여서 한층 더 좋은 맛을 낸다는 것이 중요하다. 밥과 반찬을 하나씩 따로따로 먹을 때는 그 반찬 특유의 향이나 맛을 볼 수 있는데 반해, 비빔밥은 개별 반찬이 지니고 있는 맛이나 향을 조금씩 양보하면서 좀 더 좋은 맛을 내기 위해 어우러지고 조화를 이룬다는 것이다.

찰스 리드가 한 말이라고도 하고, 마하트마 간디가 한 말이라고도 하며, 부처님의 말씀이라고도 하는데 많은 사람이 알고 있는 내용이다.

"생각이 말이 되고, 말이 행동이 되고, 행동이 습관이 되고, 습관이 성격이 되고, 성격이 운명이 된다."고 하였다. 이 운명이 사람의 삶의 방향을 결정한다. 결국에는 내 생각과 내 말이 내 삶을 결정한다는 것이다. 미리 이러한 것을 알았다면 생각과 말을 함부로 하지 않았을 것이다. 함부로 했던 불평불만의 마음, 부정적인 말을 깨끗하게 지워야 한다. 축복하는 마음, 사랑하는 마음으로 긍정적이고 감사하는 말, 상대를 치켜세워주는 말을 함으로써 삶의 주름이 펴지는 아름다운 축복을 경험할 수 있다. '나의 믿음대로 될 것이다. 나의 소망대로 될 것이다. 내 운명은 내가 지금 하는 말이 바로 나의 운명이 된다.' 라는 긍정적인 마음으로 운명을 바꾸어 나갈 수 있다. 필자는 먹는 음식도 같을 것으로 생각한다. 맛있고 영양가 높은 음식을 먹으면 좋은 영양분을 섭취하여 건강한 신체를 유지할 수 있다. 무조건 좋은 음식만 먹는 것이 아니라 어떻게 먹느냐도 중요하다. 조금씩 천천히 꼭꼭 씹어서 먹어야 소화가 잘되고, 몸에 흡수가 잘된다. 영양가적인 측면에서 함께 먹으면 좋은 음식이 있고, 함께 먹어서는 안 되는 음식들도 있다. 먹는 순서가 있는 경우도 있고, 함께 비벼 먹어도 좋은 음식이 있다. 우리는 음식은 서로 비벼서 서로 섞어 먹기를 좋아하면서, 생각은 왜? 섞지를 못하는 것일까? 몸과 마음은 하나라고 했는데, 우리나라 국민들은 왜 몸과 마음이 따로 놀고 있는 것일까? 먹는 것은 섞어서 먹으면 맛있다는 것을 알기에 생각이나 마음을 조화롭게 섞으면 더 좋은 대안을 찾을 수 있지 않을까?

　필자 혼자만의 생각일지 모르나 여러 가지 음식을 섞어서 비벼 먹으면 평소의 행동들도 서로 화합하는 데 도움이 될 것으로 생각한다. 비빔밥은 나만 좋아하는 음식은 아니다. 우리나라 대부분의 사람은 비빔밥을 좋아하고, 싫어하는 사람은 별로 없다. 음식은 서로 섞어서 먹기를 좋아하는데 생각은 그렇지가 못하다. 너무나 뚜렷한 개성들을 갖고 있다. 어쩌면 장점이자 권장해야 할 사항이기도 하다. 문제는 상대방의 장점이나 생각을 인정하지 않으려는 것에 있다. 음식으로 보면 자신이 가진 맛이나 향이 최고이지 다른 음식이 가진 것은 형편없는 것이라고 헐뜯어버리는 것이 문제다. 비빔밥이 그렇듯이 여러 가지의 개성이나 맛, 향이 있는 나물과 참기름, 고추장이 어우러져서 더 좋은 맛을 낸다는 것을 잊고 있는 것 같다. '천상천하유아독존(天上天下唯我獨尊), 하늘 위와 하늘 아래에서 오직 내가 홀로 존귀하다'는 것을 오로지 자신만이 최고라는 것으로 잘못 해석하고 있다. 자신이 그러하면 상대도 상대방의 입장에서는 같다는 것을 인정하지 않으려 한다. 오로지 자신만이 천상천하유아독존이라는 생각이 지배하고 있는 것 같다.

　정치도 마찬가지이다. 진보와 보수는 적절하게 융합하며, 양립하여야 건전한 민주주의로 자리를 잡고 발전을 하게 된다. 보수와 진보가 두 바퀴로 균형을 잡으며 움직여야 진정한 민주주의가 자리 잡게 된다. 그런데도 우리나라는 그렇지 못하다. 보수가 정권을 잡으면 진보가 했던 정책은 모두 부정하고, 폐기하려 하고, 진보가 집권하면 반대로 보수가 했던 정책은 아주 형편없고 몹쓸 정책으로 몰아붙여서, 중단시켜 버린다. 타당성과 합리성을 검토하고, 설령 타당하지 않더라도 국익을 따져보고, 어떤 단계를 거치며 해결하는 것이 좋을지는 생각도 않는다. 처음부터 나쁜 정책으로 결정해서 중단시키고, 나중에 잘못 결정한 것은 모르쇠로 일관한다. 왜 전 정권이 하던 것은 모두가 잘못된 것일까? 잘된 것은 계승하고, 문제 있는 것은 보완하고, 잘못된 것은 바꾸어 나가면 된다. 비빔밥처럼 정책의 향과 맛을 섞어 내지를 못한다.

협상에서는 언제나 타협이 필요하다. 아무리 좋은 대안도 서로가 협의하여 타협점을 이끌어 내어야 한다. 무조건 협조하라고 윽박질러서는 절대 타협점을 찾을 수 없다. 정말 좋은 안건이라도 상대가 반대하게 되면 내가 가진 것을 양보하는 것에서 시작해야 한다. 무조건 내 생각이 옳고, 좋은 안건이니 따라오라고 해서는 타협점을 찾을 수 없다. 우리가 자주 먹는 비빔밥에서 그 해답을 찾을 수 있다. 각각의 나물과 양념들이 어우러지면서 개개의 양념과 나물들이 가진 향이나 맛을 조금씩 양보를 하여 더 좋은 맛을 만들어 낸다. 먹는 음식을 서로 섞고 비벼서 먹는다면 생각과 행동도 그렇게 될 것이라는 생각이 틀린 것일까?

그런데도 나는 믿고 싶다. 우리는 서로 어울려 살면서 시너지를 발휘할 줄 아는 국민이라는 것을 믿는다. 단지 타협에서는 내가 먼저 양보를 하는 것이 필요하다는 인식의 변화가 필요하다. 양보를 통해서 타협점을 찾아내는 데에는 인내가 필요로 한다. 내가 생각하는 조건과 대안이 최선이라는 생각을 버려야 한다. 타협은 양보로부터 시작하여 상대방이 마음을 열고나올 수 있도록 시간을 주고 기다릴 줄을 알아야 한다. 일정이 촉박하면 던져놓고서 결정하라고 윽박지르기 전에 무엇을 좀 더 양보해야 할지에 대해 고민하고 기다릴 줄 아는 인내가 있어야 한다.

비빔밥에서 서로 자신의 고유한 맛은 간직하면서 섞고 비벼서 먹으면 더 좋은 맛을 낸다는 것을 배워야 한다. 섞고 비벼질 때 자신의 독특한 향이나 맛을 조금씩 양보할 줄 아는, 음식에서의 협상과 양보의 미덕을 배워야 한다.

CHAPTER

02

• • •

제2장

왜 견디지 못 하는가

소통하고 합의하기 위해서
참고 견디는 끈기와, 인내가 있어야 한다.
네가 아닌 나 자신부터
소통하는 방법을 터득하기 위해
참고 견디는 인내가 필요하다.

빠르게 변화하는 세상

       4차 산업혁명과 일자리의 변화에 대해 특 강을 진행했다. 여성 경영자를 대상으로 한 학기 동안 진행되는 과정 이다. '4차 산업혁명과 일자리의 변화'에 대하여 진단해보고 대응을 위한 주제였다. 산업혁명은 학습한 내용이겠지만, 산업혁명의 변천사 에 대하여 정리를 해보면 다음과 같다.

  1차 산업혁명은 경제학자 아놀드 토인비(Arnold Toynbee)가 처음 사용 한 용어로서, 18세기 중엽 영국에서 시작된 기술혁신과 이에 수반하여 일어난 경제구조의 변혁을 말한다. 18세기 중엽에서 19세기 초반, 영 국을 중심으로 전개되었으며, 증기기관이 중대한 기폭제가 되어 기계 화 혁명으로 인한 육체노동의 절감에 이바지를 하였다. 수용이나 확산 속도가 빠르지 않아 유럽에서의 산업혁명과 공업화는 1850년대에 이르기까지 일부 지역으로 확산이 국한되었고, 유럽 외 지역은 미국에서만 확산이 되었던 것이 1차 산업혁명이다.

2차 산업혁명은 1차 산업혁명의 영향력이 아직 전 세계에 확산되기 전에 20세기 초 두 번째 산업혁명의 움이 트기 시작했다. 전기의 발명과 보급, 공장에 전력이 보급되고 컨베이어시스템의 등장으로 획기적인 생산성 혁신인 대량생산 시대가 열리게 되었다. 석유자원, 그리고 전화, 텔레비전과 같은 커뮤니케이션 기술을 발명한 미국이 2차 산업혁명을 주도하였다.

3차 산업혁명은 1960년대에 시작되어 반도체와 메인프레임 컴퓨팅(1960년대), PC(1970년대와 1980년대), 인터넷(1990년대)이 발달을 주도했다. 3차 산업혁명을 '컴퓨터 혁명' 혹은 '디지털 혁명'이라고 말하기도 한다. 자동화에 따른 노동력 감소 및 자동화기기 대체로 이어졌다. 인간의 역사에서 노동의 부담이 축소되는 시대가 열리기 시작한 것이 이때부터이다.

4차 산업혁명은 지금까지의 산업혁명이 물리적 공간과 사이버 공간으로 나뉘어 발전했다면, 4차 산업혁명은 두 공간의 시스템이 결합해 불연속성을 극복한 미래를 열어가는 산업혁명이다. 산업혁명의 연장선에서 2010년대 중반은 IoT, CPS, 빅데이터, 인공지능, 지능 로봇으로 촉발되는 4차 산업혁명의 전환기로 볼 수 있다. 1, 2차 산업혁명을 에너지 혁명이었다고 한다면, 3, 4차 산업혁명은 정보의 혁명이다.

3차 산업혁명은 정보가 하드웨어를 지원하였지만, 4차 산업혁명은 정보가 산업혁명을 선도하는 역할을 한다는 것에서 차이가 있다.

우리나라는 산업화가 급속하게 발전한 세계에서 보기 드문 나라이다. 40년 전만 하여도 먹을 것이 없어서 굶주리는 사람이 많았었다. 일본식민 시대를 거쳐서 해방을 맞이했지만, 이념의 대립으로 남북전쟁을 겪으면서 온 나라는 황폐해졌다. 식민지 시대에 발전시키지 않아 산업화의 공장은 거의 없었고, 조금 있던 공장마저도 전쟁으로 파괴되고 말았다. 아무것도 없던 시절에 우리나라는 제3차 산업혁명의 시대를 맞이하게 되었다. 유럽과 미국 등에서 주도하던 1차 산업혁명과 2차 산업혁명은 겪어보지도 못하고 바로 3차 산업혁명의 시대를 맞이한 것이다. 전쟁으로 폐허가 되고, 산업화 시설이라고는 찾아볼 수 없는 상황에서 나라의 재건을 위한 정권이 들어서서 국민들의 마음을 모으고, 성장을 위한 로드맵으로 산업화를 진행했다. 서양의 선진국에서는 수백 년에 걸쳐서 이룬 산업화를 채 50년도 되지 않은 기간에 만들어 낸 것이다. 국민들의 땀과 노력이 크게 역할을 했지만, 무엇보다도 주도적인 리더십이 큰 역할을 하였다. 발전을 거듭하면서 1990년대에 이르러 인터넷 발달단계에서는 가장 빠른 성장으로 세계를 주도하기에 이르렀다. 산업이라고는 아무것도 없이 시작하여 세계를 선도하는 IT강국, 통신강국으로 성장하게 된 것이다. 세계의 경제를 선도해가던 선진국들을 제치고 비록 한참 뒤에 출발 했지만 선진국의 반열에 진입하였고, IT와 통신에서는 세계를 선도하는 위치에 이르게 된 것이다. 최빈국에서 출발하여 밤낮을 가리지 않고 달려온 피와 땀의 결실이었다.

초등학교 다닐 때 배웠던 토끼와 거북이의 경주에 대한 이야기이다.

옛날 옛적에 토끼와 거북이가 살고 있었다. 토끼는 매우 빨랐고, 거북이는 느림보였다. 어느 날 토끼가 거북이를 느림보라고 놀려대자, 거북이는 자극을 받고 토끼에게 달리기 경주를 제안했다. 공주 연미산에서 경주를 시작한 토끼는 거북이가 한참 뒤진 것을 보고 안심을 하고 중간에 낮잠을 잔다. 토끼가 오랫동안 잠에 빠진 틈을 타서 거북이는 토끼를 추월한다. 잠에서 문득 깬 토끼는 거북이가 자신을 추월했다는 사실을 깨닫게 되고 허겁지겁 바쁘게 뛰어 가보지만 결과는 거북이의 승리였다. '천천히 그리고 꾸준히 노력하는 자가 승리 한다' 는 교훈이 담겨 있는 이야기다.

비록 거북이는 느림보였지만 쉬지 않고 꾸준히 노력하여 따라잡아 이겼다. 산업화의 속도가 빠르지 않았을 때는 느림보인 거북이가 꾸준하게 경주하여 따라잡을 기회는 있었다. 또한 토끼가 조금만 더 일찍 깨어났으면 충분히 거북이를 앞질러 갔을 수도 있지만, 동화이어서 어린이들에게 성실하게 살아야 함을 전해주기 위해서 토끼가 진 것으로 마무리한 것이다. 빠르게 변화하지 않는 상황에서는 조금 뒤에 출발했더라도 열심히 전력 질주를 하면 앞서가는 나라를 따라잡을 수 있는 기회가 있었다. 우리나라의 전자제품이 일본을 따라잡을 것이라고는 아무도 생각하지 못했었다. 1990년대 말에만 해도 일본 출장 가면 소니사의 워크맨(Walkman) 하나 사 오는 것이 꿈이었던 시절도 있었다. 전자제품의 우상이자 세계를 지배하던 일본을 우리나라가 감히 따라잡으리라는 것은 아무도 예상하지 못했다. 2009년에 접어들어 국내의 삼성과 엘지가 가전제품 시장에서 일본을 따라잡았다. 따라잡을 정도가 아니라 삼성의 순수익이 일본의 가전제품 상위 9개사의 순이익을 합한 금액의 두 배를 넘게 압도하게 되었다. 비록 늦게 출발을 했지만, 대대적인 투자와 연구개발로 따라잡을 수 있었다.

4차 산업혁명에 일자리는 어떻게 변화를 할까? 4차 산업혁명의 핵심은 소프트웨어 역할의 확대를 예상한다. 자동화, 최적화, 유연화를 통해 문제를 해결하는 S/W의 역할이 확대되리라는 것에는 이견이 없다. 디지털 시대의 S/W는 기존의 H/W의 보조적 수단의 역할에서 4차 산업혁명시대에는 인지, 판단 및 예측의 핵심기술이 S/W로 사회, 경제 전반에 프로세스와 의사결정을 자동화, 지능화, 최적화, 유연화시켜주는 디지털 브레인으로의 기능으로 확대될 것이라고 전문가들은 예견한다. 특히 의료분야, 금융 분야, 제조분야, 미디어분야, 자동차분야가 급격하게 성장할 것으로 예견을 한다. 문제는 우리나라의 4차 산업혁명에 대한 준비상태이다. 세계적으로 IT선진국으로 성장과 발전을 주도해왔었던 우리나라는 4차 산업혁명에 대한 준비는 아주 미흡하다. 선진국과의 기술격차가 크며, 산업혁명의 적응 준비도 세계 25위 수준이라고 하나 근래에 와서는 훨씬 더 뒤처졌다고 한다. 4차 산업혁명이라는 용어도 구글이 주도한 인공지능 알파고와 이세돌 9단과의 바둑게임 이후에 관심을 끌게 되었다. 바둑은 너무나 많은 수가 있기에 이세돌 9단이 이길 것 이라는 예상을 뒤엎고, 알파고에 패하고 말았다. 인공지능이라는 용어조차 생소하게 생각하던 국민들도 인공지능(AI)을 조류인플루엔자(Avian Influenza)인 AI만 있는 것이 아니라는 것을 알게 되었을 정도이다. 구글은 알파고와 이세돌 9단과의 바둑게임 이벤트로 인공지능을 전 세계에 광고를 한 계기가 되었다.

인공지능이란 사고나 학습 등 인간이 가진 지적 능력을 컴퓨터를 통해 구현하는 기술이다. 인공지능은 개념적으로 강 인공지능(Strong AI)과 약 인공지능(Weak AI)으로 구분한다. 강 AI는 사람처럼 자유로운 사고가 가능한 자아를 지닌 인공지능을 말한다. 인간처럼 여러 가지 일을 수행할 수 있다고 해서 범용인공지능(AGI, Artificial General Intelligence)이라고도 한다. 강 AI는 인간과 같은 방식으로 사고하고 행동하는 인간형 인공지능과 인간과 다른 방식으로 지각·사고하는 비

인간형 인공지능으로 다시 구분할 수 있다. 약 AI는 자의식이 없는 인공지능을 말한다. 주로 특정 분야에 특화된 형태로 개발되어 인간의 한계를 보완하고 생산성을 높이기 위해 활용된다. 인공지능 바둑 프로그램인 알파고(AlphaGo)나 의료분야에 사용되는 왓슨(Watson) 등이 대표적이다. 현재까지 개발된 인공지능은 모두 약AI에 속하며, 자아를 가진 강 AI는 등장하지 않았다.

4차 산업혁명과 일자리의 관계에 대한 견해도 학자에 따라 다르게 존재한다. 로버터 앳킨슨 정보기술혁신제단 창립자와 데이비트 오터 MIT교수, 토마스 하이 위스콘대 교수, 그리고 조엘 모키어 노스웨스턴대 교수는 4차 산업혁명이 닥쳐도 일자리는 줄어들지 않고 늘어날 것이라고 예견을 한다. 그럼에도 토마수 프레이 다빈치 연구소 소장, 로렘스 서머스 前하버드대 총장, 제프리 삭스 컬럼비아대 교수, 할 베리언 구글 수석경제학자 등은 많은 일자리가 줄어들 것을 예견하면서 2030년까지 무려 20억개의 일자리가 사라질 것이라고 예상을 한다.

산업혁명이 진행되어 오면서 일자리가 없어질 것이라는 우려로 1800년대에 러다이트 운동, 스윙반란으로 기계로 일자리를 잃은 노동자가 기술을 증오하는 시위가 있었으며, 2010년 이후에는 반구글 운동, 반 우버 시위로 기업들이 일자리를 없애고 세금을 회피하면서 디지털 갈등을 일으키는 무자비한 자본가로 등장하였다는 비판과 시위가 이어지고 있기도 하다. 어느 학자들의 예상이 맞을지는 모르겠으나 기존의 일자리가 줄어드는 것은 확실하다. 단지, 줄어든 일자리만큼 4차 산업혁명에 맞는 일자리가 만들어 질 것이라는 예상을 믿고 싶어 하는 것이 필자의 생각이다. 지금까지 세 차례의 산업혁명을 거쳐 오면서 줄어들 것이라는 예상이 있었지만, 일자리는 줄어들지 않고 계속 증가해 왔기에 그렇다. 그런데도 4차 산업혁명은 3차 산업혁명까지의 상황과는 많이 다르기에 어떻게 변화할지 예상하기가 어렵다. 다만, 변화에 적응하기 위하여 변화의 방향을 읽어가며 상황에 맞게 적절하게 대응해 가는 자세가 필요하다. 잠시라도 한눈을 팔아서는 안 된다. 변화의 상황을 한순간이라도 놓치지 않도록 주시하면서 대응의 방향을 찾아 나가도록 해야 한다.

3차 산업혁명 초기까지는 변화의 속도가 빠르지 않았기에 조금 뒤에 출발해도 따라잡을 기회가 있었다. 하지만 3차 산업혁명의 디지털 시대부터는 어려움이 많다는 조짐이 보였다. 일본의 전자제품이 한국에 따라잡혔던 것은 의사결정에 시간이 많이 소요되었기 때문이라는 분석이 지배적이다. 일본의 기업들 대부분 CEO는 전문경영인 체제로 운영이 된다. 우리나라의 기업은 전문경영인보다는 대주주인 자본가가 직접 운영하는 경우가 많다. 전문경영인에 의한 경영 활동이 소유주 경영보다 장점이 많다. 그런데도 의사결정에 많은 시간이 소요되기에 빠른 변화의 대응에 문제점을 안고 있다. 수조 원이 투자되어야 하는 의사결정을 하는 데 시간이 많이 소요될 수밖에 없다. 한국의 자본가 CEO의 신속한 의사결정 시간을 따라잡지 못하여 실기하여 일어난 결과라는 것이다. 급속하게 변화하는 상황에 대응하고 준비해야 하는 것에도 상황에 맞게 참고 기다리는 지혜도 필요로 한다. 인내란 무조건 시간을 갖고 참고 기다린다는 것은 아니다. 때에 따라서는 무던하게 끈기를 가지고 인내하는 것이 필요할 것이며, 때로는 결정을 신속하게 해야 하는 상황일 때에 서두르지 않고 상황에 적절하게 인내하는 것이 중요하다. 인내와 끈기도 시대에 따라서 변화되게 적용해야 하는 인식이 필요하다.

이제는 습관이 된 조급한 마음

필자는 아침에 샤워하는 습관이 있다. 보통 사람들은 저녁에 샤워로 깨끗하게 씻는다고 하는데, 나는 아침에 일어나서 샤워한다. 한 여름철이나 밖에서 심하게 땀을 흘린 경우가 아니면 매일 같은 패턴으로 저녁에는 깨끗이 손발만 닦는다. 아침에 일어나 샤워를 하지 않고서는 집 밖을 나가지 않는다. 매일 반복적으로 하는 것을 습관으로 굳어졌다고 한다. 이런 나의 습관이 영향을 미쳤는지 식구들 모두 아침에 샤워한다. 그렇다 보니 아침 시간의 화장실은 항상 붐빈다. 내가 4시 반에 일어나서 빨리 씻고 출근을 하는 것도 아침에 붐비는 시간을 피하기 위한 것도 있다. 다른 가족은 그렇지 않지만, 나는 매일 샤워를 하기에 목욕탕에를 가지 않는다. 물론 때가 없다는 것은 아니다. 목욕탕에 들어가서 푹 불리고 밀면 분명 때가 많이 나올 것이다. 목욕탕엘 가지 않는 데에는 이유가 있다. 나는 아직도 목욕탕의 뜨거운 물을 싫어한다. 뜨거운 탕에 들어가서 시원하다고 하는 사람을 이해 못 한다. 당장 뜨거워서 미치겠는데 시원하다고 말하는 것은 말도 되지 않는다. 골프 라운딩을 끝내고 씻을 때도 마찬가지다. 깨끗하게 샤워로 모든 것이 마무리된다. 탕에 들어갈 일은 절대 없기에 항상 맨 먼저 나오게 되고, 성질 급한 놈이 밥값 낸다는 말이 있듯이 그늘 집의 계산을 내가 하는 경우가 많다.

때를 벗긴다고 심하게 미는 것은 피부에 좋지 않다. 그리고 너무 깔끔함을 떠는 것은 평소에 그렇지 않음을 숨기려 하는 행동이라고 나는 생각한다. 사람은 아무 때가 없이 살 수 없기에, 조금의 때는 갖고 사는 것이 훨씬 인간답다고 생각하기에 그렇다. 조금의 때는 지니고 사는 것이 인간답고 사람답고 건강에도 좋다고 생각한다. 뜨거운 것이 싫어서 나 스스로 합리화한 것이 습관이 된 것이다.

새벽 4시 반이면 무조건 일어난다. 평소에는 자명종이 울리기 전에 일어나지만, 전날 음주의 양에 따라 자명종에 의지해서 일어나기도 한다. 기상하면 바로 일어나서 챙기고 샤워한 후에 출근해서 사진 감사 일기를 쓰고 업무를 챙기기 시작하는데, 근래에 들어 잠자리에서 바로 일어나지 못하고 꾸물거리는 일이 자주 생긴다. 토, 일요일 없이 반복적으로 행해오던 리듬을 근래에 깨뜨린 경우가 생긴다. 토요일에 행사가 있어 무리하면, 일요일 아침에 일어나지 못하고 하루를 허송하게 된다. 물론 몸이 힘들고 피곤하면 쉬어주는 것이 좋다. 특히나 일요일에는 일어나지 않고 시체놀이 하면 어떤가? 일주일 동안 열심히 노력한 나에게 휴식을 주라고 법으로 만들어 놓은 날이다. 일요일 하루로는 적다고 토요일까지 휴일로 지정한 지가 오래되었다. 그런데도 온종일 아무런 일을 하지 않고 흘려보내고 저녁때가 되면 마음이 편안하지가 않다. 어떨 땐 아무런 이유 없이 짜증을 부리기도 한다. 내 몸이 피곤해서 내가 하루를 쉬었던 것인데, 옆에 있는 가족에게 싫은 말과 표정을 하게 된다. 몹시 나쁜 버릇이라는 것을 알면서도 하루를 그냥 허송했다는 생각을 떨쳐버릴 수가 없기에 그렇다. 휴일이지만 그날 해야 할 일을 하지 못한 것에 대한 자신의 자책이다. 쉰다는 것을 나는 아직 사치라고 생각한다. 아마 조급함이 습관으로 자리를 잡아서 그런 것 같다.

반복해서 행동하는 것을 습관이라고 한다. 매일 매일 해야 할 내용을 습관이라는 테두리 내에 가두고 그대로 실행하도록 자신을 통제하는 것을 말한다. 시간을 여유 있게 쓰는 사람에게 시간을 쪼개어서 바쁘게 움직이라고 하면 왜 그렇게 해야 하는지를 이해하지 못한다. 반대로 시간을 분 단위로 쪼개어서 사용하는 사람이 어떠한 이유로 인해 허송 시간을 보내게 되었다면, 시간이 아까워 야단법석을 떨게 된다.

그에 대한 반응이 자신을 자책하기도 하지만, 주변의 가족이나 지인에게 짜증을 내기도 한다. 조금은 여유를 갖고 사는 것도 나쁘지 않을 텐데, 조급한 마음이 습관으로 자리를 잡았기에 그렇다. 열심히 노력하고 시간을 아껴서 사용하는 사람들에게 공통으로 나타나는 현상이 있다. 무엇인가 바쁘지 않으면 불안해진다는 공통점이 있다. 정작 본업인 직장생활이나 사업을 잘 하고 있으면서, 하나에 만족하지 못하며 무엇인가를 갈망한다. 좋은 면으로 보면 열심히 산다고 칭찬받을 일이지만, 자신의 뜻에서 보면 몸을 혹사하는 일이다. 자신이 하고 싶은 일을 긍정적으로 하면 스트레스는 받지 않겠지만, 몸의 피로는 쌓일 수 있다. 자신의 몸을 사랑하고 아껴주어야 함에도 무엇인가에 쫓기는 것 같은 조급함이 습관으로 자리를 잡았기에 일어나는 현상이다.

"습관은 사회를 움직이는 거대한 바퀴다." 라고 19세기 심리학자인 윌리엄 제임스(William James)는 이렇게 말했다. 힘들고 어려운 삶의 길이라도, 그 길을 걸으며 자란 사람은 절대로 포기하지 않는다. 우리는 모두 어린 시절의 선택이나 교육을 통해 획득한 습관을 바탕으로 인생의 전장에 나서며, 다른 대안을 찾지 못했기에 못마땅한 것이 있어도 그대로 살아간다. 어쩌면 다시 시작하기에는 너무 늦었다고 생각하기 때문일 수 있다. 윌리엄 제임스는 습관의 힘이 사회 전체의 구조에 어떤 영향을 주는지 지적하고 있을 뿐만 아니라, 습관을 바꾸기가 얼마나 어려운지도 강조하고 있다. 습관을 바꾸기가 왜 그렇게 어려울까? 무의식 깊숙한 곳에 들어와 있기 때문이다. 그렇기 때문에 의식적 의지만으로 습관을 바꾸기는 거의 불가능하다. 의식적 노력은 항상 깨어 있을 때 경고를 발하고 힘을 발휘한다. 항상 경계 태세를 갖추고 있어야 의식이 무의식을 이길 수 있다. 항상 보초를 서야 한다. 하지만 깊은 밤이 되면 경계를 서고 있던 보초가 잠에 빠진다. 그러면 무의식이 우리를 사로잡는다. 무의식은 절대로 잠을 자지 않기 때문이다. 무의식은 항상 거기에 있다. 우리의 의식이 경계를 늦추기를 기다린다. 기회가 오기를 끈질기게 기다린다.

창원은 도로가 격자형으로 어느 곳으로 가더라도 거리에는 크게 차이가 없다. 그런데도 나는 항상 같은 길을 따라 출근한다. 어떨 땐 그 길에서 공사가 벌어져 교통 사정이 좋지 않아 다른 길을 찾아야 하는데도 그 길을 가고 있다. 오랫동안 매일 같은 길을 이용해 출근했기 때문에 일종의 습관이 되어 버렸다. 이 습관은 무의식적으로 나를 사무실까지 데려다준다. 자동 항법 장치(自動航法裝置)와 같다. 출근길은 나의 자동 항법 장치인 무의식이 모든 것을 알아서 처리한다. 실제로 아주 편리하다. 적은 노력으로 더 많은 일을 할 수 있기 때문이다. 나의 무의식(습관)을 바꾸어야 할 필요가 생길 때까지는 그렇다. 지금까지 다녔던 길을 따라가면서 도로 사정이 좋지 않아 늦을 수도 있다는 사실을 의식은 정확히 알고 있었지만, 무의식은 그렇지 않았다. 일단 차를 타고 출발한 다음 오늘 해야 할 일에 의식이 빠져 버리면 무의식이 운전대를 빼앗아 지금까지 이용했던 복잡한 길로 나를 데리고 간다. 그리고 꽉 막힌 도로에 나를 가둬 놓는 경우가 생기게 되어도 무의식이라는 습관은 나를 매일 다니던 도로를 고집하게 된다.

습관이란 어떤 것일까? 무의식적으로 행하는 선천적이기보다는 후천적인 행동을 말한다. 먹고 자는 것에서부터 생각하고 반응하는 것에 이르기까지 어떤 행동이든 습관이 될 수 있으며, 습관은 강화와 반복을 통해 발전한다. 강화는 어떤 행동을 유발한 자극이 되풀이될 때마다 그 행동 혹은 반응이 반복되도록 조장하며, 그 행동은 반복될수록 더욱 자동적이 된다. 윌리엄 제임스가 그의 저서 「심리학 원리 Principles of Psychology」에서 말한 것처럼 습관은 더욱 힘든 일을 위한 고등 정신과정을 보호하는 수단으로서는 유용하지만 행동을 점점 틀에 박히게 만드는 단점이 있다고 한다. 원하지 않는 습관을 고치는 데는 일반적으로 5가지 방법이 사용된다. 첫째, 이전의 반응을 새로운 반응으로 바꾸는 것이다. 예를 들면 단것을 먹고 싶어 하는 욕구를 충족시키기 위해 사탕 대신 과일을 먹는다. 둘째, 지치거나 불쾌한 반응이 생길 때까지 그 행위를 반복하는 것이다. 예를 들면 역겨울 때까지 담배를 억지로 피움으로써 담배에 대한 혐오감이 담배를 피우고 싶은 욕구를 대신하게 한다. 셋째, 환경을 변화시킴으로써 그 반응을 부추기는 자극에서 그 사람을 떼어놓는 것이다. 넷째, 어떤 행동을 유발하는 자극을 점차적으로 도입하는 것이다. 예를 들면 큰 개를 무서워하는 어린이에게 강아지를 가지고 놀게 함으로써 그 두려움을 극복하게 한다. 다섯째, 가장 비효과적인 방법으로 벌을 가하는 것이다. 이러한 여러 가지 방법을 통하여 습관을 바꾸기도 하는데, 쉽게 변화시키지 못하여 힘들어 한다. 습관을 바꾼다는 것은 기존에 몸에 배 있는 습관을 새로운 것으로 바꾸는 것이기에 참고 견디는 인내와 끈기가 있어야만 가능하다.

우리는 왜 정신없이 일에 빠져서 살아야 하는가? 일을 위해서 태어나고 일을 위해서 살다가 갈 것인가? 라는 질문을 스스로 해보는 경우가 있다. 여유를 갖지 못할 때는 무의식적인 습관에 의해 정신없이 사는 것이 문제가 된다는 것을 모르고 살고 있다. 그런데도 왜 일만 해야 하는가의 질문을 스스로 던져보면 명확한 답을 찾지 못한다. 바쁘게 살아야만 하는 것으로 학습되어 있고, 그 학습된 것이 무의식에 자리하고 있기 때문이다. 열심히 살고, 바쁘게 살아야 성공할 수 있다고 학습되고, 자신이 스스로 인정하기 때문이다. 조급한 마음이 무의식 때문에 습관으로 자리를 잡았다는 것이다. 참고 견디는 끈기와 인내가 세상을 살아가는 데 꼭 필요한 능력이다. 그런데도 무엇을 위해서, 왜 참고 견디어야 하는지에 대한 명확한 이유는 이해하지 못하는 경우가 많다. 무의식에 의한 습관으로 열심히 살아가는 것 보다는, 열심히 살아야하는 목적을 의식적으로 명료하게 할 필요가 있다. 명료하고 명확한 목적을 향해서 의식적이든 무의식적이든 참고 인내할 때 목표를 달성할 수 있다. 참고 견디지 못하는 무의식적인 습관에서 털고 나오는 것이 필요할 때이다.

스마트 폰의 역설

아침에 잠자리에서 일어나면 먼저 스마트 폰부터 찾는다. 밤새 어떤 일이 있었는지? 그리고 오늘 어떤 일을 해야 하는지를 스마트 폰으로 확인한다. 모든 일정관리를 스마트 폰으로 관리하기에 스마트 폰 없이는 업무를 할 수가 없다. 가끔은 아침 출근하면서 스마트 폰을 집에 두고 나오는 경우가 있다. 사무실 도착 전까지 까마득히 모르고 있다가 없음을 확인하고, 바로 집으로 달려가서 가져와야만 업무의 진행이 가능할 정도이다. 컨설팅을 업으로 하고 난 이후부터 일정관리를 어떤 날은 시간대별로 계획을 관리해야 하는 경우가 많아서 일정계획을 빠짐없이 스마트 폰으로 관리한다. 무료로 제공하는 일정관리 앱이 많기는 하지만, 좀 더 관리를 철저히 하고, 기록으로 남겨두기 위해 유료앱을 사서 사용한다. 각종 모임이나 단체의 활동을 밴드나 카톡, 단체카카오톡, 블로그, 페이스북, 인스타그램 등의 SNS로 하기에 스마트 폰이 없으면 모든 정보가 단절된다. 심의나 평가, 교육 등을 휴대폰을 통해서 요청받는다. 어느 날짜에 가능한지를 물어오면, 휴대폰의 일정계획을 확인해야만 가능 여부를 통보해줄 수 있다. 그러기에 나는 휴대폰 없이는 업무를 수행하기가 어려운 상태이다. 나에게 휴대폰은 없으면 안 되는 물건이며, 어쩌면 비서 역할까지 하는 유익한 물건이다.

휴대폰으로 일정관리를 하기 전에는 포켓 수첩으로 일정을 관리했다. 매년 해가 바뀌면 같은 종류의 포켓 수첩 두 개를 구입을 한다. 상반기에는 7월부터 메모장으로 사용을 하고, 하반기에는 6월까지를 메모기복장으로 사용한다. 메모장으로 사용하지 않는 곳에 매일 매일 일정계획을 기록하고 실행 여부를 관리하였다. 여러 가지 효과적인 활용법을 찾다가, 일정계획을 기록하여 계획에 의해 실행하고서, 진행 여부를 형광펜으로 체크 하였다. 실행한 것에는 형광펜으로 그어서 완료로 체크하고, 실행하지 못한 업무는 다른 날짜로 계획을 조정하여 기록관리를 했다. 그렇게 매일 매일 관리를 하지 않으면 놓치는 일들이 생겨서 고객 불만을 일으키기도 하였기에 철저하게 관리하지 않을 수 없었다. 그렇게 기록 및 관리하는 습관을 몸에 체득하는 데에는 무려 3년이란 시간이 필요로 했다. 3년이 지난 이후에는 포켓수첩을 보지 않고서는 어떤 일을 해야 할지 알 수 없을 정도로 일정관리가 습관화

되었다. 그러다가 스마트 폰이 나오면서 들고 다니는 컴퓨터에 일정관리를 하기 시작했다. 무료 앱을 내려받아서 사용도 해보고, 어떨 땐 자동으로 클라우드에 저장되는 앱을 사용하기도 하였다. 차츰 발전을 거듭하여 기능이 파워풀한 유료 앱을 구매해서 사용하기에 이르렀다. 스마트 폰이 없으면 일을 못 할 정도로 핸드폰에 예속되어 가는 느낌을 받는다.

중, 고등학교 학생 중 노력하는 만큼 성과가 나지 않는 아이들의 생활을 보면 스마트 폰에서 그 이유를 찾을 수 있을 때가 많다. 대부분의 중, 고등학교는 학생들이 일과시간 중에 스마트 폰을 사용하는 것을 허용하지 않는다. 그런데도 많은 학생이 규칙을 지키지 않는다. 아침마다 담임에게 휴대폰을 반납해야 하지만 공 기계를 내는 등의 편법적인 방법으로 규율을 어기고 있다. 매시간 수업이 이어지는 학교생활에 어떻게든 스마트 폰을 이용하고자 하는 학생들은 이미 스마트 폰에 심각하게 중독된 수준이다.

어린 시절부터 오랫동안 자극적인 콘텐츠에 노출되어 온 학생들에게 교과서 공부와 학교수업은 지루한 고문일 수밖에 없다. 그야말로 스마트 폰이 그들에게서 앎과 배움의 즐거움을 빼앗아 버린 형국이다. 독서가 취미인 학생이 눈에 띄게 줄어든 현상도 스마트 폰 사용자의 증가와 맞닿아 있다. 이처럼, 흔히 '마음의 양식'이라고 불리는 책을 읽는 학생들이 줄어드는 현상은 대한민국의 정서와 정신적 토양의 기반을 위태롭게 한다. 자라나는 신체와 함께 성장해야 하는 학생들의 정신과 지성이, 독서와 학습을 통해 얻어지는 필수 영양소의 결핍으로 정상적인 성장을 하지 못하고 있다. 자라나는 학생들의 잠재력을 빼앗는 스마트 폰의 폐해가 이렇게 심각하다.

중, 고등학교에 학교폭력 예방 강의를 위해 학교에 갈 때가 있다. 특강을 하기 전에 교장 선생님과 차 한잔하면서, 학생들과 학교폭력 현상에 대한 이야기를 먼저 듣고 강의에 들어간다. 대부분 학교 교장 선생님들 말씀 중에 휴대폰의 폐해에 대하여 심각성을 말씀하신다. 등교하면 휴대폰을 수거해 보관했다가 하교할 때 돌려준다. 대부분의 학생은 잘 따라주지만 어떤 학생은 제출을 강압적으로 요구할 때면 앞뒤 가리지 않고 선생님에게 대드는 학생들도 있다고 한다. 휴대폰이 손에 없으면 공황장애 같은 현상을 겪는 것 같다는 말씀에 스마트 폰이란 문명의 혜택보다는 폐해를 걱정하지 않을 수 없다.

대도시의 지하철을 타면 매번 보는 모습이 대부분의 사람이 구부정한 자세로 고개를 숙이고 있다. 스마트 폰을 들여다보느라 정신없는 사람들 일색이다. 최근 대한민국 지하철 풍속도가 그렇다. 스마트 폰 때문에 바뀐 풍광을 바라보면서 걱정이 앞선다. 스마트 폰을 보느라 자세가 망가지고 몸이 비뚤어지게 된 사람이 급증하고 있기 때문이다.

휴대폰 화면을 들여다보기 위해 목뼈를 거북이 목 마냥 앞으로 쭉 뺀 채 장시간 있게 되면 목과 어깨에 통증을 유발하는 이른바 '거북 목 증후군'을 앓게 된다고 한다. 이는 곧 목과 허리 디스크의 원인이 된다는 점에서 매우 심각한 증상이라 할 수 있다. 실제로 척추디스크 병원에는 최근 20~30대 젊은 환자들이 급증하고 있다고 한다. 심지어 한창 공부에 몰두해야 할 10대 청소년들의 경우도 팔다리 저림 증상을 견디다 못해 결국 디스크 수술을 받는 경우가 잦아지고 있다. 과거에는 50~60대가 되어야 노화에 따른 관절 연골 손상으로 인해 발생하던 디스크가 이제는 연령을 구별하지 않는 병이 된 것이다. 편의를 위해 탄생한 모바일 문화가 젊은 층의 건강을 위협하고 있다. 대부분의 사람이 지하철에서 책을 보기보다는 스마트 폰에 빠져있다. 가끔 스마트 폰으로 전자책을 보는 사람들이 있기는 하나, 대부분의 승객이 스마트 폰에 중독된 것처럼 몰입하고 있는 것이 문제이다. 우리 사회는 이렇게 어른들부터 아이들, 심지어 영·유아에 이르기까지 스마트 폰에 푹 빠져있다고 해도 과언이 아니다. 커피숍에서 만난 젊은 연인이 커피를 시켜놓고 마주 앉아 스마트 폰에 머리를 파묻고 있지를 않나, 지인들과 모여 도란도란 이야기 하는 모습은 찾아보기 힘들어졌고, 각자의 스마트 폰 화면에 열중인 모습들이다. 이렇게 스마트 폰은 제일 가까운 가족, 친구, 동료들과의 대화를 단절시키고 우리의 사는 모습을 바꿔놓고 있다. 인간 사이의 소통을 효율적으로 하고 인간에게 편리함을 주려고 만든 스마트 폰이 오히려 인간 사이의 진정한 대화와 만남을 방해하고 있고 인간에게 엄청난 폐해를 주고 있다. 이것을 스마트 폰의 역설이라고 한다.

유럽에는 10세 미만에게는 스마트 폰 등 전자기기 사용이 법으로 금지되어 있다. 일본도 초등학교 학생들은 스마트 폰을 쓰지 못하게 할 뿐만 아니라 아예 휴대폰을 갖지 못하게 하고 있다. 대만에서는 2세 미만 영. 유아에 대해 스마트 폰이나 아이패드 등 전자제품 사용을 금지하는 법안을 최근 통과시켰고 여기에 더해 18세 미만 청소년들에게도 '합당하지 않은 시간 동안' 디지털 매체를 이용하지 못하도록 규정하고 법을 어길 경우 부모에게 벌금을 부과하도록 하고 있다.

우리도 스마트 폰 사용에 대해 전 사회가 새롭게 생각하지 않으면 안 될 것 같다. 스마트 폰에 아이들이 최대한 늦게 접하도록 노력해야 하고, 어린 시절에는 책을 읽고 신체 활동을 하는 경험을 먼저 맛보게 하도록 모두가 노력해야 한다. 청소년 시기는 자아가 형성돼 가는 시기로서 교육이 필요하고 제도적인 장치가 필요하다.

가정에서는 부모가 모범이 되어 특정한 시간을 정해두고 스마트 폰을 사용하면서 온 가족이 스마트 폰과 멀어지는 연습을 해야 한다. 어린아이들이 스마트 폰보다 몸을 뒹굴면서 노는 것이나 부모와 함께 어울리는 것을 더 좋아하듯이, 어른들도 마음으로 이어지는 소통을 경험한다면 스마트 폰에 자신을 가두지 않을 것이고 내 아이도 스마트 폰 중독의 늪으로 빠지지 않도록 잘 인도해갈 수 있다. 우리가 스마트 폰 역설에서 벗어날 수 있는 길이기도 하다.

지하철에서 와이파이가 연결되는 나라는 우리나라 외에는 몇 개국이 안 되는 것으로 안다. 다른 선진국은 기술적으로는 가능하지만 스마트 폰의 역설 때문에 설치하지 않은 것은 아닌가 싶다. 우리나라도 지하철에서는 책을 볼 수 있도록 와이파이의 연결을 차단하는 것은 어떨까? 물론 한번 혜택을 본 시민들의 반발은 만만치 않겠지만, 그런데도 검토해 볼 필요는 있다. 우리나라의 독서량을 보면 다른 나라에 비교해 턱없이 부족하다. 월평균 0.8권이라는 데이터를 보고서 깜짝 놀랐다. 중국이 2.6권, 일본이 6.1권, 미국이 6.6권에 비하면 턱없이 독서량이 모자란다. 독서량이 부족하다 보니 자신의 정체성을 확립하는 데 문제가 많다. 그리고 서로의 이견을 조율하기가 어렵다. 자신이 경험한 것, 자신이 아는 것 외에는 모두 다 틀렸다는 생각 때문이다. 이렇게 혼란스러움이 결국에는 독서의 부족이 주요한 원인이다. 스마트 폰의 폐해에서 벗어나고 온 나라에 만연해 있는 흑백논리를 없애기 위해서는 독서가 필수적이기 때문이다.

이러한 스마트 폰의 폐해에서 벗어날 방법은 무엇일까? 첫 번째로, 어린아이를 키우는 부모라면 스마트 폰의 폐해를 정확히 인지하고, 자신의 편의를 위해 부모 스스로가 아이에게 스마트 폰을 쥐여주는 일을 절대 하지 말아야 한다. 두 번째로, 초등학생을 키우는 부모라면 아이가 독서나 운동 등 건전한 취미를 가질 수 있도록 유도해야 한다. 자유시간을 어떻게 써야 할지 모르는 아이들이 쉽게 스마트 폰에 빠진다는 것을 명심하고, 아이의 건설적인 취미 생활을 지지하고 응원해 주어야 한다. 세 번째로, 이미 스마트 폰을 사용하는 중학생을 키우는 부모라면 아이가 인생의 큰 그림을 그리고 그에 따른 작은 목표들을 설정할 수 있도록 도와주고, 일상의 크고 작은 성취감을 맛보도록 유도하고 안내하여야 한다. 네 번째로, 이미 스마트 폰 중독 수준의 고등학생을 키우는 부모라면 전문가의 도움을 받아야 한다. 억지로라도 아이에게서 휴대폰을 빼앗고 싶은 심정이겠지만, 이러한 극단적인 방법은 현실적인 해결책이 되지 못한다. 전문가의 조언을 따르는 한편, 다시 처음부터 아이를 키운다는 심정으로 시간과 정성을 들여 아이의 변화를 기다려주고 지켜봐 주어야 한다. 끈기와 인내심을 가지고 지켜봐야 한다. 조급하게 단번에 해결하려고 해서는 효과를 볼 수 없다. 자식을 믿고 사랑하는 마음을 갖고서 변화하도록 도움을 주어야 한다. 그러기 위해서는 부모들의 변화가 선행되어야 한다. 정작 부모는 스마트 폰에서 벗어나지 못하면서 애들에게 벗어나기를 요구하는 꼴이 되어서는 안 된다. 스마트 폰에서 벗어나기 위해서 부모가 책을 읽는 모습을 보여주는 것이다. 형식적으로 책을 들고 읽는 모습을 보여주는 것이 아니라, 직접 독서의 즐거움을 느껴보는 것이다. 그러면 애들은 부모님의 모습에서 변화해야 하는 이유를 찾을 수 있을 것이다. 애들은 책을 읽는 즐거움에 빠져들어 보지 못했기에, 당장 즐거움을 제공하는 콘텐츠에 빠지게 되는 것이다. 휴대폰의 역설에서 자식들을 벗어나게 만들고, 자신도 벗어날 방법은 끈기 있게 인내하면서 책을 읽는 즐거움을 느껴보도록 하는 것에서 시작을 해보자. 한 걸음 더 나아가서 책을 써보는 것도 시도하고 도전을 해보자.

시간과 노력보다는 결과를 중시하는 풍조

　　나라의 대재앙이었던 세월호 침몰사고가
생긴 이후에 국민안전처가 신설되었다. 재난을 국가적인 시스템으로
관리하겠다고 독립해서 만들었다. 조직을 만든 이후에도 크고 작은 재
난이 발생하기는 했지만, 수습하는 과정을 거치면서 시스템으로 보완
해 나가고 있다. 그 시책의 목적으로 국민안전처가 기업재난관리사의
전문자격자를 양성하여 기업에서부터 재난을 예방하는 시스템을 구축
하겠다는 전략이었다. 기업에서 먼저 시스템으로 자리를 잡게 되면,
다음에는 범국가적으로 재난에 대한 경각심을 높이고, 시스템화하여
재난이 발생하기 전에 예방 활동을 위하여 만든 자격사이다. 새 정부
가 집권하면서 정부조직은 변화가 일어났다. 국민안전처의 기능은 다
시 행정안전부로 이관되었다. 행정안전부와 소방청, 그리고 해양경찰

청으로 나누어서 이관된 것 같다. 국가의 재난관리 및 대응을 체계적으로 하겠다고 독립시킨 조직이지만 새 정부가 집권하면서 다시 원위치 되었다. 기업재난관리사의 자격과 해야 할 업무가 어떻게 변화될지 궁금할 뿐이다. 기업재난관리사 시험을 준비하는 나로서는 신경이 쓰이지 않을 수 없다. 자격시험의 출제 경향이 어떻게 변화될지도 걱정되고, 자격사의 역할에 대한 변화가 어떻게 될지도 궁금하다. 기업재난관리사 자격은 실무자, 대행자, 평가자과정으로 자격이 만들어져 있다. 자격시험은 단계별로 합격을 해야 다음 단계의 시험에 응시할 수 있다. 실무자과정도 쉽지는 않지만, 한 번에 합격할 수 있었는데, 대행자 시험은 너무 어려워 두 번이나 떨어진 아픈 경험이 있다. 시험이란 합격해야 의미가 있지 떨어지고 나면 아무런 의미가 없는 것으로 우리는 생각한다. 시험을 준비하면서 공부한 시간을 허송했다고 생각하기도 한다. 시간과 노력을 투자한 것에는 큰 의미를 두지 않는 것이 우리의 현실이다. 결과가 좋게 나왔는지? 그렇지 못한지가 평가의 기준이 된다. 그런데도 나는 실패를 통하여 얻은 게 많다. 함께 합격할 수 있도록 자료를 공유가 얼마나 중요한지, 열심히 공부하는 것도 중요하지만 출제 경향의 분석이 필요하다는 것, 시험 준비를 위해 도서관에서 보내는 시간이 많아졌다는 것, 어떤 분이랑 비즈니스를 하면 좋을지에 대해 구상도 할 수 있었다. 암기를 위해서 녹슬어가는 머리를 굴리면서 치매를 예방하는 계기도 되었다. 두 번이나 실패를 한 것에는 분명 무엇인가 큰 기쁨이 기다리고 있을 거라는 기대를 한다. 동전의 양면처럼 원하는 쪽의 이면에는 또 다른 의미가 있다는 것이다. 그러기에 미래의 나를 위해 털어버린다. 다음 기회에 또 응시하면 되기에, 서운해할 이유는 없다. 쓸데없이 시험문제를 어렵게 낸 것이 문제이지 내가 잘못한 건 아니다. 괜찮아! 분명 합격을 위한 기쁨이 기다리고 있을 거야라고 생각하면서 다시 준비하는 거야! 비록 떨어졌어도 준비한 과정은 중요한 일이었고, 공부한 만큼 나에게 도움이 되었다.

우리 사회는 과정보다 결과를 중시한다. 결과만 좋으면 과정은 어떻든 상관없다는 인식이 팽배해 있다. 프로젝트 업무를 수행할 때에 더욱더 그런 현상이 많이 나타난다. 프로젝트는 진행되는 공정관리를 계획된 절차에 따라 철저하게 과정을 준수해야 한다. 공정관리라는 명확한 업무를 계획에 의해 수행해야 성공할 수 있다. 그런데 명확하고 체계적인 업무보다는 공정 관리자에게 결과만을 가져오라고 강요하는 경우가 많다. 프로젝트의 내용이 무엇인지, 정책이 무엇인지, 어떤 방향으로 나아갈지에 대한 고민도 없이, 그럴싸한 공정표와 보고서만 만들어 내면 일단 공정관리가 잘 되었다고 판단한다. 이렇게 판단하고 만들어진 공정표를 벽에 걸어 놓고서는 아무도 보지 않는다. 만약 문제가 생겨서 공정표가 맞지 않으면 공정 관리자를 능력 없다고 비난하는 것으로 책임을 전가하여 해결하려고 한다. 단기적으로는 그럴싸한

보고서, 공정표를 만들어 해결할 수 있다. 문제가 생겼을 때는 공정관리자 한 사람의 능력 부족으로 피해갈 수 있을지 모르지만, 장기적으로는 꾸준한 성과와 진정한 프로젝트 관리가 가능한 공정관리를 할 수 없다는 것이다. 프로젝트의 성패는 한두 가지로 결정되는 것이 아니다. 단순하게 공정관리를 잘 수행했다고, 반드시 프로젝트가 성공하는 것은 아니다. 그러나 '과정보다 결과를 중시하는 태도'를 바꾸지 않는 한 성공적인 공정관리는 요원해 보인다. 우리나라는 과정보다 결과를 중시하는 태도를 보이고 있기 때문이다.

학교에서 배우기는 결과보다는 과정이 더 중요하다는 말을 많이 들었다. 나도 성인이 되기 전까진 그렇게 알고 있었으니까! 그러나 보통 군대를 갔다 오면 생각이 변한다고 한다. 군대에서 들은 말은 과정보다 결과가 중요하단 말을 수없이 들었기 때문이다. 아무리 과정이 좋았다 하더라도 결과가 좋지 않으면 상사에게 야단맞기에 십상이다. 군대는 계급사회이다. 당연히 사회생활도 계급이 있는 조직이다. 자기에게 부여된 일의 과정을 타당하고 올바르게 하였다 하더라도 결과가 좋지 않으면, 능력을 의심받게 된다. 그러기에 사람들은 보통 결과에 대해서만 능력을 판단하게 된다. 과정이야 어떻든 성과가 좋으면 그만이다. 어떤 사람이 일할 때 과정에 관심을 두는 상사가 없다는 것이다. 다만 결과를 놓고 사람을 평가하게 되는 것이다. 그러다 보니 사회생활을 할수록 사람들은 과정보다는 결과를 중시하게 되는 것 같다. 인생이란 태어나는 순간부터 생을 마감하는 날을 목적지로 해서 진행되는 '과정'의 연속일 뿐! 인생을 마감하는 것이 목적은 아니다. 목적만 바라보며 생활하는 생존의 법칙에 우리는 길들었고, 정작 '과정'으로 이루어지는 우리 삶의 일상이 중요함을 모르며 살아왔다. 늘 '목적지'만 놓고 판단을 하니 과정에서의 우리는 항상 좋지 않은 점수를 매길 수밖에 없었고, 결국 과정의 연속일 뿐인 삶을 언제나 과소평가하게 되는 것이다. 일도 마찬가지, 결국은 은퇴를 하는 종착역을 향해 달린다. 그 과정에서 가정을 꾸리고 이웃과 정을 나누고, 봉사하고 사랑을 나누고 하는 크고 작은 일들은 결국엔 '과정'일 뿐이지만, 결국엔 그 과정이 가장 의미가 있는 순간들이다. 너무 목적 지향적인 습관이 '과정'의 소중하고 중요함을 잊고 살아오게 했다.

옛날 인도에 매우 어리석은 부자가 있었다. 어느 날 그는 이웃 부잣집에 다니러 갔다가 멋진 3층 집을 보게 되었다. 어리석은 부자는 집으로 돌아와 이런 생각을 하였다. '내 재산이 저 사람보다 더 많다. 내 생전에 나도 저렇게 멋진 3층 집을 하나 지어야겠다.' 다음날 그는 동네의 목수를 불렀다.

"저 누각처럼 거대하고 웅장한 누각을 지을 수 있겠소?"

"저 집은 내가 지은 것입니다."

"그렇다면, 내게도 저런 누각을 하나 지어 주시오."

목수는 다음날부터 지하를 파고, 땅을 고르게 한 뒤에 벽돌을 쌓기 시작했다. 그런데 부자는 목수의 벽돌 쌓는 것을 보고 말했다.

"목수 양반, 대체 지금 어떤 집을 짓고 있는 겁니까?"

"3층 누각을 짓는 중입니다."

"그런데 나는 아래 1·2층은 필요가 없으니, 3층만 지어 주시오."

"아! 장자님, 1·2층을 지어야 3층 건물을 지을 수 있습니다.

또 1층을 짓기 전에 지하 땅을 파야 하고, 땅을 고르게 한 뒤에 3층을 지을 수 있습니다.

1층·2층도 없이 어떻게 3층을 지을 수 있겠습니까?"

이렇게 말했는데도 어리석은 부자는 막무가내로 3층만을 지어달라고 떼를 썼다. 목수는 더 할 말을 잃고, 어리석은 사람과 대화해봐야 이득 될 것이 없다고 생각되었는지 그 자리에서 일어나 떠나버렸다고 한다.

이 이야기는 불교 경전 「백유경」에 실려 있는 내용이다.

일에는 반드시 순서와 단계가 있다. 아무리 좋은 결과를 빨리 얻고 싶어도 필요한 과정을 빼먹고는 원하는 결과를 얻을 수 없다. 우리는 각박한 세상에서 경쟁하듯 살면서, 목적지만 향하여 무작정 전진하는 습성이 있다. 과정이야 어찌 되었든 원하는 결과만 얻겠다는 습성이 몸에 밴 것이다. 못된 습성은 빨리 고쳐야 한다. 결과도 중요하지만, 과정이 그보다 더 중요할 수 있다는 것을 이해해야 한다. 그러기 위해서는 시간이 걸리더라도 인내하면서 끈기 있게 밀고 나가야 한다. 조급한 마음을 버리고, 인내하면서 차근차근 단계별로 순서를 지켜가면서 일을 처리해 나가야 한다. 성공하려면 무슨 일이든 순서와 과정을 중요하게 여기고, 절차대로 실행해야 제대로 성공할 수가 있다. 삶에 있어 행복해질 수 있는 씨앗은 누구나 갖고 있다. '어떻게 해야 행복할 수 있는가?'의 방향과 실행하는 방법은 본인 스스로 찾아내어야 한다. 때로는 마음을 가다듬는 기도도 필요하다. 그러나 그 방법을 찾은 후에는 수많은 피와 땀의 노력이 필요하다. 성공은 하늘에서 떨어지는 것이 아니라 노력한 만큼의 대가로 생기는 결과이다. 어떤 일이든, 무엇을 하든 결과만을 바라서는 안 된다. 성공을 위한 좋은 방법은 근면하고 성실한 노력이 있어야 좋은 결과를 얻게 된다. 마치 가을에 풍성한 수확을 위해 좋은 씨앗을 구해 심고, 물도 주고 거름도 주고 풀도 메어주고 자식 키우듯 정성을 다해야 한다. 그리고 풍성한 수확을 위해 자연환경도 도와달라는 기도가 필요하다. 그래야 적당한 햇빛과 바람과 비를 받아 탐스러운 열매를 수확하게 되는 것이다. 그러므로 결과가 좋은 성공을 이루려면 과정을 중시해야한다. '봄 같은 정성, 가을 같은 마음'의 가훈을 마음에 새기며, 넉넉한 수확의 기쁨을 위해서 봄에 씨앗을 뿌리는 힘든 일들을 인내하면서 끈기 있기 해나가야 한다.

05

간절함이 필요하다.

기업의 경영상태를 진단하고 문제점을 찾아내는 것이 컨설팅이다. 컨설턴트는 발견된 문제점의 원인을 분석하여 처방할 방안을 결정한다. 결정된 처방의 솔루션을 실행시키기 위해 교육하고 학습시키며, 실행을 방법을 지도한다. 수행하면서 구성원이 이해하지 못하는 것은 학습시켜야 한다. 문제의 해결은 원활한 의사소통이 있어야 조직에서 원하는 성과를 만들어 낼 수 있다. 의사소통이 원활하지 못하면 소통의 창구 기능까지도 컨설턴트의 몫이다. 위로부터 하부로 의사전달은 대체로 잘 이행되나, 하부로부터 위로의 의사소통이 원활하지 않은 경우가 많다. 상하 의사소통의 역할수행도 중요한 업무 중 하나이다. 컨설팅은 개선하는 방법과 솔루션만 제공으로 끝나는 일이 아니다. 솔루션을 실행시켜서 개선된 성과를 만들어 내는 것까지가 역할이다. 역할을 잘 수행하여 만족한 성과를 만들어내기 위해서는 조직구성원 모두가 인식하고 실행하지 않으면 좋은 결과를 얻기 어렵다. 컨설턴트의 역할은 사람으로 따지면 기업의 의사 역할이다. 아무리 병의 진단을 잘 하더라도 병을 잘 고치지 못하면 명의가 아니다. 처방할 방안을 갖고 가족을 설득하여 고치는 것이 의사의 역할이다. 유명한 의사가 되기 위해서는 아픈 곳을 잘 찾아내고, 적절한 처방을 하여 환자를 낳게 하여야 한다. 환자의 치료는 동의를 받아내기가 어렵지가 않다. 하지만, 기업에서 개선과 처방에 동의와 합의를 끌어내기가 어려운 경우가 많다. 바쁘다는 핑계로 참여도가 저조한 경우도 많다. 어떨 때는 컨설턴트가 다 해주는 것으로 아는 경우도 허다하다. 해당 조직의 문제점 개선을 컨설턴트 혼자 해낼 수 있을까? 절대 그렇게 할 수 없다. 조직의 문제점이나 개선에 대한 해답은 그 조직에서 제일 잘 알고, 해결할 수 있는 모든 방법을 갖고 있기 때문이다. 그런데도 대가를 지급했으니 모든 것을 알아서 해달라는 것은 문제 해결을 위한 간절함이 없어서 그렇다. 경영 활동을 하는 데는 여러 가지 문제가 있을 수밖에 없다. 문제가 없다면 그것 자체가 문제라고 한다. 너무 많은 자원을 투입했다고 보는 것이 경영학자들의 견해이다. 자원의 투입은 적게 하면서 최대의 효과를 도출해야 하는 것이 경영 활동이기에 항상 문제가 존재하고 있다. 그 문제를 해결하기 위해서는 구성원들의 적극적인 참여와 경영자의 적극적인 지원 없이는 해결이 어려운 것이다. 해결하기 위해 경영자와 조직구성원들의 간절함이 있어야 가능한 일이다.

컨설팅은 프로젝트를 수행하는 것으로 지식서비스를 제공하고 반대급부로 금액으로 받는 것이다. 컨설팅 회사는 컨설팅 피로 조직을 운영하고, 수익도 창출해야 한다. 컨설팅 업을 20년 가까이 수행해 오면서 회사의 명확한 목표 설정을 하고 있지 못함이 안타깝다. 다른 사람, 다른 회사의 성장 및 발전을 위한 컨설팅은 수행하면서, 정작 우리 회사의 경영목표를 명확하게 설정하지 못했다. 개선을 위한 기법이나 새로운 경영분야의 공부는 부단히 하지만, 우리 회사 성장 및 발전을 위한 전략은 수립하지 않고 있다. 다른 사람, 고객이 잘되고 성장하는 것이 우리의 목표라고 착각하고 있는 것 같다. 필자도 사업가이자 경영자다. 그것도 전문가들이 모여서 운영하는 법인의 대표이다. 컨설팅 사업을 성공시키기 위해서 사업의 목적과 가치를 명확히 하고, 선명하게 수립해야 한다. 선명하게 만들어진 가치와 목표를 구성원들 모두가 공유하고 의사소통하면서, 자립하고 성장시켜 나가야 한다. 그러기 위해 간절한 목표가 있어야 한다. 전문가들의 집합체로 성장시켜 나겠다는 목표와 간절함이 필요하다. 고객을 대상으로 컨설팅을 수행하면서 고객이 성장하고, 발전하는 것에 기업을 가치를 둘 수도 있다. 하지만 성과를 우리 것으로 만들 수 없기에, 원하는 실적달성으로 만족감을 맛볼 수 있도록 간절한 목표가 필요하다. 물론 컨설팅 업은 이윤추구를 목표로 삼아서는 안 된다. 고객과 고객사의 성장과 발전을 목표로 하되, 컨설팅회사도 함께 성장해 갈 수 있는 전략적인 목표가 필요하다. 고객 기업이 성장하고 발전해 나가는 목표와 우리 컨설팅회사 성장과 발전의 목표를 연계하여 운영할 수 있다.

'간절하게 원하면 이루어진다.' 라는 문구가 꽤 익숙하다. 2002년 월드컵 때 운동장에 걸려있는 것을 자주 보았다. 처음에 봤을 때는 설마 그럴 리가? 로 시작해서, 정말 그럴까? 진짜로 그렇게 되네! 로 우리의 두 눈으로 간절히 원한 것이 이루어지는 것을 똑똑히 보았다. 대한민국 모든 국민이 한마음이 되어 간절하게 원하며 응원을 했었다. 누가 시키지 않았는데도 모든 국민이 붉은색 티셔츠를 입고, 길거리로 나와 밤을 새워 응원 했었다. 온 국민이 간절하게 원했기에 우리나라는 목표 이상의 성과를 거두었다. 16강 진입이 목표이었는데, 4강까지 진출하여 세계 4위를 했으니 말이다. 결과를 보면서 운동장에 걸려있던 현수막의 문구가 실행된다는 것을 알게 되었다. 정말로 간절히 원하면 이루어지는구나 하는 것을 처음으로 느꼈다. 왜 그렇게 되는가는 이해하지 못하고서 간절함에 의한 것이라고 믿었다. 간절하게 원하면 이루어지게 되고, 사업이나 목표는 간절함이 있어야 이룰 수 있다는 것을 알게 되었다.

간절히 바라는 목표와 성과를 명확하게 세우는 과정은 매우 중요하다. 명확하다는 것은 말로 표현하는 것뿐 아니라 감각적으로도 떠올릴 수 있는 상태를 말한다. 단순하게 "살을 빼서 날씬해지고 싶어"라고 하지 않고 "여름까지 10Kg 감량해서 날씬해지면 수영복을 입고 해수욕장에 수영하러 가야지"라고 구체적으로 목표를 세운다. 그리고 오감을 전부 이용해 마치 달성된 것처럼 생생하게 떠올리며 그린다. 목표와 성과를 설정할 때는 몇 가지 핵심 조건이 있는데, 이 핵심을 모두 포함하여 목표를 설정해야 한다.

첫 번째, 긍정적인 표현을 사용하라! 목표와 성과는 반드시 긍정적인 표현을 사용하여 설정해야 한다. "~하면 안 돼"라는 부정적인 표현을 피하라. 또한 "피로를 풀고 싶어"보다는 "원기 왕성했으면 좋겠다."라는 말이 효과가 더 크다.

두 번째, 주체를 '나'로 하라! 목표와 성과를 달성하는 주체를 '나'로 해야 한다. "발표할 때 불안해하는 딸이 좀 더 차분해졌으면 좋겠다."라는 목표처럼 주어가 자신이 아닌 다른 사람이나 사항이 되지 않게 해야 한다. 자신이 주체가 아닌 목표는 스스로 실행할 수 없기 때문에 주체는 자신인 '나'가 되어야 한다.

세 번째, 오감을 이용해 목표를 명확히 세워라! 목표를 달성한 상태를 떠올리고 오감을 총동원해서 상상을 그려보라. 달성했을 때의 정경(시각)과, 들리는 소리(청각)와, 몸으로 느껴지는 것(신체감각)을 머릿속으로 생생하게 그려보면서 세워라.

네 번째, 외부 환경에 적응하도록 설정하라! 목표를 향해 가는 과정이 가족, 동료, 친구 등 주변 사람들에게 어떤 영향을 미치는지 확인해 두어야 한다. 환경조건에 대해서도 마찬가지다. 목표를 달성했을 때 주변과의 관계에 대해서도 생각하고, 자신이 느끼기에 위화감이 없도록 설정하는 것도 필요하다. 사회의 질서에 반하거나 불이익을 초래하는 목표가 되지 않도록 수립해야 한다.

다섯 번째, 현재 상태에 존재하는 긍정적인 요소는 유지하라! 모든 행동에는 긍정적인 의도가 있다. 따라서 현재 상태에도 좋은 점이 있기 마련이다. '금연'이라는 목표를 세우기 전에 담배를 피우는 일이 지닌 이점을 생각하여 그 이점은 유지해야 한다. 가령 '담배를 피우면 마음이 진정 된다'라는 이점이 있다면 금연 후에도 마음의 진정 효과를 유지할 수 있는 수단을 준비해 두어야 한다.

그리고 '긍정적으로 표현한다.' '스스로 창조하고 통제한다.' '라포(신뢰 관계)를 형성한다.' '감각 경험을 기초로 한 테스트가 가능하다.'라는 조건까지 모두 충족하는 목표가 최고의 목표이며, 이것을 '잘 형성된 목표'라고 NLP(Neuro-Linguistic Programming)에서 정리해 놓고 있다.

"우리가 사는 이 세상의 모든 물질을 쪼개고 쪼개다 보면 결국 '하나의 진동하는 에너지 파(氣)'로서 서로 연결되어 있으며 이는 관찰자가(내가) 기대하는(心) 방향으로 움직인다. 즉, 나의 마음(생각)이 가는 대로 우주 만물은 움직이고 있다.”고 아인슈타인은 말했다.

사랑을 원하는가? 내가 곧 사랑이다. 풍부함을 원하는가? 내가 풍요로움이다. 정열과 용서와 이해를 원하는가? 내가 정열과 용서와 이해이다. 내가 잘못된 정체성을 가지고 살아간다면 쉽게 경험하지 못하겠지만, 이러한 것을 경험하는 가장 빠른 방법은 이러한 것이 되는 것이다. 그리고 자신이 이러한 것이 되는 것을 경험하는 가장 빠른 방법은 이러한 것들을 주는 것이다. 내가 주는 것을 통해 가지는 것을 깨닫고 배가시킬 수 있으며, 가짐으로써 존재함(되는 것)을 경험하고 확장할 수 있다. 그리고 진실한 나의 앎을 수용하고 표현하는 것은 존재하는 것 안에 있으며, 이것이 내 인생의 목적이 된다.

그러므로 내가 원하는 것이 무엇인지를 명확하게 해야 한다. 그리고 명확한 그것을 간절하게 원해야 한다. 간절하게 내가 원하면 나에게로 움직이기 때문이다. 간절하게 원하는 것을 만들어 내기 위해서는 인내와 끈기가 필요하다. 간절하게 원한다고 말로만 하고, 마음에 간절함을 담지 못하면 당장 이루어질 수 없다. 우주 만물이 내가 바라는 간절함에 움직이려면 참고 견디어 내는 인내가 있어야 하기 때문이다.

좋은 것이 좋은 것만은 아니다

　　　　　　회갑 잔치가 없어진 지 꽤 오래되었고, 회
갑을 맞아도 가까운 친지끼리 식사하면서 생일을 축하해주는 정도로
간소화되었다. 얼마 전에 형님의 회갑, 아니 생신이어서 형님 집을 방
문했다. 직장에서 퇴임하면 귀촌하려고 가꾸고 있는 조그마한 촌집으
로 갔다. 형제들 부부만 식사초대를 하였기에 이른 점심을 먹고 경주
로 출발했다. 저녁 먹기에는 이른 시간에 도착할 수 있었다. 사서 건물
짓고 가꾼 지가 10여 년이 지났기에 마당의 잔디와 나무들이 보기 좋
게 자라 있었다. 마당 옆 텃밭에는 상추와 양상추, 오이, 호박, 파, 고
추 등 이 풍성하게 자라고 있다. 상추랑 고추를 수확하면서 예전 텃밭
했을 때의 즐거움을 오랜만에 맛보았다. 채소 수확을 마치고는 발갛게
익어서 조롱조롱 달린 앵두를 따기 시작했다. 두 그루의 앵두 따기는

보기보다 쉽지 않았다. 앵두의 크기가 너무 작아 손으로 잡기가 어렵고, 많이 달려있어서 손길이 많이 가는 일이었다. 게다가 앵두나무가 너무 웃자라서 사다리를 놓고 올라가야 딸 수 있어서 더 힘들고 위험하기도 했다. 열매를 수확하는 기쁨도 좋지만, 과실을 따는 그 자체가 힘이 들었다. 씨앗을 뿌리고 나무의 묘목을 심는 데도 노력이 필요하지만, 수확도 그저 이루어지는 것은 없다. 웃고 즐기면서 텃밭의 채소와 앵두 수확을 마치고서 형제들이 모여서 저녁 식사를 했다. 준비한 음식을 맛있게 먹으면서 어릴 적 살았던 이야기, 자식들 키우는 이야기에, 그리고 앞으로 살아갈 이야기로 밤늦은 줄 모르게 시간을 보냈다. 어릴 때의 기억으로는 동네에서 잔치를 해야 했을 회갑을 조용하게 식사하면서 보냈다. 사람의 수명이 옛날보다는 많이 길어져 회갑까지 살았다고 축하해 줄 일이 아니기에 회갑연이 없어졌다. 앞으로 닥쳐올 4차 산업혁명이 사람의 수명을 얼마나 더 연장하게 될지를 생각해 보는 자리였다.

형님의 집은 울산의 경계에 위치한 경주의 조용한 시골 동네이다. 동해까지는 차로 5분 정도 멀지는 않은 곳에 바다가 있는 동네이다. 20여 가구가 모여 살고 있는 소박한 전형적인 시골 마을이다. 여름철에는 바다에 온 피서객으로 조금 붐비기는 한단다. 여름이 아니면 인근의 횟집에 공급하기 위해 상추랑 깻잎 농사를 짓는다. 농사철에는 깻잎 농사를 위해 모두 하우스에 가있어서 사람 구경하기 어렵다. 형님의 집 앞에는 마을 회관이 있어서 마을 회의를 할 때 이용하기도 하지만, 여름과 겨울철에 동네 분들이 더위와 추위를 피하고자 사용을 한다. 농번기에는 이용할 사람이 없어서 잠겨 있는데, 바로 옆에 큰 건물 한 동이 새로 지어져 있다. 꽤 넓은 평수로 지어져 있기는 한데, 무슨 용도인지 알 수가 없다. 확인했더니 무슨 체험시설이라고는 하는데 형님도 정확하게는 모른다. 정부에서 받은 지원자금으로 지은 건물이라는 것만 알고 계신다. 아마 농어촌 권역별 지원사업의 자금을 지원받아서 지은 것 같다. 국민이 낸 세금으로 지어놓긴 했는데 애초의 목적대로 사용하지 않고 있다. 해당권역의 발전을 위하고, 지역주민들의 수익을 증진하는 사업으로 지원한 것인데, 마을 단위로 지원금이 나누어 집행된 것 같다. 권역 주민들의 갈등과 의사를 조율하지 못하여 마을별로 나눈 것처럼 보인다. 좋은 것이 좋다고 해서 다툼을 없애려고, 권역의 발전과 수익창출의 목적에 사용하지 못하는 잘못된 사례인 것 같다. 욕심을 내서 마을별로 나누었다면 잘 활용해야 하는데, 아무런 수익도 없이 유지보수비만 부담하는 악순환을 겪고 있다. 갈등을 없앤다고, 좋은 것이 좋다고, 애초의 계획대로 집행하지 않고, 국민들이 낸 세금만 축내고, 실익도 없이 예산만 낭비하는 꼴이 된 것이다.

지역의 발전에 필요한 계획에 합의하지 못하고 나누기식의 전형적인 실패 사례로 보인다. 이러한 문제를 해결하기 위해 퍼실리테이션 기법을 사용하고 있다. 토론하지 못하고 합의에 이르지 못하는 문제를 해결해주는 기법으로 사용되고 있다. 여러 기관에서 전문적인 교육을 하여 자격사도 배출하고 있다. 게다가 농어촌공사에서 농어촌 퍼실리테이터를 양성하고 자격까지 부여하고 있다. 농어촌퍼실리테이터 자격을 만들게 된 동기를 보면 문제의 원인을 찾을 수 있다. 우리나라는 많은 나라와 FTA 체결로 시장이 개방되었다. 시장 개방으로 인해 상대적으로 피해를 많이 보는 곳이 농어촌이다. 농어민의 자립을 위하고, 피해 일부를 보상하기 위해서 농어촌개발 및 자립을 위한 지원사업이 있다. 지원사업도 예산이 한정되어 있기에, 사업비를 지원받기 위해 프로젝트 선정의 경쟁이 치열하다. 경선을 거쳐서 선정되고 난 이후부터 문제가 생긴다. 계획을 준비하고 심의 및 발표까지 완료하여 어렵게 선정되었는데, 사업비를 배정받는 순간부터 지역 갈등이 시작된다. 서로 자기 마을에 이익이 더 오도록 집행하기 위해 주민들 사이에 갈등과 반목이 시작된다. 가까이에서 오랫동안 부대끼고 정들며 살아오던 주민들끼리 다시는 보지 않을 것 같은 갈등에 휘말린다. 이러한 문제를 해결하기 위해 농어촌 퍼실리테이터를 양성하게 되었다. 양성된 전문가는 해당 권역에 투입되어 주민들 간의 의사소통과 갈등을 해소하는 역할을 한다. 끝이 없는 주민들의 욕심을 더 유익한 방향으로 합의점을 스스로 찾아 나가도록 도와주는 역할을 한다. 자기 동네에 유리하게 하고 싶은 쪽으로 마음이 기우는 것은 인지상정(人之常情)이다. 갈등을 해소하지 못해서 좋은 것이 좋다고, 서로 나누는 것은 잘못된 것이다. 어떤 것이 지역의 발전과 주민들에게 더 큰 이익이 되는지 지혜를 모아야한다. 협력과 협업에 대한 가치를 이해하고, 서로에게 더 큰 도움이 되는 방향으로 생각을 모아야한다. 예산을 동네별로 나누어 집행하면 제대로 된 사업을 실행해 보지도 못한다. 마음을 열고 토론하고 논의하면서 최적의 대안을 찾아가도록 노력해야 한다. 서로의 갈등을 봉합하기 위해 예산을 나누는 식의 '좋은 것이 좋다' 라는 생각은 없애야 한다.

오우식씨의 「퍼실리테이션개론」에 '활발한 토의를 가로막는 장애요소들' 을 이렇게 정리해놓았다.

첫 번째, 생각의 다름과 틀림을 구별하지 못한다.

자신의 의견과 서로 다르거나 생각에 차이가 있을 때 이를 옳지 못한 것으로 간주하는 것을 말한다. 일반적으로 많은 사람은 자신과 다른 의견에 대해 배타적 태도를 보여 자유로운 토의를 방해하거나 다양성을 가로막기도 한다. 인간은 원래 똑같지 않다. 따라서 각자의 생각이 다른 것은 너무나 자연스러운 것이다. 그래서 회의가 필요한 것이며 이를 통해 조정과 조율과정을 거치게 된다. 나와 다른 저런 생각을 할 수도 있다는 개방적 사고와 포용력이 중요하다.

두 번째, 주관적인 의견과 사실(Fact)을 분별하지 않는다.

개인적인 생각에 불과한 미확인 내용이나 잘못된 정보를 실제의 사실로 간주하거나 객관적인 것으로 인식하는 경우를 말한다. 평소 일상생활은 물론 회의과정에서도 사실이 아닌 것을 객관적인 것 인양 의견을 제시하여 결과를 왜곡하고 잘못된 결론으로 유도하는 경우를 볼 수 있다. 그럴듯한 포장에 유혹되는 경우가 그와 같은 케이스에 해당한다.

세 번째, 주관자가 참석과 참여를 혼동하고 있다.

이는 회의 주관자의 착각문제이다. 참여는 참석을 전제로 하지만 이 둘은 전혀 다르다. 참석은 같은 공간에 있음을 말하는 것이며 참여는 거기에서 자신의 의사 표현 하는 것을 말한다. 회의자리에서 참석자가 자신의 의사표시를 하지 않은 채로 가만히 있는 것도 일종의 참여라고 착각하면 곤란하다. 따라서 주관자는 참석자들에게 적극적인 참여를 독려하고 유도해야 집단 활동의 효과를 거둘 수 있다.

네 번째, 참석자가 의견 개진 없이 가만히 있는 것을 동의라고 착각한다.

아무 말도 없고 표현도 안 하면서 앉아 있는 참석자들에 대해 주관자가 자신의 의견에 동의하는 것으로 생각하는 것을 말한다. 대부분 사람은 마음에 들지 않더라도 큰 문제가 없다고 느끼면 가만히 있는 경우가 많다. 그러나 그들이 동의하고 있다고 생각하면 곤란하다. 실제로는 말하지 않는 그들이 회의가 끝나자마자 문밖으로 나가면서 그들의 속마음을 드러내고 분파를 만드는 경우가 많다는 점에 유의할 필요가 있다.

다섯 번째, 과거의 문제를 들추거나 감정을 건드린다.

토의과정에서 현재 논의하고 있는 주제에 집중하는 것이 아니라 참석자의 과거를 들춰냄으로써 상대방의 감정을 자극하는 경우를 말한다. 이과 같은 상황 대부분은 결국 감정싸움으로 비화하거나 회의가 옆길로 빗나가 비효율적으로 운영되는 등 회의 자체가 혼탁해지게 된다.

회의와 소통, 합의와 협력이 필요한 때이다. 자기의 주장으로 전체의 이익을 대표할 수는 없다. 상대방의 이야기와 생각에 귀를 기울여 먼저 들어 줄줄 알아야 한다. 자기 생각에도 모순과 왜곡이 있을 수 있다. 사람의 뇌 구조가 생략하고, 왜곡하고, 일반화하도록 만들어져 있기에 자신이 생각하는 것이 모두가 진실이고 정의라고 할 수는 없다. 협상의 상대방 생각을 틀렸다고 볼 것이 아니라 다르다고 생각할 줄을 알아야 한다. 주관적인 생각과 객관적인 사실을 구별해야 하며, 자기 집착에 빠지면 자기 생각이 모두 사실인 것으로 오해를 하게 된다. 자기 생각은 다분히 주관적인 의견이라는 것을 스스로 판단할 줄 알아야 한다. 협상 상대의 이야기를 경청하고 질문하면서 자기 생각에 잘못이 있을 때는 객관화 할 수 있는 열린 마음을 가져야 한다. 이렇게 마음 터놓는 의사소통은 서로 참고 견디며, 인내하는 힘이 있어야 가능하다. 우리 동네에 무언인가 꼭 들어와야만 좋은 것은 아니다. 관리를 잘못하면 애물단지로 변할 수 있다. 진정하게 그 지역에 어떠한 시설이 필요하고, 어떠한 사업을 전개하면 수익을 올릴 수 있을 것인가를 논의하고 토론하여, 소통하면서 합의점을 찾아 나가면 된다. 그 합의점에 맞는 사업의 집행으로 지역발전에 이바지하고 공헌을 하도록 결정해야 한다. 정부의 지원사업은 국민들의 세금으로 집행하기에 공짜 돈이 아니다. 소통하고 합의하기 위해 참고 견디는 끈기와 인내가 있어야 한다. 소통에 대해 전 국민이 문제가 있다고 생각하기에, 네가 아닌 나 자신부터 소통하는 방법을 터득해 나갈 필요가 있다.

구체적이지 못한 막연한 목표

살아가면서 모든 일이 마음 먹은 대로 되는 것은 아니다. 마음먹은 대로 된다면 정말 좋겠는데 말이다. 계획한 대로 성과가 나오면 사는 것 자체가 어렵진 않을 텐데, 그렇지 못한 것이 삶이다. 살아오면서 여러 종류의 시험을 준비하고 응시하여 합격하고 자격도 취득했다. 기억으로는 40살 이전에는 시험에 떨어져 본 기억이 거의 없을 정도이다. 준비하고 응시만 하면 합격하고 자격도 취득할 수 있었다. 응시만 하면 합격하다 보니 시험을 쉽다고 생각했었다. 시험은 합격하기 위한 것인데 왜 떨어지는지 모르겠다고 건방도 떨었다. 합격한 것에는 나름대로 철저한 준비가 있었기에 가능했을 터이지만, 애초에 능력보다 수준이 높은 시험에는 도전하지 않은 것도 있다. 대부분 합격할 수 있었던 것은 구체적인 학습계획이 있어서 가능했다. 어떤 시험이든 응시할 때 시간적 여유를 갖고 준비한 것은 없었다. 언제나 준비할 기간은 짧고 시간적인 여유가 없어서 고민하고 동동거렸었다. 낮에는 업무를 해야 하기에 대부분의 시험 준비는 저녁 시간에 할 수밖에 없었다. 업무를 끝내고 학습 모드로 들어가는 시간이 빨라야 저녁 7시, 어떨 땐 9시가 지나서 들어가는 날도 많았다. 다음날의 일정 때문에 너무 늦게까지 공부를 할 수가 없었다. 늦어도 새벽 1시에는 집에 돌아와서 잠을 자야 했다. 하루에 3~5시간 정도 밖에 시간을 확보할 수 없었다. 그것도 매일은 불가능하여 미팅이나 약속이 있는 날에는 아예 독서실에 들어가지 못하는 날도 꽤 많았다. 그런데도 꽤 어려운 시험도 대부분 한 번에 통과를 했던 것은 나름대로 방법이 있었기에 가능했다. 컨설팅을 시작하면서 처음으로 품질경영시스템 심사원으로 시작해서, 안전보건경영시스템 심사원, 환경경영시스템 심사원 자격을 취득했다. 그리고 공인중개사, 경영지도사, 가맹사업거래상담사 자격을 취득하기 위해 몇 년을 땀 흘렸었다. 한때는 부동산전문가가 되기 위해, 미국의 CIPS(국제부동산중개사)와 CPM(부동산자산관리사)자격 취득을 위해 서울에 상주하며 공부를 했었던 적도 있다. 기업의 리스크관리에 필요하다고 판단되어 손해보험, 생명보험, 변액보험 설계사 자격도 취득하였고, 또한 빈번한 재난 발생에 대비하기 위하여 기업재난관리사와 사업연속성관리 자격을 취득했다. 또한 문제해결을 위한 TRIZ기법, KPC코치, 퍼실리테어터 자격 등 컨설팅에 필요한 자격은 대부분 취득하기 위해 노력을 했었다. 나이가 들면서 마음대로 되지 않고 떨어지는 경우도 생긴다. 그런데도 대부분 자격을 한 번에 취득할 수 있었던 것은 막연하게 준비하지 않고, 구체적인 학습계획에 의해 철저하게 실행을 했기에 가능했던 것 같다.

막연한 생각만 가지고 구체적인 계획 없이 합격한 시험이 있다. 국민 20세 이상이 모두가 가진 운전면허증 시험이다. 30대 초의 일이었다. 당시에는 차를 살 정도의 여유가 없어서 면허증을 따야겠다는 계획은 없었다. 함께 근무하던 친구가 따놓자고 해서 준비를 했다. 이론시험이야 그렇게 어려운 것은 아니었기에 무난히 통과하였고, 실기시험 준비가 문제였다. 요즈음 같이 의무적으로 학원 수강을 해야 하는 제도는 아니어서, 운전학원도 많지 않았고 금액도 비싸서 학원에 간다는 생각은 애초부터 하지 않았다. 회사에서도 차를 보유한 사람이 많지 않아 친구의 부장님 차를 빌려 연습을 했다. T 코스, S 코스 등의 시험장 코스 규격을 파악하여 회사 운동장에 그려놓고 연습을 했다. 친구가 연습할 땐 내가 옆에서 봐주고, 내가 연습할 때엔 친구가 라인을 벗어나는지를 봐주면서 두세 번 연습했었다. 완전하게 습득하지 못한 상태에서 용감하게 시험에 응시하기로 했다. 떨어지면서 배우는 거라는 부장님의 조언에 용기를 냈다. 그나마 덤벙대는 성격은 아니었기에 다행이었다. 바짝 긴장하기는 했지만, 친구와 나는 무사히 코스 시험은 통과할 수 있었다. 합격이라는 신호를 봤을 때의 기쁨은 대단했다. 문제는 주행 시험이다. "코스 합격하신 응시생들은 오후에 주행시험 준비 하십시오" 라는 안내방송을 듣고서 깜짝 놀랐다. 코스시험과 주행시험을 같은 날에 치르는 줄을 몰랐기에 아무런 준비를 하지 않았다. 코스도 한 번에 설마 합격하겠나 하고 응시했는데, 주행은 더더욱 생각도 못 했었다. 친구와 나는 어떻게 해야 할지 고민을 하다가 떨어지더라도 연습 삼아서 응시를 해보자고 합의를 봤다. 주행코스가 어떻게 되어있는지도 모르면서 응시하기로 한 것이다. 점심시간에 자동차 운전학원의 강사가 수강생들을 대상으로 주행코스 실전 강의를 귀동냥할 기회를 얻어서 천만다행이었다. 구간 구간에 조심해야 할 내용과 요령, 언덕에 올라가다 정지해서 다시 출발할 때의 방법, 돌발 상황 발생 시의 대응법 등 주행 시에 필수적으로 숙지하고 조심할 내용을 귀동냥했다. '무식하면 용감하다.' 고 했던가? 친구와 내가 그랬었다. 무작정 타고 운전을 해보자는 용기가 어디서 났을까? 친구 먼저 차례가 되어 꼭 운전해본 사람처럼 능숙하게 운전하여 단번에 합격했다. 기다리고 있던 나는 연습도 하지 않고서 어떻게 한 번에 합격했지? 하는 부러움이 앞섰다. 다음이 내 차례여서 주행시험장으로 가서 차에 탑승했다. 타기는 했는데 어떻게 해야 할지 아무 생각이 나질 않고, 머리가 새하얗게 되는 느낌이었다. 신호에 따라 운전을 시작해서 정신을 차리고 보니 종착점에 도착해 있었다. 중앙선도 침범하고, 돌발도 놓치고,

떨어졌다고 낙담하고 있는데, 합격이라는 방송에 귀를 의심하지 않을 수 없었다. 합격선에 걸쳐 합격했지만 합격은 합격이다. 합격이라는 신호를 듣고선 날아갈 것 같았다. 그날 친구와 나는 코가 비뚤어지도록 둘이서 자축을 했던 이유로 집에 가서 벌쓰는 후유증을 겪었다. 이제까지 살아오면서 이처럼 계획 없이 합격한 적은 없다. 미리 준비해서 따놓으면 좋겠다는 막연한 목표에, 재수와 운으로 합격한 처음이자 마지막 시험이었다.

시험이란 합격하기 위해서 치는 것이라고 큰소리 쳐보고, 나이가 들면서 시험은 떨어지는 아픔도 겪어보았다. 시험은 준비하지 않고 막연하게 해서는 절대 합격하기 어렵다. 우리나라 시험의 문제점은 암기해서 답을 써야 한다. 나이가 들면서 암기력이 떨어진 상황에서는 힘도 들지만, 무리이기도 하다. 데이터와 정보가 넘쳐나는 세상을 살면서, 머릿속에 암기를 요구하는 시험은 문제가 있다. 자격을 따고 실무를 할 때 암기한 내용이 전혀 도움이 되질 않는데도 우리는 아직도 그런 시험을 치르고 있다. 악법도 법이라고 내가 필요해서 준비하는 것이니 치매 예방 차원이다 생각하고 암기를 한다. 내가 시험을 준비하면서 계획을 수립하는 데는 나만의 기준을 갖고 있다. 우선 어떻게 공부해야 시험에 합격할 수 있는지의 정보를 파악한다. 파악된 정보에 의해 수험서를 사고 학습을 위한 계획을 세운다. 예를 들어 어떤 시험의 과목이 5과목이라고 하자! 합격하려면 적어도 3번의 정독을 해야한다는 정보를 입수했다 하자. 과목별 장수를 파악하고, 전 과목을 합하여 3회 독으로 곱한다. 그리고서 시험일까지 남은 일수로 총 페이지를 나누어서 하루에 공부해야 할 목표량을 정한다. 목표량이 정해지면 다시 구체적인 일자별로 공부할 과목과 페이지를 정하여 계획을 수립한다. 계획에 의해 공부를 하면서, 목표로 한 양을 공부를 하지 못하면 잠을 자지 않는다. 어쩔 수 없이 지연되었을 때는 휴일에 보강으로 따라잡는 방법으로 철저하게 진행을 관리하여야 떨어질 확률이 줄어든다. 그렇게 준비를 해서 합격률을 올릴 수 있었다.

앤서니 라빈스의 「거인의 무한능력」에 목표를 명확히 세우는 5가지 원칙을 정리해놓고 있다.

첫 번째, 원하는 목표를 긍정적인 말로 작성하라! 자신에게 일어났으면 하고 바라는 것을 말하라. 일어나기를 바라지 않는 일을 목표로 언급하는 사람들이 많다.

두 번째, 가능하면 구체적으로 작성하라! 원하는 성과가 어떻게 보이고, 들리고, 느껴지고, 냄새나는가? 원하는 결과를 작성할 때 자신의 모든 감각 시스템을 다 표현하라. 표현이 감각적으로 될수록 원하는 것을 이루어 내기 위해 뇌에 보내는 힘이 더 강력해진다. 그리고 구체적인 완료 일자나 기간을 명시하라.

세 번째, 확인 방법을 만들어라! 원하는 성과가 이루어졌을 때 자신이 어떻게 보일지, 어떤 느낌이 들지, 외적으로 무엇을 보고 무엇을 듣게 될지 파악하라. 자신의 목표가 이루어진 것을 알 방법을 모른다면 실제 이루고 나서도 알아차리지 못할 수 있다. 점수를 기록하고 있지 않으면 승리하고도 패한 것 같은 느낌이 들 수 있다.

네 번째, 자신이 통제할 수 있어야 한다! 자신의 목표는 자신이 시작하고 자신이 좌우할 수 있어야 한다. 자신이 행복하기 위해 다른 사람들이 변화해야 하는 것을 목표로 삼아서는 안 된다. 자신의 목표에는 자신이 직접 영향을 미칠 수 있는 것이 반영돼야 한다.

다섯 번째, 사회적으로 건전하고 바람직한 것인지 확인하라! 자신의 목표가 초래할 미래의 영향에 대해서 생각해 보라. 목표는 나와 다른 사람들 모두에게 이익을 주는 것이라야 한다.

목표를 설정할 때는 막연하게 수립해서는 안 된다. 앤서니 라빈스가 이야기한 것처럼 원칙을 세워놓고 그 원칙에 따라서 수립해야 한다. 시험 준비를 할 때도 마찬가지이고, 세상을 살면서 해야 하는 일에 대한 계획을 수립하는 것도 그렇다. 계획은 일정과 양을 포함하여 구체적으로 해야 할 내용을 수립하여야 하고, 수립된 계획에 의해 그대로 준수하고 수행하는 것이 더 중요하다. '시작이 반이다' 라고 하는 속담에서도 볼 수 있듯이 이는 구체적인 계획수립을 의미하는 것이다.

계획을 구체적으로 수립하는 것만으로도 반은 달성했다고 보는 것이다. '한 우물을 파라'고 했는데 필자는 여러 곳을 기웃거렸다. 이것저것 안 해본 것 없이 다방면으로 알 수 있어서 좋기는 한데, 전문성이 부족하다는 지적도 받는다. 그런데도 4차 산업혁명의 융합시대를 맞이하면서 빛을 볼 것 같다는 기대를 하게 된다. 이렇게 여러 가지로 다방면으로 학습한 것이 효과를 보게 될 것이라고는 생각도 못 했다. 필요할 것 같아서 하나씩 준비했던 것이 융합시대가 요구하는 방향으로 온 것이다. 문제는 계획적으로 준비했던 것이 아니라는 것이다. 구체적이지 않고 막연하게 필요하겠지 하고 준비했던 것이기에 나의 계획대로 되었다고 기뻐할 것만은 아니다. 지금이라도 구체적이고 체계적인 활용 계획을 수립하여 목표를 만들어야 한다. 구체적이지 못한 막연한 목표로는 성공으로 만들지 못하기 때문이다. 목표를 구체적으로 수립하고, 만들어진 목표를 실천하면서 원하는 성과를 달성하는 것이다. 이 또한 그냥 이루어지는 것이 아니라, 목표가 달성될 때까지 끈기 있게 참고 견디며, 인내하면서 노력을 쉬지 않아야 성공에 이를 수 있다.

CHAPTER

03

● ● ●

제3장

견디는 만큼 성장 한다

실패를 두려워하면 절대 성공할 수 없다.

실패를 수용한다면

그 실패를 통해 무엇인가를 배울 수 있고,

그 안에서 기회를 얻을 수 있다.

모든 사람은 다 실패를 한다.

원칙은 예외가 없다

　　새 정부의 대통령은 후보 시절 고위공직자 임용배제 5대 원칙을 국민에게 약속했다. 당시 후보가 제시한 고위공직자 임용배제 5대 원칙을 보면 병역면탈, 부동산투기, 세금탈루, 위장전입, 논문표절 등이다. 정말 배제되어야 하고, 꼭 실천해야 할 원칙을 공약으로 국민들의 지지를 얻어 당선되었다. 하지만 당선 이후에 장관급 이상 추천되는 인물을 보면서 허탈하고 배신감마저 들게 한다. 임용 배제하겠다고 큰소리로 공약해 놓고는, 배제하겠다던 사람만 추천하는 것인가 싶을 정도이다. 대통령의 확고한 임용배제 원칙이 변한 것은 아닐 것인데, 당선 이후 지키지 못함을 이해할 수 없다. 급기야 배제원칙을 수정하여 청와대가 발표하기에 이르렀다. 임용배제 5대 원칙을 만족하는 후보자가 한 사람도 없다는 것인지 의문을 갖게 한다. 임용에 추천된 대부분 후보자가 5대 비리에 자유롭지 못하여 거명할 필요조차 없다. 정말 적절한 인재가 없어서 그런가? 그렇다면 한국의 사회가 이렇게까지 썩어빠졌다는 것인가? 아니면 고위공직자에 오르기 위해서는 불법과 탈법을 저지를 줄 아는 적응력이 필요한 사회인가? 정직하게 법을 준수하면서 사는 국민은 바보인가? 국민들의 가치관에 혼란을 준다. 법을 지키면서 열심히 노력하는 사람은 우매한 사람인 것 같다는 생각이 든다. 계속 원칙을 준수하며 살아야 할지? 아니면 주요 공직자에 추천되는 사람들을 본받아서 사회적응력을 키워나가야 맞는 것인지 혼란스럽다. 후보 시절에 1천 명이 넘는 대학교수들이 후보를 지지했었고, 인력풀로 등록했다는 뉴스를 봤었는데, 그 사람들도 똑같은 상태인지가 궁금하다. 어느 장관후보자는 27번째였다고 하니 천명 모두 그렇다고 봐야할까? 조심스럽기는 하지만, 정치의 잘 잘못을 논하려고 하는 것은 아니다. 원칙을 수립해놓고 그 원칙이 당선에 큰 도움이 되었다면, 지키지 못하는 이유가 궁금해서 그렇다. 다른 선거공약은 야당이나 국민들의 반대를 무릅쓰고 일사천리로 밀어붙이면서, 인사만큼은 원칙을 지키지 않는 것이 안타깝기만 하다. 정말 원칙을 만족하는 사람이 인력풀에 없다면, 미리 알았을 것이다. 그런데도 강력하게 공약으로 배제하겠다고 약속해놓고선, 대통령의 권한이라고 말하는 것은 '내로남불' 이라 하지 않을 수 없다. 원칙에는 예외가 있어서는 안 되기 때문이다. 상대방이 할 때는 원칙을 준수해야 하고, 내가 할 때는 예외를 인정해달라는 생각을 해서는 안 된다. 원칙은 철저하게 준수되어야 하고, 때에 따라 예외가 존재해서도 안 된다. 법을 지키며 열심히 사는 사람이 존경받아야 건전한 사회로 자리 잡는다. 국민의 한 사람으로서의 바람은 임용 배제원칙에 맞는 사람을 추천하기 위해서 끈기 있게 후보를 찾는 노력이 필요하다고 본다.

법이란 무엇인가? 함무라비 법전은 현존하는 가장 오래된 성문법이다. 지금의 법체계와 가장 유사한 형태의 법전이라고 한다. 성문법과 불문법은 어떻게 구분할까? 성문법은 말 그대로 문자로 정형화시켜놓은 법을 의미한다. 헌법, 법률, 규칙, 조례 등의 형태로 나타나는 것이 성문법이다. 많은 국가에서 성문법을 채택하고 있지만, 불문법을 고수하고 있는 나라도 많이 있다. 불문법을 흔히 성문법이 나오기 전에 존재하던 법체계라고 하는 사람도 있다. 관습이나 경험에 의지하여 배심원들의 견해에 따라 결정하는 것이 특징이다. 유명했던 솔로몬의 재판이 대표적인 사례라고 할 수 있다. 현명한 통치자나 재판관의 판단에 의지하며, 대부분 관습에 따라서 결정을 한다. 성문법은 명확한 법률의 근거를 제시할 수 있으며, 일관된 법 집행이 가능하고, 언제 어디서나 예상된 결과를 가져올 수 있으므로 신뢰를 줄 수 있다고 한다. 그러나 사회에서 발생하는 다양한 상황에 효과적으로 대응하기가 어렵고, 시대의 변화를 그때그때 반영하기가 어렵다. 반면에 불문법은 효율적인 대처가 가능하고 시대의 변화에 쉽게 적응할 수 있다는 장점이 있다. 그러나 법의 안정성이 부족하고 같은 국가 안에서도 서로 다른 법률적 판단이 내려질 수도 있다. 공정성에 문제가 있다고는 하는데 꼭 그런 것만은 아닌 것 같다. 성문법과 불문법은 서로 장단점을 다 갖고 있다. 우리나라가 채택하고 있는 성문법의 단점을 알아보자. 고정성은 변화하는 사회 사정의 현실에 대응하기가 어렵다. 입법자의 의사를 쉽게 반영되어 사회적 기반을 무시하는 법 만능 사조로 흐르기 쉽다. 그리고 법적 특수성 때문에 문장에 사용하는 용어의 선택에 여러 가지 어려운 점이 있다. 이러한 이유에서 해석이 중요한 과제로 된다. 고정적인 성문법은 항상 변천하는 사회생활의 현실적 수요에 따르지 못하게 된다. 그러한 결함은 법의 개정을 통해서 바로잡을 수밖에 없는데, 법의 개정은 복잡한 절차를 밟아야 한다. 또한, 중요한 법일수록 신중을 필요로 하도록 규정되어 있으므로 아무리 빠르게 개정을 추진해도 사회적 필요에 충실히 대응할 수는 없게 된다는 단점을 안고 있다. 가장 큰 단점이라고 보는 것은 성문법에는 모든 내용을 다 공평하게 포함할 수 없기 때문에 예외조항이 존재할 수밖에 없다는 것이다. 이 예외조항이 사회적인 동의가 가능한 것이면 다행인데 그렇지 못한 경우가 있어서 논란의 중심에 서기도 한다. 잘못 적용하면 악용할 우려가 높기 때문이다.

원칙이 마련되었다면 예외가 존재해서는 안 된다. 예외가 있다면 편리한 대로 이용하려고 하는 경우가 생길 수밖에 없기 때문이다. 흔히 예외를 특혜로 보기도 한다. 법학자가 아니기에 어떤 법이 좋다고 이야기하기는 어렵다. 하지만 나는 성문법보다는 불문법의 장점을 더 선호한다. 법의 큰 줄기만 성문화시켜두고, 사회의 통념상 관습에 따라 재판을 하는 것이다. 필요하면 배심원이 재판에 참여하여 시대의 변화를 즉시 반영이 가능하다고 생각하기 때문이다. 불문법 또한 문제점이 없다고는 할 수 없다. 특히 우리나라처럼 서로 다른 이념적인 견해를 가진 사람이 많은 곳에서는 어쩌면 성문법보다도 더 많은 혼란을 가져올 수도 있다. 그러기에 불문법을 채택하고 있는 나라도 점차 성문법의 채택이 늘어가고 있다. 성문법을 채택하고 있는 우리나라의 법이 세계에서 가장 잘 된 법이라고 농담처럼 이야기한다. 독일법 체계를 따르고, 일본을 거쳐서 받아들여졌다고 한다. 법의 체계를 구축하기는 뒤늦게 했지만, 법을 이해하고 회피하는데 탁월한 능력을 갖추고 있다고 한다. 항상 법은 문제가 터지고 나면 방지하기 위해 개정하게 되는데 현실에 뒤처진다고 손가락질을 받는다. 그렇다 보니 예외조항이 있을 수밖에 없다. 모든 사회적인 상황을 법조문에 다 반영할 수 없기에 그렇다. 그렇더라도 예외가 원칙과 신뢰를 위배해서는 안 된다. 하지만 법에는 예외 조항이 있지만, 원칙에는 예외가 있어서는 안 된다. 원칙에 예외가 존재하는 것을 우리는 '내로남불'이라고 한다. 어떠한 상황이라도 '내로남불'은 없어져야할 폐단이자 적폐의 대상이기 때문이다.

한 번 더 강조하지만, 원칙에는 예외가 있어서는 안 된다. 성문법을 채택하고 있는 우리나라의 법은 모든 것을 법조문에 담을 수 없기에 예외조항을 둔다고 한다. 예외를 인정할 때는 그에 따르는 공감대와 긍정적 영향이 갖추어져야 한다. 원칙과 신뢰를 외치고, 특혜를 없애자고 외치던 사람들이 원칙과 신뢰를 저버리고 특혜를 만들어 내는 식의 이중성을 보여서는 안 된다. 원칙과 신뢰에 대한 문제에 있어서 예외를 만들어 내고자 한다면 그 문제에 대한 생각과 그에 따른 해결책을 제시하는 자세를 가져야 한다. 예외가 원칙과 신뢰로 될 수 없는 경우에 있어 예외가 인정되려면 갖추어야 할 요건이 있다.

첫 번째, 원칙과 신뢰에는 벗어나지만, 예외를 인정 해줘야 할 필요가 있다는 사회적 공감대가 형성되어야 한다.

두 번째, 예외를 인정하고 난 후에 그러한 사례가 기존의 원칙과 신뢰를 엎어버리는 전례의 근거가 되지 않아야 한다.

세 번째, 예외의 대상과 조건이 한정되어 있어야 한다.

네 번째, 예외를 인정한 것에 대한 문제 발생 시 책임질 마음의 자세가 갖추어져 있어야 한다.

다섯 번째, 예외가 원칙과 신뢰가 될 수 없다면, 예외가 한시적 이어야 한다.

여섯 번째, 예외의 긍정적 영향력과 부정적 영향력을 고려하여 부정적 영향력이 있다고 해도 그것을 상쇄할 수 있는 최소한일지라도 명분이 있어야 한다.

일곱 번째, 예외는 다르게 보면 일종의 특혜이기에, 예외를 적용받은 사람과 그렇지 못하는 사람에 대한 차별성이 나타나므로 명확한 관련 근거를 만들어 내거나 있어야 한다.

일시적이든 상시적이든 해결책이겠고, 상시적인 공감대만 만들어 낼 수 있다면 예외가 원칙과 신뢰의 위치로까지 발전하게 될 것이며 의미 있는 예외가 될 수 있을 것이다.

법이 엄정하여 합법은 보장되어야 하고, 불법을 저지르면 벌을 받게 된다는 법의식이 필요하다. 법치주의와 준법정신이 생활화되어야 한다. 법치는 준법정신에서 시작되는 것이고, 국민 개개인이 이를 준수함으로써 구현할 수 있는 생활규범이다. 법을 지키는 것이 생활에 불이익과 불편을 주는 멍에가 아니다. 생활의 편익과 사회의 평화를 보장하는 것이라고 인식하여야 한다. 법치야 말로 성숙한 선진국으로 가는 지름길이다. 국민 행복과 안전을 가져오는 가장 기본적인 규범이다. 법을 지키는 것이 손해라고 생각할 때 법을 피하게 되고, 법치에 회의를 가지게 된다. 생활 그 자체가 법의 지배를 받도록 제도를 정비하고 운용하여야 한다. 지위 고하를 막론하고 법 앞에 평등하고 성역 없이 집행되어야 한다. 준법정신이야 말로 사회를 맑고 바르게 다듬어가는 사회의 버팀목이다. 생활하는 행동의 기준이 된다. 떼를 쓰면 통한다는 우리나라에만 존재하는 헌법 위에 군림하는 떼법이 이제 근절되어야 한다. 이 떼법이 근절되려고 하면 합법이 보장되어야 한다. 민원이란 이름으로 합법을 보장시켜 주지 못하면 떼법이 사라질 수가 없다. 또한, 법을 선거에 이용해서도 안 된다. 선거 때 표를 의식해서 합법을 보장하지 않고 민원이라는 명목으로 먼저 합의를 요구하는 것은 합당하지가 않다. 합법을 보장하지 않으면 준법이 자리 잡지 못한다. 또한, 사회지도층의 준법정신이 중요하다. 사회 지도층의 사람들이 위장전입, 부동산 투기, 세금탈루, 세금미납, 의료보험 미납, 미심쩍은 병역면제 등 위법, 불법, 탈법, 반칙의 위법 행위는 다 보여주고 있다. 거짓말, 축소, 왜곡, 은폐로 덮어서 교묘하게 빠져나가려다 사실이 밝혀지면 구차한 변명으로 일관한다. 이런 모습이 일반 국민들의 눈에는 어떻게 보이겠는가? 깨끗한 사회, 정의로운 사회가 되기 위해선 말로만으로 되는 것은 아니다. 모든 국민 한 사람 한 사람이 준법이 불편하고 지키는 데 어려움이 있더라도 참고 인내하며 지켜나가야 한다. 특히 성공을 위해서는 인내할 줄 알고, 끈기 있게 참으며, 법을 지키는 것이 선결 조건이다. 지금까지는 그랬지 않았더라도 가능했을지는 모르지만, 앞으로는 원칙을 준수하지 않으면 성공하지 못한다는 것을 명심하고 인식하여야 한다.

요령과 기술이라는 달콤한 유혹

일할 때에 요령을 피운다는 말이 있다. 요령이란 일을 할 때 대충하면서 잔꾀를 부리는 것으로 인식한다. 조직에서 일하면서 요령을 피우면 상사는 그 내용을 훤히 파악하고 있다. 열심히 땀 흘리며 일을 누가 주도적으로 하는지, 요령을 피우며 다른 사람에게 편승하는지를 귀신같이 알아차린다. 조직 관리에서 성과를 올리기 위해서 꼭 필요한 관리능력이기에 상사는 소홀히 할 수 없다.

요령의 사전적인 의미를 찾아보면, 첫 번째, 일하는 데 꼭 필요한 묘한 이치, 두 번째, 일의 가장 긴요한 골자나 핵심, 세 번째, 쉽게 대강 어물거리어 넘기는 잔꾀로 풀이를 하고 있다. 요령의 사전적이고 원천적인 뜻은 나쁜 것만은 아닌데, 지금은 세 번째의 '쉽게 대강 어물거리어 넘기는 잔꾀'로 많이 쓰이고 있다. 그런데도 첫 번째와 두 번째의 의미가 아예 없는 것은 아니다. 예전에 부모님이 항상 하시는 말씀이 "공부나 일도 요령껏 해야 한다"라는 말씀을 많이 하셨던 기억이 난다. 공부를 요령껏 해야 한다는 것은 공부할 때 잔꾀를 부리라는 의미는 아니었을 것이다. 공부하는 방법과 핵심을 알아야 한다는 말씀이셨다. 그렇기에 요령의 의미를 따져볼 필요가 있다.

웃음 나오는 이야기가 있어서 요령을 이해하는 데 도움이 될까 해서 옮겨본다.

"옆집 할머니 집 앞에 경찰차가 멈춰 서자 할아버지가 내렸다. 할아버지가 공원에서 길을 잃는 바람에 집을 찾아올 수 없었다고 경찰관은 정중하게 설명을 했다. 아니, 여보, 당신 수십 년 동안이나 그 공원에 다녔던 거잖아요! 그런데 어떻게 길을 잃었다는 거죠? 할아버지는 머리를 숙이고 겸연쩍은 표정으로 머리를 긁적이고 듣고만 있었다. 경찰관이 거수경례하고 돌아가자, 할머니가 더욱 큰 목소리로 아니 이 양반아 이젠 노망이 들려고 하나? 하면서 할아버지에게 쏘아붙였다. 그러자 잠자코 듣고만 있던 할아버지가 할머니 곁으로 다가와 작을 목소리로 할머니 귓전에 대고 이야기했다. 난 길을 잃은 게 아니라, 어젯밤 모처럼 할망구한테 힘 좀 썼더니 다리가 후들거려서 집에까지 걸어오지 못하겠더라고!"

웃으면서 넘길 수 있는 이야기이다. 걸어오는 데 힘이 들면 경찰관의 도움을 받는 일이 나쁜 것은 아니다. 이야기의 내용을 어떻게 해석을 해야 할까? 경찰관의 처지에서 보면 잔꾀로 해석할 수 있다. 그럼에도 할아버지의 입장에서는 굳이 잔꾀라고 하고 싶지 않을 것이다. 경찰관의 임무에 포함된 내용일 수 있기에 잔꾀라고는 말하고 싶지 않을 것이다. 그럼에도 잔꾀 같은 느낌을 주는 것은 왜일까? 현상을 정확하게 정보전달을 하지 않고 거짓말을 했기에 그렇게 느끼게 된다. 우리의 주변에서 흔히 일어나는 일에도 마찬가지이다. 정당하게 상황을 의사소통하고 수행하면 문제가 없을 일을, 어떤 이유에서든 거짓말을 하여 일을 진행하게 되면 잔꾀를 부리는 요령을 피우는 것으로 몰리게 된다.

기술은 과학을 응용하여 자연의 사물을 가공하고 인간 생활에 사용할 수 있도록 만드는 재주이다. 기술이라는 말처럼 널리 쓰이는 용어는 많지 않다. 수법 또는 수단이라는 말로 대치하여 사용되기도 한다. 예를 들면 정치기술, 경영기술, 교육기술, 광고기술, 과학기술 등 다양하다. 문화는 여러 개별 요소로 구성되어 있는데, 이를 문화 요소라고 한다. 문화 요소에는 기술, 언어, 상징, 예술, 가치, 규범 등이 있다. 기술은 주어진 환경이나 대상을 인간에게 유용한 형태로 바꾸는 능력이나 수단을 가리킨다. 여기에는 각종 도구, 기계, 기능 등이 포함된다. 사람은 자연환경에 적응하여 의식주를 해결하며, 삶의 질 향상을 위해 다양한 기술을 발전시킨다. 인간이 새로운 무기나 농기구를 발명하면 전쟁이나 농사 방식에 큰 변화가 생기는 것처럼 기술은 인간의 문화 창조와 변화에 큰 영향을 준다. 옛날에는 지도를 보고 길을 찾아가거나 목적지 근처에 가서 주위 사람들에게 길을 물어 보며 찾아갔다. 지금은 아무 기억 없이도 내비게이션이 안내하는 대로 믿고 가면 길을 찾아갈 수 있는 기술의 혜택을 입고 산다. 기술의 발달에 따라 자동차용 내비게이션은 물론 자전거용 내비게이션까지 등장하여 한번 갔던 길이라도 전혀 기억하지 못하고 살아도 된다. 아니 기억할 필요를 못 느끼며 살고 있다. 이처럼 기술의 발달로 인간의 생활이 더욱 편리해지고 있지만, 다른 한편으로는 기술에 대한 의존도가 높아지는 부작용도 많아지고 있다. 우리나라의 산업 성장과 발전은 기계뿐만 아니라 제철, 원자력, 조선, 자동차, 반도체, IT 등의 여러 분야의 기술이 발전하였기에 가능했다. 개발도상국 때에는 선진국의 기술을 모방하는데 급급했었던 적도 있었다. 좋은 말로 벤치마킹 한 것이다. 물론 모방이 새로운 창조의 방법이 된다는 것을 부인하지는 않는다. 모방을 통해서 뒤떨어진 기술을 따라잡고, 다음 단계로 불편하고 추가로 요구되는 기능을 보강해서 발전시켜 가는 것이 개발이고 창조이다. 우리는 창조라고 하면 지구상에 없는 무엇인가를 만들어야 하는 것으로 착각할 때가 많다. 지구상에 없는 무엇인가를 만든다는 것은 불가능하다. 그것은 인간이 할 수 있는 영역이 아니다. 신의 영역, 하나님이 할 영역이라고 한다. 그러면 우리가 개발하고 창조하는 기술은 기존에 나와 있는 제품을 좀 더 사용하기가 쉽게 개선해 나가는 것을 말한다. 그렇게 더하고, 빼고, 보태고, 나누고를 거치면서 좀 더 유용한 제품을 만들어 내게 된다. 흔히 우리는 이렇게 개선해 나가는 능력을 기술 이라 하고, 그것을 잘 하는 사람을 기술자라고 한다. 그럼에도 간혹 기술이라는 단어가 좋지 않게 사용되는 경우가 있다. 소매치기를 보고 ' 손기술이 좋다'고 한다든지, ~~하는 기술 등등으로 애초에 가진 의미를 퇴색하게 하는 경우가 종종 생기기도 한다.

요령과 기술의 기본적인 어원이나 뜻은 나쁘지 않다. 우리가 사용하면서 좋지 않은 의미로 쓰는 경우가 있어서 기존에 가진 좋은 의미가 퇴색해서 그렇다. 국어 공부가 아니더라도 혹시나 정말 좋은 의미의 단어인데 왜곡되어 사용된다면 바로 잡지는 못해도 의미는 인식하고 있어야 한다.

좋지 않은 뜻으로의 요령과 기술을 짚어보자. 요령을 피우고, ~~하는 기술은 한마디로 잔꾀를 부리는 것으로 보면 된다. 원리 원칙을 준수하여 일하면 힘이 드는 경우가 많을 것이다. 그 힘든 것을 조금이라도 편하게 지름길로 가고 싶어 하는 것은 인지상정이라고 본다. 그러나 성공으로 가는 길에는 요령이나 기술이 필요 없다. 잔꾀를 부려서 성공에 이를 수가 없기 때문이다. 성공에 이르는 길은 무던하게 원칙을 준수하면서 계획된 일을 해나가야 성공에 도착할 수 있다. 그럼에도 우리는 자주 유혹에 빠진다. 요령과 기술이라는 명목으로 좀 더 쉬운 방법이 있을 것으로 착각하게 된다. 좀 더 쉽게 가는 길이 있다면 그 길을 택하려 한다. 하지만 성공에 이르는 길의 지름길은 없다. 목표를 향해서 원칙을 준수하며, 목표를 향하여 한발 한발씩 전진해 나가는 것만이 제일 나은 방법이다.

요령에 대한 문헌을 찾아보니 일제강점기에 왜곡이 일어났다는 것을 알 수 있다. '적당히 해라, 대강해라, 대충해라, 요령껏 해라, 요령을 피운다.' 등의 말은 예전부터 사용되고 있는 말이다. 꼼수나 편법을 동원해 올바른 과정을 무시하고 결과만을 중시해 그럴듯하게 포장하는 의미들로 전락한 말들이다. 일제가 조선을 억지로 합병하고 조선인의 정신까지 말살하기 위해 만든 것이라 한다. 조선은 유교와 선비들이 망쳤다는 논리를 만들어 내기 위해서 그랬다. 나라가 망해도 끊임없이 뜻있는 선비들을 중심으로 의병 활동이 일어나고 있었다. 아무리 물질로 유혹해도 굴하지 않는 올곧은 선비들이 조선 땅 곳곳에 있었다. 백성들의 정신적 지주가 되고 있었다. 유교의 학문적 토대와 그 학문을 몸으로 체득한 선비들이 존재하고 있었던 것이다. 선비들이 존재하고 있는 한 일제는 그들의 의도는 실패할 것이 자명했다. 그래서 체계적이며 의도적으로 붕괴시키기 위한 고도의 책략이 필요했다. 그 선발작업이 학문을 이루고 도를 완성하는 데 쓰이는 학문적 용어들을 깎아내리는 것이었다고 한다.

'적당(適當)'은 인간이 학문을 완성하고 인격을 함양해 온전한 자유인이 되어 삶에 임했을 때 행동거지 하나하나가 때에 맞게 하는 것이다. 이것을 시중(時中)이라고 한다. 적당하다는 것은 이 경지를 말한다. '대강(大綱)'은 일의 큰 줄거리를 잡은 것을 의미하며, '대충(大衷)'은 나의 온 속마음을 다하라는 뜻이다. '요령(要領)'은 일의 핵심 처를 말하며, 요령을 터득했다는 것은 도의 큰 줄기를 몸으로 파악했다. 곧 대체(大體)를 깨침을 의미한다. 학문과 수도에 있어 정말 요긴한 말들이 아닐 수 없다. 이치가 그렇다. 너무나 좋은 표현들이 좋지 않게 변질된 것을 알 수 있다.

용어가 왜곡되어 사용되고 있는 것은 안타까운 일이며 바로 잡아야 할 내용이다.

그럼에도 성공에 이르기 위해서는 일을 미루어서는 안 된다. 잔꾀를 부려서 지름길로 가려고 해서도 안 된다. 성공에 대한 기회를 잡으려면 내가 원하는 게 무엇인지를 명확하게 파악하고 있어야 한다. 기회가 왔다고 판단되면 단호하게 결정하고 즉시 행동해야 한다. 자기 회의에 빠져 걸음을 멈춰서는 안 된다. 기회가 모습을 드러냈을 때 그 기회를 잡는 사람이 크게 성공한다. 그러기 위해서는 자기 회의에 빠지지 않고, 자신감으로 무장해야 한다. 당장 무리라고 생각되는 일도 주저하지 않고, 밀고 나갈 수 있도록 자신감을 가져라. 다시 말해서 자기 자신을 믿어야 한다.

완벽할 필요는 없다. 조금씩이라도 전진하면서, 지속적으로 행동하라. 그리고 변화를 받아들여라. 실패를 두려워하면 절대 성공할 수 없다. 실패했을 때를 위한 대비책은 만들어 놓아야 한다. 실패를 수용한다면 그 실패를 통해 무엇인가를 배울 수 있고, 그 안에서 기회를 얻을 수 있다. 모든 사람은 다 실패를 한다. 실패하면서 성공의 길을 찾아간다. 성공을 향해 조금씩이라도 나아가는 중이라면 그 자체로 성공한 것과 다름이 없다. 실패했다면 모든 걸 처음부터 다시 시작할 필요는 없다. 나를 지원해주는 우군을 찾아 아이디어와 계획, 그리고 두려움을 나눈다면, 그들의 경험과 생각을 이용할 수 있다. 성공한 많은 사람은 그들의 경험을 기꺼이 나누려고 할 것이다. 성공의 꿈을 향해서 요령이라는 잔꾀를 부리지 않고 무던하게 전진해야 한다. 주변에서 도움을 받아가면서 요령 피우지 않고 성공의 길을 가는 것은 어렵고 힘든 과정이어서 인내하고 참으며 끈기 있게 밀과 나가야 하는 일이다.

묵묵히 자신의 길을 가라

운동 중에 끈기를 필요로 하는 대표적인
운동이 마라톤이다. 필자도 한때는 마라톤을 즐겼던 적이 있었다. 새
벽에 일어나서 5~10Km씩 매일 달리고, 기회가 있으면 대회에도 참
가하곤 했었다. 풀코스 도전은 해보지 못했지만, 하프코스까지는 많이
참여했었다. 마라톤은 정말 자신과의 싸움이다. 재미를 느끼며 하는
운동은 아니다. 보통 처음 시작하는 사람은 뱃살을 빼기 위해 시작을
해서, 어느 정도 몸이 만들어 지면 기록단축을 위해 도전을 하게 된다.
새벽에 하는 조깅도 그렇지만, 대회에 나가서 기록단축을 위해 달릴
때 숨이 턱턱 막혀오는 것을 몇 번씩 참고 견뎌 내야 한다. 왜 내가 힘
들게 달려야 하는지를 수없이 반문하면서, 그래도 참고 인내하며 달린
다. 조금만 더 참고 달리자. 조금 더 빨리 달려보자. 스스로 마음을 격

려하고 다독거리며 달리다 보면, 못 참을 정도의 힘든 상황은 넘어서게 된다. 이러한 상황을 몇 번을 겪어야 원하는 코스를 완주할 수 있는 것이 마라톤이다. 등산도 비슷하다. 산책하듯이 둘레길 도는 것은 운동으로 좋다지만, 산을 오르는 등산은 숨이 가슴까지 차오르는 것을 참으며, 급경사를 올라갈 때의 마음은 마라톤 할 때와 비슷하다. 다리는 아프고, 땀은 비 오듯이 흐르는 것을 참으며 오르고 또 오른다. 누군가가 그랬던가? 내려올 산을 왜 올라가는지 모르겠다고? 힘들 때는 정말 똑같은 생각이 들 때가 많다. 산을 즐기고 자주 등산을 하는 사람은 미리 운동이 되어있어서 힘든 것이 덜할 것이다. 가끔 산에를 가든지, 어떤 행사가 있어서 등산하는 경우에 비슷한 생각을 하는 사람이 많을 수 있다. 힘든 산을 왜 오르고, 힘든 마라톤 코스를 왜 뛰는가? 운동으로 하기도 하지만, 목표로 잡은 봉우리에 올랐을 때의 만족감과 목표한 시간 내에 완주했을 때의 그 뿌듯함을 맛보기 위함이 아닐까? 다른 운동도 전문적인 프로선수가 되기 위해서는 무척 힘든 기간을 거쳐야 한다. 그중에서도 정말 재미없고 힘든 운동이 마라톤과 등산이라고 나는 생각한다. 묵묵히 자기가 목표로 한 코스를 시간 내에 완주하고, 목표로 한 봉우리에 올라서 목표를 달성한 만족감과 쾌감을 느끼는 자신과의 싸움이 필요로 하는 운동이다.

경영 컨설턴트가 하는 업무는 기업을 대상으로 하는 의사의 역할이다. 4차 산업혁명이 일어나도 AI로 대체할 수 없는 유망하다고 분류되는 직업이다. 다양한 지식과 경험이 필요로 한다. 의사, 변호사만큼의 인지도는 아니라 해도 꽤 인지도가 높은 직업이다. 컨설턴트들은 운영기관이나, 각종 기관의 전문위원으로 활동도 많이 한다. 운영 기관의 전문위원으로 등록되면 신뢰가 높아져서 일하는 폭이 넓어지기 때문이다. 또한, 운영기관에서 자문업체의 등록을 추진하는 경우도 있다. 자격요건을 갖춘 자문업체에 해당 사업을 수행하도록 하는 방법이다. 정부나 지방자치단체에서 컨설팅 금액의 일부 또는 전액을 지원해줄 때에 등록하여 수행한다. 개별 컨설턴트를 활용하여 진행하려면 운영상의 어려움이 많아서 업체를 선정하여 맡기게 되는 경우이다. 운영기관이 효율적인 관리를 위해 자격요건을 갖춘 컨설팅기관을 선정하고, 효과적이고 효율적 운영을 위해서 선정 평가는 필요한 절차이다.

법인이라야 참여가 가능한 지원사업에 자문업체로 신청을 했다. 신청 서류의 양이 만만하지 않아, 첨부 자료를 포함해서 100장 가까이 되었다. 신청서 작성과 실적증명서 발급 등으로 꼬박 1주일 정도 준비를 해야 했다. 접수 시에 평가위원에게 제공할 5부를 추가로 요구해서 거의 500장을 복사해야 했다. 요구하는 서류의 양부터 부담스러웠는데, 접수 이후에도 여러 가지 보완의 요청이 있었다. 보완서류를 준비하는데도 많은 시간이 소요되었다. 그리고는 공고에도 없는 날짜를 잡아서 발표평가를 하겠다는 통보가 왔다. 공고에 없는 발표를 요구했지만, 참여하는 업체의 입장으로 어쩔 수 없이 발표에 응할 수밖에 없다. 두 개 업체가 신청하여 10분씩의 발표 시간이 주어졌다. 신청서의 내용 설명할 시간도 모자라는데, 왜 발표평가를 하는지 이해를 할 수 없었다. 더 이해할 수 없는 것은 5부를 제출했는데 평가자는 3명밖에 없었다. 당락을 떠나서 있을 수 없는 일이었다. 자문업체를 '을'로 보지 않고서는 생길 수 없는 일이었다. 평가에 필요한 자료를 서류심사 통과 여부도 결정되지 않았는데 복사해서 제출해야 하는지와 공고에도 없는 발표평가를 형식적으로 하면서 자문업체에 낭비를 초래시키는지 이해할 수 없다. 마음이 상하고 불만스러워도 어쩔 수 없다. 관리 · 감독 하는 운영기관의 요구에 맞출 수밖에 없는 컨설팅 기관의 애환이기 때문이다.

스티커빌리티는 인내, 끈기, 끝까지 해내는 끈질김, 머릿속에 박혀서 잊혀 지지 않는 기억이나 생각 등을 동시에 뜻하는 단어이다. 어떤 목표를 정하고 사람들에게 말을 하다 보면 '안 된다. 생각보다 쉽지 않을 것이다. 넌 못할 것이다.' 라는 말을 듣기 쉽다. 생각해주는 마음으로 하는 걱정과 우려의 말들이겠지만, 이런 말들이 목표를 향하다 뒷걸음치게 되는 큰 원인이 되기도 한다. 가장 가까운 가족들의 반대에 부딪히면 밀어붙이기가 정말 힘들어진다. 이럴 때 묵묵히 배짱 있게 할 일을 계속하며 계속 나아가는 스티커빌리터가 결국 원하는 것을 손에 넣게 된다. 자신이 설정한 시간 내에 목표한 거리를 완주하는 것, 원하는 목표의 산봉우리에 올라가서 달성한 목표를 만끽하는 것이 스티커비리터가 해야 할 일이다. 일에도 마찬가지이다. 좋은 일만 있으면 얼마나 좋겠는가? 내가 바라지 않는 상황도 많이 생길 수 있다. 고객의 마음이 내 마음과 다를 수 있다. 그렇다고 매번 고객과 충돌해서는 안 된다. 위의 사례처럼 등록하는 운영기관에서 '갑' 질을 할 수 있다. 모두 이해할 수 있는 사항은 아니지만, 현실적으로 어쩔 수 없지 않은가? 마음을 다스리고 수용해야 한다. 그때마다 반응하고 마음 상하게 되면 정녕 바라는 목표를 달성하지 못하게 된다. 정말 마음을 다스릴 수 없을 때는 마음을 안정시키도록 휴식을 가지는 것도 필요하다. 자신이 수립한 목표를 달성하기 위해서는 외부의 환경도 적절하게 수용하는 방법을 배우는 것이 필요하다.

제프리 브라운의 「워너 브레인」에 마음을 다스리는 다섯 가지가 마음에 와 닿아 옮겨 본다.

첫 번째, 기회는 당신이 어떤 상황에 발을 들여놓을지를 결정할 때 찾아온다. 이를 위해서는 자신이 자주 표현하는 정서는 무엇인지, 그 표준 정서를 어느 수준까지 표현하는 것이 현실에서 유리한지, 어떤 상황에서 어떤 정서가 유발될지를 합리적으로 예측하는 능력을 비롯한 정서 지능이 요구된다.

두 번째, 최선을 다했음에도 불구하고 정서적으로 격한 상황에 부닥치게 된다면, 당신은 그 상황을 바꾸기 위해 꾸준히 적극적이고도 의식적으로 노력해 그 상황을 벗어나야 한다. 만약 당신이 불편한 고객과의 만남을 피할 수 없다면 얼굴을 맞대고 만나지 않아도 되는 전화상의 만남도 좋은 방법이다.

세 번째, 머리를 식힐 거리를 찾아 나서라. 무서운 영화를 보다가 아이처럼 눈을 감거나 화면을 외면한 적이 있는가? 당신이 했던 그런 행동을 심리학자들은 '주의 분산' 이라고 한다.

네 번째, 자신의 시각을 바꿀 수 있는 선택권을 갖고 있다. 당신이 할 수 있는 행동은 두 가지가 있다. 하나는 속았다는 생각과 함께 과중한 업무 부담을 느끼는 것이다. 다른 하나는 당신이 그 일을 모두 해낼 수 있을 것이라는 생각으로 그렇게 많은 일을 준비한 것에 자부심을 느끼는 것이다.

다섯 번째, 다른 모든 시도에서 실패했다면, 최후의 방법으로 심호흡을 한번 해보자. 정서는 예고 없이 얼굴에 던져진 바나나크림파이 같을 수도 있고, 목표를 향해 나아갈 때는 도움을 주는 생산적 도구일 수도 있다. 뇌의 정서 반응은 긍정적인 것만도 부정적인 것만도 아니다. 즉, 서로 다른 뇌 영역간의 균형을 통해 당신이 특정 상황에 맞게 정서를 조절할 수 있다. 당신이 어떻게 정서를 경험하는지, 타인이 당신에게 어떻게 정서적으로 반응하는지를 이해한다면 분명 효과적인 정서조절이 이루어질 수 있다.

흔들리는 마음을 스스로 다스리는 방법을 배우고 싶다. 차분히 나를 내려놓고, 주위환경을 둘러보는 여유를 갖고 싶다. 나만 열심히 한다고 해서 성공할 수 없다는 것을 알아차리고 싶다. 지금은 나에게 좋지 않게 영향을 미치는 것도 주변의 환경이라고 믿어야 한다. 그리고 나는 나의 목표를 향해 어떠한 어려움과 난관도 헤쳐나갈 수 있는 힘이 있다는 것을 믿고, 목표달성을 위해 밀어붙여야 한다.

그리고 기업의 성장과 발전에 애쓰고 땀 흘리는 컨설턴트들도 적절한 대우를 받을 수 있게 되기를 나는 바란다. 나는 기업의 성장과 발전을 도와주는 경영컨설턴트라서 좋다. 기업의 발전을 위하여 열심히 노력하고 있기에 나는 스스로 만족하고 있다. 그리고 컨설팅 기관의 선정 및 평가가 합리적으로 이루어지게 되기를 나는 바란다. 어떤 불합리한 갑질이 있더라도 스스로 마음을 달래는 것이 나를 위하는 것이다. 필자가 세상을 혼자서 바꾸어 보겠다고 설친다고 해결될 일은 아니다. 순수한 마음으로 다른 이의 성공에도 관심을 가지며, 경쟁심이나 질투 같은 즉각적인 기분에 따라 행동하지 않기를 나는 자신에 원한다. 내가 생각하는 성공을 다른 사람이 먼저 이루었다고 해서, 성공할 수 없는 건 아니다. 성공의 기회는 무한하다. 다른 사람의 성공이 어떤 방법으로도 내 성공 가능성을 훼손하지 않는다고 생각한다. 가까운 사람일수록 그의 성공을 자랑스러워할 것이다. 대화의 능력을 키우고 진정으로 다른 사람을 위할 때, 그들도 나에게 도움을 건네고 싶어할 것이다. 인내와 끈기로 끝까지 해내는 끈질김인 스티커빌리터가 되도록 노력하면서 살아가고 싶다.

어떤 일이 있어도 포기하지 마라

자연기후가 무서울 정도로 심한 변화가 일어난다. 예전 같으면 장마 기간에는 대부분 전국이 장마 권역에 포함이 되었다. 근래에 들어서의 장마는 땅이 크지도 않은데 차이가 심하게 나타난다. 국부적으로 단시간에 퍼붓는 수준으로 비가 오는가 하면, 멀지 않은 곳에는 아예 비가 내리지 않기도 한다. 소낙비와는 다른 성격의 폭우가 지역적으로 집중하여 들어붓는다. 넓은 지역에 고루 내려야 할 장맛비가 한곳에 집중하여 투하되어 예상치 못한 물난리로 홍역을 치르기도 한다. 직접 생활해보지는 않았지만, 열대지방이나, 아열대 지방의 스콜 현상과 비슷한 현상이다. 스콜이란 단시간에 풍속 변화나 돌풍, 폭우 등의 변화가 심한 현상을 말한다. 스콜은 흔히 비·우박·천둥 등을 동반하는 기상 현상에 따라 이름이 붙여진다. 스콜은 아열대성 기후의 지방에서 종종 발생한다. 아열대는 주로 북회귀선과 남회귀선 일대에서 나타나는 현상이다. 한편 열대 지역이더라도 고도가 높은 곳에서는 아열대 기후가 되기도 한다. 한국에서는 남해 연안 일대와 제주도가 아열대에 속한다고 한다. 최근 지구 온난화로 인해 온대 지역인 한반도 전체가 아열대 기후로 바뀔 위협에 놓여 있다고 한다. 지구 온난화가 계속되면 곧 한반도는 아열대 기후로 변하게 된다고 예상을 한다.

급속한 기후의 변화로 인해 예상치도 못한 현상들이 발생한다. 자연재해로 인한 재난이 곳곳에서 발생하고 있다. 언제 어디에서 어떠한 재난이 발생하게 될지를 아무도 예상할 수 없다는 것이 문제이다. 시스템적으로 자연재해 및 재난에 대응 준비를 해야만 한다. 미리 대응을 한다고 해서 해결되는 것은 아니나, 급속한 자연재해로 인한 손실이나 피해를 줄일 수는 있다.

지난 정권부터 기업재난관리사의 자격자를 배출하기 시작했다. 기업에서부터 자연재난뿐만 아니라, 사회적 재난을 예방하고 대응하는 프로그램을 수립하기 위한 목적에서 신설했다고 한다. 기업체에서 먼저 시스템을 수립하여 대응기반을 다져놓고, 전국적으로 확산하려는 의도에서 출발했다. 3단계의 자격사를 배출하고 있는데, 기업체에 직접 근무하면서 재난관리 업무를 담당하는 실무자가 있다. 다음에 조직이 작은 업체에는 채용이 어려우므로 자문을 해주는 대행자 과정이 있다. 또한, 재난대응 시스템을 구축하고 운영을 하면 혜택을 주기 위해 평가를 위한 평가자 과정으로 자격을 만들어 자격시험제도를 운용하고 있다. 기업의 경영환경도 기후 못지않게 변화가 심하다. 4차 산업혁명 시대에 접어들면서 어떤 직업이 없어지고 새로 생겨날지 알아내기 위해 걱정을 하지만, 뚜렷하게 방향을 잡지 못하고 있다. 지금 하고 사업을 지속해서 유지해야 할 것인지, 빨리 포기하고 전환을 해야 할 것인지에 대해 고민을 하고 있다. 우리나라 경제의 주축을 이루는 제조기반 경제가 많은 변화의 소용돌이에 빠질 것이라 우려하는 학자들도 있다. IT와 연계하여 제조시설은 모듈화로 바뀌게 된다고 한다. 컨베이어 시스템의 양산체제가 무너지고, 주문에 의한 즉시 생산 및 공급을 할 수 있는 스마트 공장으로 바뀐다. 4차 산업혁명이라는 용어는 독일에서 만들어서 사용하기 시작했다. 제조기술이 튼튼한 독일이 다시 한번 세계 경제를 주도하겠다는 전략에서 추진되었다. 우리나라의 구조도 독일과 크게 다르지를 않다. 몇 년 전부터 독일은 4차 산업혁명을 선도하며 치고 나가고 있는데, 우리나라는 아무것도 하지 않는 것처럼 보인다. 앞으로 가기는커녕 적폐청산이라는 명분으로 뒤로 회귀하고 있어 걱정스럽다. 4차 산업혁명은 지금까지의 3차 산업혁명과는 차원이 다르다. 한번 뒤처지고 나면 영원히 따라잡지 못하게 될 수 있기 때문이다. 잘못한 것이 있다 해도 경제나 과학, 기술만큼은 미래를 향한 전략을 가동하면서, 따지고 벌을 주어도 늦지 않다고 생각이 된다. 제조기반의 경제가 4차 산업혁명에 어떻게 반응을 할 것인지 예측하기가 어려운데, 정치적인 문제로 후퇴해서는 안 된다고 본다. 나라의 발전을 견인해 왔던 원자력발전 기술도 마찬가지이다. 하루아침에 나쁜 기업 나쁜 사람으로 매도당해서는 안 된다. 원자력을 연구 · 개발한 기술자와 학자가 형편없는 사람으로 취급당해서는 안 된다. 타당성과 수익성이 없어서 포기단계에 접어들었던 태양광발전과 풍력발전에 관심이 쏠리고 있지만, 구체적인 방안을 마련하지 못하고 있다. 이러한 변화를 읽어내고 미리 대응을 하기 위한 것이 외부환경 분석이다. 기업이 가진 내부역량은 어느 정도 파악이 가능한데, 외부환경을 분석하는 것은 어려움이 많다. 나라의 발전에 크게 기여하고, 그 기술을 여러 나라에 수출하여 국익을 올리고 있던 기술이 하루아침에 안전에 취약하고 환경을 저해하는 몹시 나쁜 기술로 매도될 것이라고는 예상하지 못했다. 어떤 변화로 닥쳐올지 모르는 4차 산업혁명의 변화도 읽어야 한다. 탈원전에 대하여 공론화위원회에서 5,6호기의 공사는 지속하되, 탈원전 의견 제시로 앞으로의 원자력 사업 운명을 가름할 수 없게 되었다. 내부적으로는 노사문제에 최저임금, 통상임금의 어려움도 해결을 해야 하고, 외부적인 환경의 변화도 읽고 대응책을 마련해야 한다. 내부적으로는 품질, 가격, 납기의 경쟁력 확보를 위한 개선을 지속해서 해야 한다. 그리고 기업의 흥망성쇠를 가져올 외부

환경의 변화를 관망하고 있을 수만은 없다. 힘든 외부환경이 닥치더라도 살아남기 위한 전략을 수립해야 하는 것이 기업의 숙명이다. 죽을 각오로 어려움을 감내하면서 나라에 세금을 내는 기업인은 존경받아야 한다. 기업인이 자부심을 느끼고 원기를 받아서 경영하도록 해 주는 것이 우리나라가 살아날 방법이기 때문이다.

준비해오던 자격이 어떻게 변할지 모른다고 손을 놓을 순 없다. 주관하던 부서가 달라졌다 해도 그 일이 없어지는 것은 아니다. 정권에 따라서 중요도가 달라지는 경우는 많이 봐왔다. 그럼에도 재난이나 안전은 손을 놓을 수 있는 분야가 아니다. 어떤 정권이 집권하더라도 더 많은 관심을 가질 수밖에 없는 분야이다. 우리나라가 먹고살 만하게 발전을 했기에 환경과 안전에 대한 관심은 그 어떤 나라보다도 높다. 잠깐의 혼란은 있을 수 있고, 어쩌면 다른 이름으로 다시 시작하게 될지는 모르지만, 계속해서 관심을 가져야 할 분야이다. 그러기에 절대 포기해서는 안 된다. 어떠한 일이 있더라도 참고 인내하면서 끈기 있게 밀고 나가야 한다. 주변 환경의 변화를 지켜보며 대응하기도 해야 하지만, 건건이 일희일비(一喜一悲)할 일은 아니다. 목표를 세웠다면 어떠한 일이 닥치더라도 포기하지 말고 밀고 나가야 한다. 어렵다고 기업의 경영을 포기할 수 있는 것은 아니다. 사업을 그만두고 기업의 영속성을 포기하기가 쉬운 것이 아니다. 기업의 경영환경이 우호적이지 않다고 조국을 등지는 것도 말처럼 쉽지 않다. 마음 같으면 그랬으면 좋겠다고 해도 외국으로 거점을 옮기며 대한민국 국민으로서의 자존심을 버릴 수 없다. 기업을 경영하면서 수많은 환경의 변화를 맞았을 것이다. 그때마다 좋고 나쁨에 경영의 정책이 왔다 갔다 해서는 안 된다. 기업의 경영이념대로 밀고 나가야 한다. 기업의 비전을 달성하기 위해 어떠한 어려움이 닥쳐도 경영을 포기할 수 없다. 기업의 모든 구성원이 한마음으로 어려움을 헤쳐 나가야 한다. 포기하지 않고 뚝심으로 밀고 나가면 기업이 원하는 목표를 달성하는 날이 올 것이다.

문제라는 단어는 부정적인 뜻을 내포하고 있다. 고쳐야 할 필요가 있는 잘못된 부분이 있음을 암시하는 것이다. 하지만 만약 문제를 우리 인생의 요소들을 개선할 기회라고 재정의 한다면 문제는 긍정적인 뜻이 될 테고, 문제해결은 인간의 기본적인 생명력 중의 하나로 인식될 수 있다. 어떤 현명한 사람들은 문제를 기회라고 생각한다. 그렇다고 해서 문제가 우리의 인생에 긍정적인 영향을 미친다는 걸 깨닫게 되는 계몽의 시간을 기다릴 필요는 없다. 그저 자신의 경험을 살펴보기만 하면 된다. 자신이 어떤 문제를 해결하려고 기를 쓰게 되면 그 문제가 자신의 인생을 차지해 버린다. 잠자리에 들기 힘들어지고, 그 문제를 해결해야 한다는 생각에 일찍 눈을 뜨게 된다.

문제를 재구성하면서 우리 앞에 놓인 여러 가지 선택권들이 명백해지고 해결책으로 가는 길이 명확해질 때가 많다. 일단 성취하고 싶은 목표에 대해 분명한 견해를 가지고 있으면 세부 사항들을 해결해나가는 방법은 다양하게 나타난다. 라고 버나드 로스의「성취습관」에서 말하고 있다.

또한, 이 책에서는 감정을 가라앉히는 방법에 대하여 이야기하고 있다.

순간적인 충동을 통제하지 못해서 일을 망쳐버리는 일이 더러 있다. 이처럼 순간적으로 끓어오르는 화를 참지 못하면 모든 것을 잃어버릴 수도 있다. 하버드 대학교 신경학과의 루디 탄지 교수는 대뇌변연계 탈취 반응이 일어날 수밖에 없는 상황을 통제하는 방법으로 다음의 4단계 과정을 추천하고 있다.

첫 번째, 최초의 반응이 명령한 것을 실행하지 마라.

두 번째, 심호흡을 하라.

세 번째, 자신의 현재 감정을 알아차려라.

네 번째, 행복하고 평화로운 감정을 선사한 과거의 사건을 상기하라.

대부분의 경우, 상황을 통제하기 위해서는 처음 세 가지 조치만 취하면 된다. 그러려면 연습이 필요하다. 부정적인 행동을 하게 될 때마다 꾸준히 노력한다면, 결국에는 통제권을 얻고 부정적 반응을 멈추는 것이 점차 쉬워질 것이다. 어떤 상황에서든 심호흡하는 것은 절대 해롭지 않다.

항상 기억하라. "포기하면 절대 성공하지 못하고, 성공한 사람은 절대 포기하지 않는다." 다른 어딘가에서 같은 말을 많이 들어봤을 것이다. 이 말이 많은 사람들에게 퍼져나가는 데는 이유가 있다. 진실을 가장 알기 쉽게 표현했기 때문이다. 포기하고 싶은 순간이 오면, 벗어나려 애쓰지 말고, 결과의 달성에 더 집중하라. 그리고 아무리 어렵게 보이더라도 계속 나아가도록 스스로 채찍질하라. 목표를 세울 때는 나의 모든 역량을 집중하여 설정하여야 한다. 나에게 맞는 목표라면, 어려움에 맞닥뜨린 순간 포기하고 싶은 마음이 생겨도, 동요하지 않을 것이다. 목표한 바를 끝까지 해낼 수 있는 용기와 신념을 가졌을 때 비로소 열매를 거둬드릴 수 있을 것이다. 포기하지 않기 위해서는 끈기가 필요하다. 어떠한 어려움이 닥쳐도 참아내는 인내력이 요구된다. 목표를 세울 때 달성 가능한 까치발 목표를 세우되, 만들어진 목표를 향해서 끊임없는 정진이 필요하다. 참고 견디며 정진하는 인내심이 바탕이 되어야 한다. 변화가 격하게 일어나는 시대를 맞고 있다. 4차 산업혁명과 경제 환경이 그렇다. 이제까지 참고 견디며 발전시키고 성장시켜 왔는데, 이쯤의 어려움은 충분히 견뎌낼 수 있다는 인내와 끈기로 이겨 나가면 성공할 수 있을 것이다.

냄비보다 뚝배기의 삶

　　건강에 관해서는 누구도 장담할 수는 없
다. 건강할 때 체력 관리하면서 정기적인 검진도 병행해야 한다. 100
세를 살아도 건강하게 오래 사는 것이 행복이지, 골골 100세는 삶의
큰 의미가 없다. 4차 산업혁명 시대에는 집 대문을 들고 날 때 모든 건
강을 점검하는 시스템이 갖추어진다고 한다. 병은 발병하더라도 조기
에 찾아 치료하면 크게 문제 되지 않는다. 매일 매일 건강을 점검하여
진단하고 대비하면 큰 병으로 이어지지는 않을 것이다. 그러기에 100
세 시대가 아닌 120세 시대, 심지어 150세 시대까지 예상을 한다. 언
젠가 한의원을 찾아서 진맥했던 적이 있다. 진맥을 통하여 몸의 전반
적인 건강상태를 진단하고 한의사 선생님이 하신말씀이 기억이 난다.
"건강하게 태어나신 몸입니다. 부모님에게 감사하셔야 합니다. 성격은 뚝배기처럼 무던하면서 진국이십니다. 앞으로 과신하시지는 말고 관리 잘하시면 장수하실 겁니다."라는 말씀에 기분이 좋았던 적이 있다. 무엇보다도 기분 좋게 들렸던 말은 뚝배기처럼 무던하며 진국이라는 말씀이 좋았다. 흔히 우리나라 사람을 냄비근성이 있다고들 한다. 냄비처럼 빨리 달구어졌다가 빨리 식어버린다고 빗대어서 하는 말이다. 뚝배기처럼 따뜻하고, 진득한 성격의 반대 표현이다.

2002년 월드컵 때 축구 열풍으로 전 국민이 후끈 달아올랐었다. 결과도 기대했던 것보다 성적이 좋아서 온 국민이 열광 했었다. 대부분 국민들이 길거리로 나와서 응원하면서 즐겼었다. 전파를 타고 중계되는 영상을 보고 열광하는 국민들의 응원에 세계인들이 놀랬다 한다. 그럼에도 월드컵이 끝난 직후 축구에 대한 관심은 급격히 낮아졌다. 프로축구 경기장이 썰렁할 정도로 찾는 사람들이 줄었다. 이런 것을 흔히 냄비근성이라고 한다. "끈기 없고, 지조 없고, 일관성 없는" 속성으로 규정하여 좋지 않은 경우에 사용되는 용어이다. 이슈가 있을 때만 격렬히 흥분하다가, 시간이 지나면 금방 잊어버리는 현상이다. 한국 사람들은 천성적으로 흥분은 잘하면서 돌아서면 잊어버리는 기질이 있다. 이러한 "냄비 현상"은 사회적으로 개선이 필요하다. 바꾸어야 한다는 것을 알고, 개선하려고 노력도 많이 한다. 그럼에도 한때의 구호로만 그치고 개선이 이루어지지 않고 있다. 언론의 힘이 막강해진

오늘날에는 언론에 의해서 크게 좌우된다. 대중적 화제가 애초부터 여론에 의해 조성된다. 오히려 냄비 근성 유발은 화제를 수시로 갈아치우는 언론이라 할 수 있다. 일부 언론에서는 불편한 화두를 묻어버리기 위해서 국민성까지 볼모로 냄비를 운운한다. 단순히 과열 양상을 우려하는 것이라 변명하지만, 정작 그를 해결하기 위한 어떤 행동도 취하지 않는다. 과열양상을 해소하기 위해서는 사안의 본질에 맞는 기사와 잘못된 내용에 대한 공정한 수정, 그리고 또 다른 중요 사안에 대한 여론의 환기가 필요하다.

사람들은 각자 관심사가 다르다. 관심사에 대한 관심의 깊이도 또한 다르다. 모두에게 일정 수준의 관심을 지속해서 요구할 수도 없다. 사상통제가 완벽하게 가능하지 않은 한 불가능하다. 특정 주제에 머물러 있으면 새롭게 나타나는 문제들을 무시하게 된다. 특정 문제가 지나치게 오래 제기되면 사람들에게 공감은커녕 지겹다며 반감을 사게 마련이다. 어떤 일이 있을 때 빨리 관심을 보이고, 후끈 달아오르는 열정이 잘못된 것은 아니다. 다만, 빨리 식어서 기억에서 사라져 가는 것이 문제다. 주변에서 일어나는 일들을 보면 상당수가 맞는 것 같다. 당장 지구가 멸망할 것처럼 난리를 치다가 언제 그랬냐는 식으로 잊고 만다. 정치적인 이슈로서 나라가 망할 것처럼 호들갑을 떨다가도, 언제 그렇게 했나? 아니면 그만이고 하는 경우가 허다하게 생기고 있다.

뚝배기는 오지그릇으로 된 것도 있고, 질그릇으로 된 것도 있다. 오지뚝배기는 붉은 진흙으로 만들어 볕에 말린 다음 잿물을 입혀 다시 구워 만든 것으로, 검붉은 윤이 나고 질긴 것이 그 특징이다. 반면에 질뚝배기는 오지뚝배기처럼 만드나 잿물을 입히지 않은 것으로 겉면에 윤기가 없다. 이러한 뚝배기는 그 자체에 열을 가하여 조리할 수 있고, 뜨거운 음식물을 담아도 그릇의 표면이 그다지 뜨겁지 않아 쓰기에 편리하다. 또한, 음식물이 잘 식지 않아 기름기 있는 음식을 담아 먹기에 좋다. 뚝배기 찌개란 뚝배기에 된장을 풀어서 끓인 음식이다. 이 음식은 뚝배기 그대로 밥상에 올리는 것이 우리의 풍속이다. 옛날부터 옹기를 이야기할 때 "숨을 쉰다."고 하였다. 약토와 재를 섞은 유약을 옹기 표면에 입혀 구우면 매끄러워지며 물이 새는 것도 막아준다. 발효 식품을 중심으로 음식 문화가 발달한 우리의 생활양식은 집마다 장독대를 갖추고 있다. 장독대는 주로 간장·된장·고추장·젓갈 등 우리가 부식으로 사용하는 여러 가지 식품들을 저장·보관하는 곳이다. 이러한 식품들을 담은 장독은 시일이 지남에 따라 끈적끈적한 액체를 독 밖으로 내뿜고 있는데, 일조 시간이 긴 뜨거운 여름날일수록 그 정도가 심하다. 독의 내면에서 불순물이 밖으로 밀려나오는 것이라 한다. 그래서 우리의 어머니·할머니들은 아침과 저녁 하루 두 번씩 장독대의 독들을 닦아줌으로써 독이 계속 호흡을 할 수 있도록 한 것이다. 이렇듯 뚝배기는 여러 가지 장점이 있다. 그중에서도 음식물의 열을 오랫동안 간직할 수 있다. 뜨거운 찌개나 국물의 따뜻함을 오래갈 수 있어서 좋다고 한다.

　사람들의 성격이나 성향을 말할 때 냄비보다 뚝배기가 좋다고 한다. 빨리 달구어지고 빨리 식어버리는 것보다는 천천히 달구어지더라도 오랫동안 지속하는 것을 말한다. 어떤 일을 대하는 태도도 마찬가지이다. 빨리 달구어진다는 것은 충분하게 검토하지 않는다고 볼 수도 있다. 열정을 빨리 쏟아 넣는 것도 나쁘지 않지만, 충분한 검토가 있고 난 뒤에 열정을 쏟아야 한다. 그렇게 해야만 오래갈 수 있게 된다. 무슨 일을 하더라도 당장 결과가 나오는 일은 거의 없다. 목표를 달성하기 위해서는 오랫동안 참고 인내하면서 꾸준하게 실행해야 달성할 수 있다. '어디로 가고 있는지 모르고 있다면, 어느 길을 선택하든 관계없다.' 라는 프랑스 속담이 있다. 중요한 결정을 내리기 전까지 충분히 오래 생각하는 것은 인생을 살아가는 데 꼭 필요하다. 결정을 내리지 못해 지나치게 오랫동안 힘들어하는 경우도 많다. 충분히 검토하고 결정을 내렸다면, 꾸준히 인내하면서 끈기 있게 밀고 나가야 한다. 냄비처럼 빨리 식어버리지 않고, 뚝배기처럼 오랫동안 열기를 품고 목표를 향해 나가야 한다.

　꾸준하게 밀고 나갈 목표에 확신을 하게 만들기 위해서는 자신 내면의 놀라운 힘을 찾아야 한다. 힘이라는 말에 대한 반응은 사람마다 다르다. 어떤 사람들은 힘이라는 말에서 부정적인 느낌을 받는다고 한다. 어떤 사람들은 그 힘을 강력하게 추구하기도 한다. 또 어떤 사람은 마치 타락했거나 뭔가 수상한 의미를 떠올리고 힘이란 단어에서 더러운 느낌이 든다. 우리는 어느 정도의 힘을 원하는가? 나 자신의 발전을 위해서 힘을 어느 정도 갖는 것이 적당할까? 힘이란 말이 우리에게 진정으로 의미하는 것은 무엇일까? 힘이란 다른 사람을 굴복시키기 위한 것으로 생각하지 않는다. 강요하는 것이라고도 생각하지 않는다. 진정한 힘은 이 세상에서 변하지 않는 것임을 알아야 한다. 우리는 자신의 눈으로 세상을 보기도 하고 다른 사람의 눈을 빌려 세상을 보기도 한다. 우리는 자신이 원하는 대로 행동하기도 하고 다른 사람의 뜻에 따라 행동하기도 한다. 내가 생각하는 궁극적인 힘이란, 내가 간절히 원하는 결과를 만들어내면서 그 과정에서 다른 사람의 가치까지 창출해내는 능력이다. 힘은 삶을 변화시키고, 세상을 보는 눈을 새롭게 하며, 자신을 위해 어떤 일을 뜻대로 만들어 내는 능력이다. 진정한 힘은 함께 나누는 것이지 강요하는 것이 아니다. 힘은 인간에게 필요한 것을 찾아내어 그것을 이루는 능력이다. 힘은 나만의 왕국, 즉 나 자신 삶의 과정과 행동을 지배하는 능력이다. 힘은 나 자신이 바라는 결과를 정확히 만들어 내는 능력이다. 라고 앤서니라빈스는 「거인의 힘 무한능력」에서 말한다. 또한, 거인이 되는 최고의 성공공식 네 단계를 첫 번째, 자신의 목표를 아는 것이다. 다시 말해서 자신이 무엇을 원하는지 정확하게 정의를 내려야 한다. 두 번째, 행동으로 옮기는 것이다. 행동이 따르지 않으면 우리의 소망은 한낮 백일몽에 지나지 않는다. 원하는 결과에 도달할 가능성이 가장 큰 행동을 해야 한다. 세 번째, 자신이 취한 행동이 어떤 종류의 반응과 결과를 얻고 있는지 알아낼 수 있는 민감한 감각을 키워야 한다. 지금 자신이 목표에 가까이 접근해가고 있는지 멀어지고 있는지를 빨리 파악해야한다. 네 번째, 원하는 것을 얻을 때까지 계속 전략을 바꿔 갈 수 있는 유연성을 계발하는 것이다. .

목표를 설정하는 것은 자신이 원하는 것을 명확하게 찾는 것을 말한다. 또한, 자신이 가진 힘이 무엇인지도 알아야 한다. 그 힘을 우리는 흔히 능력, 또는 장점, 강점이라고 말하기도 한다. 그 힘이 자신만을 위한 것보다는 다른 사람의 가치까지 창출해 주는 것이면 더 좋다. 그러기 위해서는 다소 시간이 걸릴 수 있다는 것도 명심해야 한다. 너무 조급하게 고뇌와 고민도 없이 목표를 설정해서는 안 된다. 충분하게 고려가 된 목표를 설정했다면 꾸준하게 밀고 나가야 한다. 그러면서 목표대로 나가고 있는 것인지를 주기적으로 점검하고, 필요하다고 판단이 되면, 무식하게 한 방향만을 고집할 필요가 없다. 방향을 바꾸는 것도 필요하다. 결과에 도달할 때까지 끊임없이 인내하면서 밀고 나가는 힘이 필요로 하다. 그러기 위해서 냄비처럼 쉬이 달아올랐다가 쉽게 식어버리는 '냄비근성'은 없애고, 뚝배기처럼 무던하게 밀고 나가는 뚝심이 필요하다. 사람들은 처음에 마음 열기가 어려운 사람이 있지만 바로 친해지는 사람도 있다. 마음을 여는데 시간이 걸리는 사람은 한번 열고 나면 간, 쓸개 다 빼준다. 하지만 쉽게 가까워진 사람은 쉽게 마음을 바꾸게 되는 경우가 많다. 선거 때 봐도 그런 경우를 볼 수 있다. 어떤 정당에 몰표를 주었다가 6개월도 지나지 않아서 반대편 정당으로 몰표가 가는 것을 어렵지 않게 봐왔다. 이런 현상이 우리의 냄비근성이다. 그렇듯이 쉽게 달구어졌다가 쉽게 식어버리는 냄비근성은 우리의 근성에서 제거해야 한다. 없애기 위해서는 독서가 필요하다. 자신의 주관을 뚜렷하게 해야 하기 때문이다. 우리는 남의 말에 쉽게 현혹이 되며, 특히 언론의 기사는 무조건 믿고 보는 경향이 많다. 흔히 '~~쿠더라 통신'에 너무 휩쓸려 다닌다고 한다. 자신의 신념과 주관을 뚜렷하게 만들기 위해서는 독서가 필수적이다. 선택이 아니라 꼭 해야 하는 숙제이다. 뚝배기가 되기 위해서는 독서를 통해서 마음의 양식을 쌓고, 선택의 지를 넓혀 나가야 한다. 그러기 위해서는 꾸준하게 인내와 끈기를 갖고 계획을 실행해 나가야 할 것이다.

영혼까지 만족시켜야 하는 시대

삼성전자와 애플의 2차 특허 전쟁이 삼성의 패소로 미국 연방대법원 결정이 났다. 미연방대법원이 애플의 주장대로 상고심을 할 필요가 없다고 판단하여, 삼성전자는 애플에 1억 1960만 달러를 배상해야 하는 결정을 내렸다. 이번 소송은 디자인이 핵심 쟁점이던 1차 소송과 달리 기능특허 침해를 주장하는 3건의 특허와 관련된 소송이었다. 이번 2차 소송과는 달리 1차 소송은 디자인 싸움이었다. '둥근 모서리' 를 비롯한 애플 디자인 특허 침해가 쟁점인 1차 소송 재판이었다. 미국 캘리포니아 북부지역법원에서 시작된 이 재판은 배심원들이 삼성의 특허 침해에 고의성이 있다는 판단과 함께 거액의 배상금을 부과했다. 사실상 징벌적 제재에 가까운 평결이었다. 하지만 항소심에선 제품 특유의 분위기를 의미하는 '트레이드 드레스' 침해 부분이 무혐의 판결됐다. 애플과 삼성의 특허 전쟁을 놓고 보면 해당 기업들이 어떤 속내로 진행하고 있는지는 알기 어렵다. 팔은 안으로 굽는다는 말이 있는 것처럼, 미국 안방에서의 특허 공방을 무조건 공평하다고 말하기는 어렵다. 미국에서의 판결이 어떤 결과를 가져올지 단기적으로 자국 기업에 유리한 판결이 과연 정말 도움이 될지는 알 수 없다. 시간이 지나면 역사가 말하지 않을까?

삼성과 애플의 특허 전쟁은 누가 특허를 침해했느냐를 이야기하고 싶은 것이 아니다. 1차 특허 소송의 대상이 '디자인' 이었다는 것을 말하려고 한다. 기술이나 기능에 관한 것이 아닌 디자인, 그것도 '둥근 모서리' 가 싸움의 쟁점이었다. 분명하게 이야기할 수 있는 것은 기술이나 기능이 문제는 아니라는 것이다. 기술이나 기능은 벌써 고객이 만족할 수준을 넘어 섰다고 볼 수 있다. 우리가 휴대폰을 살 때 기능을 보고 사는 사람은 많지 않을 것이다. 내장된 기능을 다 활용하는 사람도 많지 않을뿐더러, 기능은 충분하게 갖추고 있다고 본다. 대체로 선택할 때 디자인을 보고 구매한다는 의견이 지배적이다. 이젠 기술로서 만족시키는 시대는 지났다. 기술과 기능은 당연히 갖추어야 하고, 고객의 영혼까지 만족시켜주는 디자인이 시장을 지배하는 시대가 되었다.

경기 창조혁신센터의 해커톤에 참여한 적이 있다. 오후 6시부터 시작하여 다음 날 정오까지 잠자지 않고 밤을 새워 문제를 해결하는 프로그램이었다. 디자인씽킹은 행동하는 것이 중요하기에 해커톤 행사로 진행하는 경우가 많다. 이론적인 것보다는 직접 참여해서 느껴보는 것이 중요하기에 직접 참여하게 되었다. 전국에서 나이와 관계없이 참석을 했는데, 내가 제일 먼 곳이었고 제일 나이 많은 참석자였다. 조금은 멋쩍기는 했지만, 직접 체험해 보는 좋은 기회였다. 간단하게 아이스브레이킹으로 긴장을 풀게 하고, 참석자를 몇 개조로 편성해 주었다. 조별로 해결하고 싶은 과제를 선정하고, 과제를 해결하기 위한 아이디어 창출과 해결 대안을 프로토타입까지 만들어 발표하고 마치는 과정으로 진행이 되었다. 18시간으로 진행이 되었는데 밤새 잠 한숨 자지 않고 진행한다. 먹을 것의 준비는 충분히 해놓고서 에너지를 보충해가면서 쉬지 않고 진행되는 프로그램이었는데 각 조에서 모두 프로토타입까지 완료하여 발표를 마치고 헤어졌다.

해커톤은 이미 꽤 유명한 프로그램이다. 해커톤은 해킹+마라톤으로서 마라톤 하는 것처럼 쉬지 않고 온종일 기획자, 디자이너, 개발자들이 모여서 결과물을 만들어 내는 행사를 말한다. 컴퓨터 전문가들이 한 장소에 모여 마라톤을 하듯 장시간 동안 쉬지 않고 특정 문제를 해결하는 과정에서 시작되었다. 2000년대 후반 실리콘밸리에서 하나의 문화로 자리 잡았으며, 마이크로소프트(MS), 구글 등 글로벌 정보기술(IT) 기업에서는 일반화된 개발 방식이다. 해커톤 활성화의 일등 공신은 페이스북의 마크 저커버그다. "모든 직원이 아이디어를 내놓고, 함께 모여 결과물로 구현하는 해커톤 운영이 페이스북 성공의 원동력 중 하나"였다고 강조할 만큼 저커버그의 해커톤 사랑은 유별나다. 실제 페이스북은 몇 달에 한 번씩 부정기적으로 해커톤을 열고 있는데, 바로 이 해커톤이 페이스북 혁신의 숨겨진 비밀로 알려져 있다. 예컨대 신의 한 수로 불리는 페이스북의 '좋아요' 버튼이나 타임라인, 채팅 기능이 모두 해커톤에서 나왔다. 페이스북 내의 새로운 복지 정책이나 홍보 방법 등도 해커톤의 결과물이다.

IT 기업의 경쟁력 강화 차원에서도 해커톤은 활발하지만, 공익 목적의 해커톤 행사도 적지 않다. IT를 활용해 사회문제를 해결하려는 '소셜이노베이션캠프', '학교폭력방지캠프' '농어촌문제해결캠프' 등이 그런 경우다. 우리나라에서도 공익 해커톤 행사는 점차 느는 추세다.

기술의 발전과 변화는 하루가 다르게 발전하고 변화하고 있다. 4차 산업혁명의 시대변화는 더 빠르게 일어나고 있다. 이젠 기술과 기능으로 경쟁력을 갖는 시대는 지났다. 품질, 가격, 납기의 경쟁력은 기본적으로 갖추어야 할 사항이다. 이제는 디자인이 지배하는 시대, 그걸로 인하여 브랜드가 시장을 점령하는 시대로 접어들었다. 예전의 단순한 기술의 우위성만 갖고서는 경쟁력이 없다. 고객의 마음까지 아니 영혼까지 만족시켜주는 디자인의 시대이다. 디자인씽킹은 디자이너의 생각으로 사용자가 요구하는 것을 바라보라는 것이다. 그럼 디자이너는 어떤 생각을 하고 있을까? 첫 번째는 제품의 기능을 원활하게 발휘할 수 있도록 디자인한다. 부품에도 디자인이 있겠지만, 고객의 눈으로 직접 볼 수 있는 제품의 디자인은 그 제품의 기능을 충분하게 발휘할 수 있도록 해야 한다. 이러한 기능적인 부분의 디자인은 디자이너가 가져야 할 기본 중의 기본이다. 다음이 예술적인 아름다움이 포함되어야 한다. 기능만 만족하도록 디자인하는 것이 아니라 예쁘게 디자인하여 사용자의 마음을 만족시켜야 한다. 삼성전자와 애플의 싸움에서 디자인의 시대임을 알 수 있다. 고객의 영혼까지 만족시켜야 하는 시대를 우리는 살고 있다.

디자인씽킹은 전반적인 실천훈련으로 디자인과제를 해결하는데 효율적이며 어떤 종류의 제품이나 경험에도 적용할 수 있다. 더 나은 신제품을 만드는 방법에만 국한된 것이 아니라, 물질이 아닌 대상에 관한 것이기도 하다. 디자인씽킹은 무정형의 개념으로 스탠퍼드 대학교의 교수이자 세계 최고의 디자인 컨설팅기업 IDEO의 공동 창립자인 데이비드 켈리가 만들어낸 용어이다. 성공적인 디자이너의 사고방식과 접근법을 다른 사람들과 다르다는 점을 설명하고 있다. 디자인씽킹을 명확하게 정의하기는 어렵다. 그 원칙은 간단하게 설명하면 다음과 같다.

첫 번째, 공감하기이다. 디자인은 원래 나 자신만을 위한 것이 아니라, 다른 사람들의 요구와 열망을 염두에 두고 하는 작업이다. 더욱 개선된 롤러코스터를 디자인하든 더 좋은 병원 대기실을 디자인하든, 그 목적은 사용자의 경험에 관심을 두면서 도와줄 방법을 찾아내는 것이다. 이는 사용자의 입장, 즉 고객의 입장에 온전히 들어가서 공감하도록 하는 것이 중요하다.

두 번째, 문제정의 하기이다. 해결하려는 문제 혹은 해답을 구하려는 질문의 범위를 좁힌다. 구체적으로 디자인 및 개발해야 할 내용을 정의하는 단계이다.

세 번째, 아이디어 창출하기이다. 마음에 드는 방법이라면 무엇이든 동원해서 가능한 해결책을 만든다. 브레인스토밍, 마인드맵핑, 냅킨에 스케치하기 등 효과가 있는 방법이라면 무엇이든 상관없다. 개선에 필요한 인문학에서부터 공학, 자연과학 등 필요한 모든 학문의 동원이 필요로 한다.

네 번째, 시제품 만들기이다. 무언가를 완벽하게 해내려는 마음에, 혹은 완벽에 가깝게 해내기 위해 스트레스를 받을 게 아니라, 자신의 아이디어를 물리적인 형태로 만들거나 자신이 구현하려는 무언가를 위한 계획을 세운다. 계획에 의하여 시제품을 직접 만들어서 사용자에게 제공해 줄 수 있도록 준비한다.

다섯 번째, 시험해보고 피드백 받기, 시제품을 시장이나 고객에게 제공해서 보완해야 할 내용을 빨리 피드백을 받아서 제품에 반영을 거듭하는 단계이다. 사용자가 요구하는 문제점을 개선했는지를 지속적으로 피드백 받으며 반영하는 과정이다.

이러한 디자인씽킹은 학문이라기보다는 '행동'에 중점을 둔 프로그램이다. 너무 많이 생각하지 말고 실행하는 것이다. 디자인씽킹의 중요한 개념 중 하나가 실패도 소중한 부분이라고 여기는 것이다. 프랭클린 D.루스벨트는 이렇게 말했다. "두려워해야 할 것은 두려움 자체뿐이다." 두려워 할 것은 실수에서 배우지 못하는 것뿐이지, 실패에서 무언가를 배우고 결국 해결책을 알아내기만 한다면 얼마든지 실패해도 괜찮다는 것이 디자인씽킹의 중요한 개념 중의 하나이다.

디자인의 시대에 디자이너의 생각을 반영하자는 것이 디자인씽킹이다. 디자인 씽킹의 가장 기본이 되는 것이 공감이다. 온전히 고객의 마음, 사용자의 입장에서 공감하는 것을 말한다. 공감으로 고객이 바라는 바를 파악하여 콘셉트부터 개발, 생산에 이르기까지 반영하여야 한다. 이를 위해서는 다른 사람의 의견을 열린 자세로 받아들여야 한다. 결과에 집중하되, 필요할 경우 방법에 변화를 주어야 한다. 손에 쥔 음식을 내려놓지 못하는 거미원숭이가 되어서는 안 된다. 완벽할 필요는 없다. 조금씩이라도 고객의 요구를 반영하고 전진하는 것이 중요하다. 그리고 항상 행동으로 실천하여야 한다. 그리고 변화를 받아들여야 한다, 실패를 두려워하면 절대 성공할 수 없다. 실패를 수용한다면 그 실패를 통해서 무엇인가를 배울 수 있고, 그 안에서 기회를 찾을 수 있다. 모든 사람은 실패를 경험한다. 성공을 향해서 조금씩이라도 나아가는 중이라면 그 자체로 성공한 것과 다름이 없다. 내 꿈과 함께할 지원군을 찾아, 아이디어를 계획하고, 두려움을 나눈다면, 그들의 경험과 생각을 이용할 수 있다. 성공한 많은 사람은 열정적인 사람을 위해 그들의 경험을 기꺼이 나누어 주려고 할 것이다. 성공으로 가는 길에는 어려움이 존재한다. 온전히 고객의 입장에서 필요한 것과 불편한 것을 파악하여 반영하기 위해서는 공감하는 능력을 키워야 한다. 나를 내려놓고 오롯이 고객의 입장에 들어간다는 것이 쉬운 일만은 아니다. 그럼에도 고객의 영혼까지 만족시켜주어야 하는 시대에 적응하기 위해서는 디자인씽킹, 즉 디자이너의 사고가 필요한 것이다.

문제해결은 의사소통과 창의성 훈련이다

초코파이는 온 국민이 좋아하는 제품이다. 지금은 박스로 파는 것이 당연하지만, 예전에는 집 근처 구멍가게에서 한 개씩 사 먹던 간식이었다. 제조사에서 더 이상 매출이 오르지 않아 획기적으로 매출을 올릴 수 있는 방안을 연구하다가 정(情)으로 한 박스를 사서 나눠 먹게 만들자는 광고 캠페인이 대박을 치고, 엄청난 매출을 일으켰다는 것은 익히 알고 있다. 광고 문구를 만들어 낸 분은 자신은 무에서 유를 창조한 것은 아무것도 없다고 한다. 초코파이를 박스로 팔기 위해 기존의 단어 중에서 초코파이와 연결하지 않은 단어를 찾아서 이어봤고, 당위성만 검증해 봤다는 것이다. 결국 '정' 이라는 단어와 초코파이를 연결해 보고, 구매하는 사람이 정으로 한 박스를 사서 나눠 먹어라 라는 컨셉이 정리되고, 새로운 전략으로 도출됐다고 한다. 여기서 창조에 대한 방식이다. 타고난 재능이 있어야 창조성이 높다고 생각했다. 하지만 창의성과 창조성은 꼭 타고나는 것이 아니다. 우리나라의 교육과정은 창의성을 계발하는 프로그램으로 만들어져 있지 않다고 한다. 암기식 위주의 학습 방법에서 아직 탈피하지 못하고 있다. 창의성을 학습하면서 훈련을 받아왔다면 더 좋았을 것이다. 하지만 창의성은 훈련으로서 계발할수 있다. 그러기에 창의성이 없는 것이 꼭 교육과정의 탓으로만 돌릴일은 아니다. 지금부터라도 창의성 훈련을 집중적으로 할 수 있도록 프로그램을 만들면 가능한 것이다. 창의성 훈련에 대한 교육과정이 많이 생겨서 진행되고 있다. 여러 학문의 경계를 넘나들면서 특정 과제를 중심으로 '통합형 교육'을 함으로써 다방면의 '통합적인 지식 습득'이 가능해야 한다. 유연한 머리를 가진 창의적 인재가 되어야 한다. 창의성은 훈련으로 충분히 가능하다. 교육과정에서 요구하는 것이 정답을 맞히는 것이 아니라, '수긍할 수 있는 답'을 만들어 내야 한다는 점이 특징이다. '정답은 하나가 아니며 조합 방법에 따라 무궁무진하다.'는 걸 제시해야 한다. 그러면 창의적 인재는 어떻게 될수 있을까?

첫째, 지식의 기초가 채워져야 한다. 둘째, 지식의 기초가 쌓이면서 깊이를 채워야 한다. 셋째, '정보 처리력'과 '정보 편집력'의 훈련이 필요하다. '정보 처리력'은 하나의 정답을 찾는 것을 말한다. '빠른 머리회전'이다. '정보 편집력'은 정해진 답이 아닌 새로운 답을 찾아가는 것이다. 그럴 수도 있겠네 하는 수긍할 수 있는 정답이 없는 답이다. '유연한 머리'가 필요하다. 우리나라 국민들은 지식의 기초는 충분하게 학습되어 있다. 지속적인 학습과 평생학습으로 지식의 깊이도 채워져 가고 있다. 정보의 처리력 및 편집력을 위한 프로그램의 개발로 창의성을 계발 할 수 있는 토대는 마련되어져 있다.

의사소통이 요즘같이 이슈화된 적은 없었다. 전 정권은 의사소통을 제대로 하지 못해서 국민들에게 탄핵을 당했다. 전 정권의 의사소통이 되지 않음을 반면교사[反面教師]로 현 정권은 의사소통에 많은 관심을 갖고 있는 것처럼 보인다. 청와대에 기업의 CEO분들을 초대해서 맥주 한잔 하는 모습, 직접 테이크아웃 커피를 들고서 회의하는 모습, 예전에 볼 수 없었던 그림이다. 청와대에서 일어나는 일들을 국민들에게 보여주는 것은 의사소통을 위해 발전한 것이어서 좋다. 그럼에도 휴가 때 등산하는 국민들과 악수하면서 의사소통하는 모습은 왜 좋게 보이지 않을까? 악수하는 사진 한 장 찍기 위해 얼마나 많은 병력이 고생 했을까? 휴가를 갔으면 조용히 휴가 보내시면서 국정의 현안을 구상하셨으면 좋았을 텐데 하는 마음이 들었다. 의사소통이 중요하다는 것은 탄핵정국으로 모든 국민이 학습했다. 언어는 '말하기' '듣기' '읽기' '쓰기'의 네 가지 기능이 있다. 그중에서도 '말하기'와

'듣기'가 중요한데도, 우리는 '읽기'와 '쓰기'만을 학교에서 학습했다. '말하기'와 '듣기'는 소홀히 다루어왔다. 그 기에다 우리는 토론식 수업을 거의 체험하지 못했다. 주입식 교육에 전달식 교육으로 진행이 되어왔고, 아직도 진행되고 있는 것이 현실이다. 그러기에 발표하고 논의하며, 토론하는 문화가 자리 잡지 못하고 있다. 토론 및 논의하는 방법을 학습하지 못하여, 본인 생각이 아니면 무조건 잘못된 것으로 몰아가는 문화가 싹튼 것이 아닌가 싶다. 내 생각과 다르면, '다르다'라고 생각하지 않고, '틀렸다'고 생각하니 의사소통이 이루어질 수가 없다. 어떻게 다른 사람의 생각이 내 생각과 똑같을 수 있겠는가?

사상의 통제를 한다 해도 생각까지는 통제할 수 없다. 그럼에도 우리는 내생각과 다른 사람들을 잘못된 생각을 하는 사람, 틀린 생각을 하는 사람의 집단으로 매도해 버린다. 이런 의사소통의 기본적인 부분이 해결되지 않고서는 진정한 의사소통이 이루어지지 않는다. 항상 자기 뜻에서만 이야기한다. 상대방이 마음을 열지 않아서 그렇다고 변명으로 일관한다. 사진으로 보여주는 의사소통, 진정한 의사소통이 아니고선 오래가지 못한다. 언어는 우리가 사물을 정확하게 바라보는 방식에 영향을 미친다. 홍보전문가나 광고인은 이를 확실하게 알고 있다. 정치가와 정부를 비롯한 사람들의 마음을 움직여야 하는 각종 직무를 맡은 사람들도 사물을 정확하게 바라보는 의사소통 기법을 연구하고 학습해야 한다.

의사소통에는 질문과 경청이 중요하다. 정확하게 말하면 강력한 질문과 적극적인 경청이 필요하다. 도로시리즈는「질문의 7가지 힘」에서 질문을 이렇게 정리하고 있다. 첫 번째, 질문하면 답이 나온다. 질문을 받으면 대답을 하지 않을 수 없다. 두 번째, 질문은 생각을 자극한다. 질문은 질문하는 사람과 질문을 받는 사람과의 사고를 자극한다. 세 번째, 질문하면 정보를 얻는다. 적절한 질문을 하면 원하고 필요로 하는 정보를 얻을 수 있다. 네 번째, 질문하면 통제가 된다. 모든 사람은 스스로 상황을 통제하고 있을 때 편안하고 안전하게 느낀다. 질문은 대답을 요구하므로 질문을 하는 사람이 유리한 입장에 서게 된다. 다섯 번째, 질문은 마음을 열게 한다. 사람들은 자신의 사연, 의견, 관점에 대한 질문을 받으면 우쭐해진다. 질문하는 것은 상대방과 그의 이야기에 관심을 보여주는 것이므로 과묵한 사람이라도 자신 생각과 감정을 드러낸다. 여섯 번째, 질문은 귀를 기울이게 한다. 적절하게 질문을 하는 능력을 향상하면 보다 적절하고 분명한 답을 듣게 되고, 중요한 일에 집중하기 쉬워진다. 일곱 번째, 질문에 답하면 스스로 설득된다. 사람들은 누가 해주는 말보다 자기가 하는 말을 믿는다. 사람들은 자신이 생각해 낸 것을 좀 더 쉽게 믿으며, 질문을 요령 있게 하면 사람들의 마음을 특정한 방향으로 움직일 수 있다.

또한, 조신영, 박현찬의 「경청」에서 경청을 실천하기 위한 다섯 가지 행동 가이드를 제시하고 있다. 첫 번째, 공감을 준비하자. 대화를 시작할 때는 먼저 나의 마음속에 있는 판단과 선입견, 충고하고 싶은 생각들을 모두 다 비워내자. 그냥 들어주자. 사운드박스가 텅 비어 있듯, 텅 빈 마음을 준비하여 상대방과 나 사이에 아름다운 공명이 생기도록 준비하자. 두 번째, 상대를 인정하자. 상대방의 말과 행동에 잘 집중하여 상대방이 얼마나 소중한 존재인지를 인정하자. 상대를 완전한 인격체로 인정해야 진정한 마음의 소리가 들린다. 세 번째, 말하기를 절제하자. 말을 배우는 데는 2년 걸리지만, 침묵을 배우는 데는 60년이 걸린다고 한다. 누구나 듣기보다 말하기를 좋아하는 이유는 상대를 이해하기 전에 내가 먼저 이해받고 싶은 욕구가 앞서기 때문이다. 이해받으려면 내가 먼저 상대에게 귀 기울여야 한다. 네 번째, 겸손하게 이해하자. 겸손하면 들을 수 있고, 교만하면 들을 수 없다. 상대가 내 생각과 다른 말을 해도 들어줄 줄 아는 자세가 가장 중요하다. 경청의 대가는 상대의 감정에 겸손하게 공감하며 듣는 사람이다. 사람들이 원하는 것은 자기 말을 진정으로 들어주고 자기를 존중해 주며 이해해 주는 것이다. 다섯 번째, 온몸으로 응답하자. 경청은 귀로만 하는 것이 아니다. 눈으로도 하고, 입으로도 하고, 손으로도 하는 것이다. 상대의 말에 귀 기울이고 있음을 계속 표현하라. 몸짓과 눈빛으로 반응을 보아라. 상대에게 진정으로 귀 기울이고 있다는 신호를 온몸으로 보내자.

경청의 중요성을 한 번 더 인식하고 의사소통을 원활하게 하려고 나부터 경청하는 노력을 시작해보는 것이 어떨까?

「성취습관」에서 버나드 로스는 의사소통을 다음과 같이 하라고 권장하고 있다.

첫 번째, 자기 생각을 말하라. "누구나 알듯이" "우리 모두 생각하듯" "우리 모두 느끼듯"이 아니라 "내가 알기로는" "내가 생각하기에" "내가 느끼기로는"이라고 말하라. 자신이 하는 말을 다른 사람들의 탓으로 돌리기보다 오롯이 자신이 책임지는 편이 훨씬 좋다. 우리는 자신이 실제로 무슨 생각을 하는지도 잘 알지 못하므로 다른 사람들의 생각은 말할 필요도 없다.

두 번째, 비판적인 태도를 보이지 마라. 특히 논쟁하거나 격앙된 상황에서 비판적인 태도를 보일 필요가 있거든 자신의 감정과 생각에 관해 이야기 하라.

세 번째, 다른 사람들의 문제를 인정하라. 사람들은 당신이 자신의 이야기를 듣고 있는지 알고 싶어 한다. 그들의 문제를 인정하기만 해라. 그들이 솔직하게 요청하지 않은 이상 상대의 문제를 해결하려고 노력하지 마라. 그들은 당신의 충고를 원하지 않으며 당신이 비슷한 경험을 했는지도 알고 싶어 하지 않는다. 그저 당신 자신의 이야기는 그들에 관한 것이지 당신에 관한 것이 아니다.

네 번째, 이유를 묻는 질문을 던지지 마라. 자신의 입장에 관한 선언적 진술을 래라. 상대에게 행동의 이유를 묻는 것은 그를 방어적으로 대처하게 만든다.

다섯 번째, 진심으로 귀 기울여라. 비록 상대가 이야기할 말을 안다거나 예전에 들어본 적이 있다고 해도 도중에 말을 끊거나 무시하지 마라. 상대가 말을 하는 동안 당신이 내놓을 대답을 머릿속으로 준비하지 마라. 아무리 멋지고 훌륭한 생각을 했더라도 기꺼이 포기하라.

여섯 번째, 이야기할 때는 요점을 분명히 전달하라. 상대가 잘못 이해하거나 해석할 수 있다는 것에 대비하라. 만약 정말로 대단히 중요한 이야기라면, 당신의 메시지를 상대에게 반복함으로써 그 의미가 분명히 전달되도록 하라.

일곱 번째, 당신의 말이 의도한 그대로 상대에게 전해지도록 노력하라. 단순히 메시지를 전달하는 수준을 넘어서라. 당신이 애초에 전달하고자 한 의미 그대로 전달하고 싶다면 의도를 가지고 주의를 기울여라.

여덟 번째, 당신이 전달하고자 하는 말은 자신도 반드시 이해하도록 하라. 스스로 이해하지 못한 말을 상대방에게 전달하기에는 분명

문제가 생길 수밖에 없으므로 자신이 먼저 충분하게 이해하는 것이 중요하다.

　문제를 해결하기 위해서는 의사소통이 잘 되어야 한다. 서로 다른 생각으로 서로 간의 의사가 정확하게 전달되지 않고서는 문제를 해결할 수 없다. 의사소통하기 위해서는 '다르다' 라는 인식이 필요하며, '다르다' 가 꼭 나쁜 것은 아니라는 인식의 전환이 있어야 한다. 경청하는 자세의 학습과 잘 경청하기 위한 질문기법의 학습도 함께 해야 한다. 그리고 따라잡기를 통해서 선진국 대열에 진입한 우리나라의 현실을 직시하고 진정한 선진국으로 치고 나가기 위해서는 창의성과 창조만이 답이라는 것에 동의해야 한다. 지금까지의 경쟁력은 품질과 가격으로 확보를 했었다. 이제는 품질이나 가격에서 경쟁력은 없어졌다. 노무비의 급속한 상승으로 생산성을 대비하면 경쟁력이 없어진 지 오래되었다. 이제는 창의성을 바탕으로 새로운 것을 만들어 내는 것이 답이다. 창의성 없는 교육을 했다고? 맞는 말이다. 그럼에도 훈련으로 가능하기에 창의성을 계발하기 위한 훈련프로그램을 만들고 전략적으로 접근하면 된다. 그러기 위해서는 끊임없는 도전이 필요하고, 실패했다고 포기해서 안 된다. 창의적인 아이디어를 발굴하는 집단발상법인 브레인스토밍의 원칙을 보자 첫째, 절대 남을 비판하지 말 것. 두 번째, 자유로운 분위기를 조성할 것. 세 번째, 남이 내놓는 아이디어에 내 아이디어를 덧붙여 더 좋은 아이디어를 제시 할 것. 네 번째, 질보다 양을 우선시할 것. 이다. 이 네 가지 원칙이야말로 의사소통의 가장 기본 중의 기본이다.

CHAPTER

04

• • •

제4장

인내를 키우는 습관과 성장

우리는 성공을 통하여
배우는 것보다 더 많은 것을 실패를 통해서
학습한다. 실패가 가치 있는 피드백을 주기에
우리는 실패에 대하여 생각하는 데
더 많은 시간을 할애한다.

읽고 쓰는 삶

필자는 대학교를 졸업하고 잠시 취업을 준
비하던 때가 있었다. 특례보충역 제대를 기점으로 첫 직장을 그만두
고 한 학기는 공부에만 전념하면서 취업을 준비하던 때였다. 당시에
는 입사할 때의 학력만 인정이 되고, 입사 이후의 졸업은 회사에서 인
정해주지 않던 시절이었다. 현장작업자에서 관리직으로 신분을 변경
하려면 직장을 옮겨야 했었다. 남은 한 학기 동안은 오롯이 공부에만
전념했었던 때이다. 야간 대학인지라 수업이 밤에 있기에 낮에는 도
서관에서 보냈다. 대학교 졸업하고 직장에 취업하기까지 몇 개월의
여유가 있어서 책을 많이 읽었다. 처음에는 아무런 기준도 없이 손에
잡히는 데로 읽었다. 책을 읽기 위한 기준이나, 도서를 선정하는 요령
도 없이 책 제목이 마음에 들면 선택했었다. 자기계발서, 인문학, 역

사서, 에세이 등 손에 잡히는 대로 읽었다. 조금 지나면서 남는 것이 없는 것 같아 책 고르는 방법을 바꾸었다. 테마 형으로 관련 있는 책을 읽기로 한 것이다. 사랑에 관련된 책을 모아서 읽고, 자기 계발에 관한 책을 모아서 읽고 했었다. 오래전의 일이라 기억은 없지만, 그 당시의 독서가 나의 생활이나 내 생각을 정립하는 데 많은 도움이 되었던 것 같다. 취업 이후에 또 독서는 쉽지 않았다. 거의 매일 이어지는 야근에 시쳇말로 책을 읽을 시간이 없었다. 본다는 책은 죄다 업무와 관련된 책들이었다. 독서다운 책 읽기는 엄두도 못 내어 봤다.

책을 본격적으로 읽기 시작한 것은 그렇게 오래되지 않았다. 대학원에 진학하면서 필요한 책을 가끔 읽기 시작했지만, 그 당시도 전공 서적과 업무와 관련된 책이었다. 후배의 추천으로 접하게 된 코칭 공부를 시작하면서 독서를 본격적으로 시작하였다. 코칭의 기법을 고객에게 제대로 활용하기 위해서는 기본이 탄탄해야 하기에 독서모임을 만들어서 독서를 시작했다. 경청과 질문에 관련된 책으로 시작해서, 심리학 관련 서적, 뇌 과학에 관한 서적, 인문학에 관련된 책 등을 읽기 시작하였다. 성취에 대한 자기계발서도 함께 포함되었다. 처음에는 독서 토론이 목적이었는데, 읽기 시작하면서 책에서 책을 추천을 받게 되어 읽어야 하는 책은 점점 늘어나게 되었다. 못해도 1년에 100권은 넘게 읽었던 것 같다. 지금의 목표는 연간 150권을 목표로 하고 있다.

필자의 첫 책인「코칭공부」에 언급했던 것처럼 독서를 하면서 감사 일기를 알게 되었고, 감사 일기를 쓰게 되었다. 꼬박 3년을 넘게 하루도 빠지지 않고 써오고 있다. 매일 아침 6시에 출근하여 아침에 일기부터 쓰고 하루를 시작한다. 그것도 어제 있었던 일에 감사하면서 하루를 시작하는 것이 어쩌면 저녁에 쓰는 것보다 나에게는 더 효과가 있다. 감사 일기를 쓰기 전에는 글 쓰는 것이 무척 부담스러웠고, 쉽게 손에 잡히지 않았다. 컨설팅 종료 후에 마무리하기 위해 필수적인 단계인 보고서를 쓰는 것도 부담스러워 했었다. 그러던 내가 감사 일기를 하루에 다섯 가지씩 쓰게 될 줄은 몰랐다. 삼 년이 지난 일기를 가끔 들여다보면 처음에는 정말 형편없는 문장이었다. 지금도 매끄럽지 못한 투박한 글을 쓰고는 있지만 그래도 예전보다는 많이 발전했다. 기회가 있어서 글 쓰는 것을 배우게 되었고, 글을 쓰면서 더 많은 것을 터득하게 되었다. 글 쓰는 강좌를 수강하면서 글을 잘 쓰는 요령이나 기술이 없다는 것을 알게 되었다. 글쓰기를 잘하는 데에 무슨 특별한 비법이 있는 것처럼 홍보하는 것엔 거짓말일 가능성이 높다는 것을 알았다. 글쓰기에는 용빼는 비법과 왕도가 없다. 많이 읽고 많이 쓰는 것만이 지름길이라는 것을 글을 쓰면서 터득하게 되었다. 그러기 위해서는 책을 읽고 쓰는데 시간을 많이 투자해야 한다. 책을 읽고 나면 요약 정리해 놓는 습관부터 길러야 한다. 책을 쓸 때 인용할 수 있도록 정리를 해두는 것도 좋은 방법이기 때문이다. 그리고 직접 쓰지 않고서는 글을 잘 쓸 수 없으므로, 한해에 한 권 이상은 글을 써서 책으로 출간하겠다는 목표도 설정했다.

유시민의 「글쓰기특강」에 의하면, 글쓰기에는 철칙이 있다고 한다.

첫째, 많이 읽어야 잘 쓸 수 있다. 책을 많이 읽어도 글을 잘 쓰지 못할 수는 있다. 그럼에도 많이 읽지 않고서는 잘 쓰는 것은 불가능하다. 둘째, 많이 쓸수록 더 잘 쓰게 된다. 축구나 수영이 그런 것처럼 글도 근육이 있어야 쓴다. 글쓰기 근육을 만드는 유일한 방법은 쓰는 것이다. 여기에서 예외는 없다. 그래서 '철칙' 이다. 라고 쓰고 있다.

이은대 작가의 강의 중에 했던 말이 생각난다. 글쓰기에서 다독(多讀), 다작(多作), 다상량(多商量)중에서도 다작이 가장 중요하다는 말씀을 하셨다. 그럼 다독은 중요하지 않으냐는 질문에 중요하지 않은 것이 아니라, 당연한 것을 굳이 말로써 할 필요가 없지 않으냐는 작가의 말이었다. 글을 쓰는 데는 지름길이 없다. 부자로 태어났던, 가난하게 태어났든, 글쓰기에는 모두가 평등하다. 누군가가 대신 써주지 않을 바에는 모두가 같다. 글을 쓰기 위해서는 쓰겠다는 자신의 의지만 있으면 된다. '글은 손으로 쓰지 머리나 가슴으로 쓰는 것이 아니다.' 라는 이은대 작가의 말처럼 직접 쓰지 않고서는 잘 쓸 수가 없다. 책을 많이 읽어야 잘 쓸 수 있다. 그리고 많이 써봐야 글 쓰는 필력이 강해진다. 자신의 시간을 투자하여 읽고, 쓰고를 직접 체험을 하는 것만이 지름길이다. 그러기 위해서 쓰는 것의 힘든 시간을 참아 내야하고, 시간 없다는 핑계를 떨쳐 버리고 책을 많이 읽는 것이 답이다.

전라도 한정식은 전국적으로 유명하다. 가격에 따라 차이는 있지만, 족히 반찬이 50가지 이상 나온다. 올라온 음식이나 반찬이 모두 맛있다. 그중에서 어느 것이 가장 맛있느냐고 물어본다면, 사람마다 차이가 있을 것이다. 뭐부터 먹어야 하는가도 사람마다 다르다. 나는 날생선은 별로 좋아하지 않는다. 육 고기도 그렇게 즐기지는 않는다. 그럼 채식주의냐고 누가 묻기도 하는데, 절대 그렇지는 않다. 입에서 댕기지 않은 음식이라는 것이지 먹지 않는 것은 아니다. 그리고 식감이 좋지 않은 채소도 싫어하는 편이다. 물컹한 호박, 가지나물을 싫어하고, 대파와 사과껍질을 씹는 식감은 정말 싫어한다. 내가 싫어하는 음식이지 모든 사람이 그런 것은 아니다. 글도 음식과 마찬가지이다. 글마다 맛이 다르고, 읽는 사람마다 취향이 다르다. 그렇기에 제일 글을 잘 쓴 글, 제일 잘 쓰는 작가를 단정 지울 수는 없다. 그리고 음식도 무엇부터 먹어야 하는 순서가 없듯이, 글제도 마찬가지이다. 자신이 먹고 싶은 반찬이나 음식부터 먹듯이, 글제도 자기가 쓰고 싶은 것부터 쓰는 것이다.

유시민의 「글쓰기특강」에 독서와 독해력에 대해서 좀 더 강조하고 있다.

훌륭한 글은 뚜렷한 주제 의식, 의미 있는 정보, 명료한 논리, 적절한 어휘와 문장이라는 미덕을 갖추어야 한다. 만약 이 네 가지 미덕을 갖추는데 각각 서로 다른 훈련이 필요하다면 글쓰기는 너무나 어렵고 복잡해서 보통 사람은 할 수 없는 일이 될 것이다. 다행히 그렇지가 않다. 이 네 가지는 따로따로 배우고 익히는 것이 아니다. 넷 모두 한꺼번에 얻거나, 하나도 얻지 못하거나 둘 중 하나다.

독해력을 기르는 방법은 독서뿐이다. 결국, 글쓰기의 시작은 독서라는 것이다. 독해력은 글쓰기뿐만 아니라 모든 지적 활동의 수준을 좌우한다. 눈으로 텍스트를 읽고 이해하지 못하는 사람은 텔레비전을 보거나 강연을 들을 때도 핵심을 잘 파악하지 못한다. 독해력은 체력과 비슷하다. 체력이 부족한 사람은 어떤 스포츠도 잘 할 수 없다. 독해력이 부족한 사람은 글쓰기만이 아니라 논리적 사고를 요구하는 어떠한 과제도 잘 해내기 어렵다. 독서는 독해력을 기르는 가장 좋은 방법일 뿐만 아니라 사실상 유일한 방법이다. 라고 독서와 독해력의 중요성을 작가는 이야기하고 있다.

글을 잘 쓰는 것에 대해 고민을 많이 한다. 어떻게 하면 잘 쓸 수 있을까? 어떤 글이 독자들에게 전달하는 메시지가 강렬할까? 글제는 어떤 것으로 잡아야 하는가? 에 생각을 많이 하게 된다. 좀 더 투박스럽지 않은 글을 쓰고 싶기도 하고, 독자들이 쉽게 읽을 수 있는 글을 쓰고 싶다는 욕심도 있다. 글을 쓰는 이유는 나 자신의 내면에 있는 것을 표현하는 것이다. 나의 내면에 있는 영성과 정체성, 신념을 글로써 표현하는 것이다. 영성은 형이상학적으로 생각하는 가장 심층수준의 것을 말한다. 나는 왜 사는가? 나는 어떤 역할을 부여받고 세상에 태어났을까? 등의 우리 삶을 이끌고 삶의 모습을 만들게 해주는 존재의 근본에 대해 기준을 잡아준다. 정체성은 기본적인 자아감이고, 핵심적 가치며, 인생의 사명을 말한다. 신념은 우리가 가지는 여러 가지 생각이 진실하다는 믿음에 기초하여 일상적 행동이 이루어진다는 것을 의미한다. 신념은 우리의 행동을 허용할 수도 있고, 제어할 수도 있다. 이러한 내면에 있는 영성과 정체성, 신념이 글로써 표현되어 나오게 된다. 이렇게 글로 표현되어 나온 것이 다른 어떤 한 사람의 삶에라도 영향을 줄 수 있다면 좋은 글이다. 멋진 문장과 아름다운 글귀를 쓴다고 해서 글을 잘 쓰는 것은 아니다. 읽는 사람이 작가의 생각을 느낄 수 있고, 공감할 수 있게 쓴 글이 잘 쓰는 것이다. 그렇게 쓰려면 표현하려는 가치를 나타낼 수 있도록 내면을 풍요롭게 하려고 독서를 하고, 독자가 쉽게 읽을 수 있도록 정확하게 표현하는 능력을 배양하는 것이 잘 쓰는 방법이다. 글을 쓴다는 것은 쓰기만 해서는 안 되고, 읽기도 함께해야 한다. 그러기 위해서는 많은 시간과 노력이 필요로 한다. 힘들고 피곤하여 쉬고 싶은 욕망도 억제하면서, 끈기 있게 참고 이겨내는 인내가 요구된다. 내면의 마음이 거칠고 황폐하면 좋은 글을 쓸 수가 없다. 좋은 글을 쓰려는 욕심을 가진다면 내면에 아름다움을 채워 나가야 한다. 내면의 아름다움이 글로서 나올 수 있게 가꾸어야 한다.

02

하루 30분, 나를 돌아보는 시간

우리는 다섯 가지 감각기관을 통하여 정보를 받아들인다. 눈으로 보는 시각, 귀로 듣는 청각, 몸으로 체득하는 체감각, 그리고 맛을 보아 알게 되는 미각, 냄새를 맡는 후각의 다섯 가지 감각으로 정보를 입수한다. 그중에서도 시각, 청각, 체감각의 세 가지 감각을 이용하여 의사를 결정하게 되고 그것에 의해 행동한다. 감각기관을 통해 하루에 받아들이는 정보가 오만가지가 넘는다고 한다. 정보가 모두 뇌에 저장되는 것은 아니다. 뇌의 용량이 한정되어 있기에 뇌의 구조상 거름막인 필터를 거쳐서 저장된다. 외부의 자극을 뇌로 전달하는데 뇌는 전기적인 신호를 받아 일반화, 왜곡, 생략&삭제와 같은 절차를 거쳐 걸러낸 후 내적 표상을 만들어 저장하게 된다. 생략과 삭제는 우리가 보고 싶은 것만 보고, 관심이 없는 것은 흘려보내는 것을 말한다. 왜곡은 정보로 받아들인 것이 예전의 어떤 경험에 의해 무의식에 잠재하고 있던 형태의 것으로 왜곡시키는 활동이며, 일반화는 보편적인 기준으로 처리해 버리는 뇌가 가지고 있는 부작용이다. 그러기에 기존에 가지고 있던 신념이 내적 표상을 만들고 그 내적 표상이 효과적인 행동으로 유도를 하게 된다. 효과적인 행동은 내적 표상에서 나오고 내적표상은 구체적인 신념에서 나온다는 것이다. 이렇게 행동으로 이루어지는 것은 신념에 바탕을 두고, 외부적으로부터 들어온 정보를 필터링한 내적 표상의 결과이다. 하루에 일어나는 내적 표상은 오만가지중의 일부이지만, 행동으로 연결된 것에 대한 잘, 잘못을 챙겨보지 않고 지나가는 경우가 많다. 계획대로 진행이 되었는지, 과정은 효과적이었는지, 결과는 효율적인지를 판단하여 피드백 해야 한다. 우리는 원하는 결과를 얻지 못할 수도 있다. 열심히 노력했는데도 원하는 결과를 얻지 못했을 경우에는 피드백만 받아들이면 된다. 우리는 시행착오를 통해서 배울 때 비로소 그것이 중요함을 인식하게 된다. 인간은 오직 실수를 통해서 배운다. 자신의 실수를 통해서 배우기도 하고, 때로는 다른 사람의 실수를 통해서도 배운다. 성공이든 실패든 자신이 만든 것이다. 자신이 만든 것이 아니라고 믿고 싶지만, 그렇게 되면 우연히 일어난 것이 된다. 그렇다면 우리는 주체가 되지 못하고, 환경의 지배를 받는 객체가 된다. 그러기에 실수를 통해서 배우게 되는 실패는 실패가 아닌 피드백이므로 다음에는 그것을 피해서 다른 방법으로 바꾸면 된다.

　하루를 돌아보는 방법으론 일기 쓰기가 최고다. 하루 동안에 있었던 일들을 잠들기 전에 조용히 돌이켜 보면서 잘된 것과 잘못된 것을 구분하여 피드백할 필요가 있다. 그러기 위해서는 하루 동안에 해야할 일이 기록되어 있어야 한다. 계획이 기록으로 남겨져 있지 않으면, 비교분석 할 기준이 없다. 또한, 우리의 뇌는 멍청한 면이 있어서 오랫동안 기억으로 담아두지 못한다. 뇌의 용량이 정해져 있어서 일정 시간 좌뇌에서 기억으로 있다가 망각하도록 되어있다. 기억에서 사라지면 어떤 일을 해야 할지도 모르게 되고, 실행한 일이 잘된 건지 못된 것인지 비교할 수 없게 된다. 그러기에 계획이나 목표는 꼭 기록으로 남겨야 한다. 좌뇌는 의식 차원에서 언어를 이해하는 것을 관장한다 하여 의식의 뇌라고 하고, 우뇌는 자각되지 않은 수준에서 무심하고 단순한 의미를 다룬다고 하여 무의식의 뇌라고도 한다. 그리고 좌뇌가 의식적 차원에서 단기적으로 기억할 수 있는 것은 많아야 아홉 개밖에 되지 않는다. 이것이 밀러 교수의 '마법의 수 7±2 청크'이다. 5개~9개 사이의 개수를 기억한다는 것이다. 주민등록번호의 앞뒤 자릿수가 6개, 7개이며, 전화번호가 지역 번호를 제외하면 7개, 8개가 된 것이다. 우리가 생각하는 것만큼 우리의 뇌는 똑똑하지가 못하다. 그러기에 해야 할 일은 머릿속에 담아두지 말고, 기록으로 남겨야 한다. 기록으로 관리하여야 실행을 계획에 의해 할 수 있게 되고, 실행 여부를 비교해 볼 수 있다. 이를 통하여 달성된 것과 달성하지 못한 것을 분석하여 피드백하게 된다. 이러한 것들을 비교분석 하면서 정리를 해보는 시간이 일기를 쓰는 시간이다. 하루 동안에 있었던 일 중에서도 잘된 일과, 계획된 일정에 맞추지 못한 일들을 정리하고, 필요에 따라서는 피드백을 통하여 조정한다. 잘된 일에 대해서 일이 잘 풀어지도록 도와준 자원들에 감사하는 마음으로 기록하는 것이 감사일기이다. 물론 달성되지 못하고, 문제가 발생하여 조정한 것에도 피드백을 받아서 조정할 수 있었다는 것에 감사하는 마음으로 쓴다.

필자는 감사일기는 아침에 쓴다. 아침이라기보다는 새벽에 쓴다고 하는 것이 더 맞겠다. 사무실에 출근하면 6시가 되는데 제일 먼저 하는 것이 감사일기 쓰는 일이다. 어떤 사람은 일기를 아침에 쓰면 무슨 의미가 있느냐고 반문하기도 한다. 매일 저녁에 쓸 수 있는 상황이 아니기에 아침에 쓰기 시작했는데, 계속 쓰다 보니 저녁에 쓰는 것보다 유익한 것 같아 계속하고 있다. 새벽 맑은 정신으로 어제에 했던 일들을 점검하고 기록한다. 계획한 것을 달성한 것에 감사하는 마음을 적고, 달성하지 못한 것에는 피드백을 통하여 일정을 조정한다. 그리고 일정을 조정할 수 있음에 감사함을 쓴다. 감사 일기를 쓰면서 자연스럽게 당일에 해야 할 업무를 점검하고 조정하는 절차를 거칠 수 있어서 좋다. 감사 일기를 쓴지가 3년을 훌쩍 넘어서고 있다. 하루도 빼먹지 않고 쓰고 있음에 스스로 나에게 감사하는 마음을 갖는다. 출장이나 바쁜 일이 있어서 일기를 못 쓰고 넘어가는 날이 생기면 그다음 날에 꼭 함께 쓴다. 혹자는 지난 것도 일기냐고 하지만, 매일 매일 수행했던 흔적을 기록으로 남겨둘 필요가 있어서 밀린 일기를 포함해서 몇 일 분의 일기를 쓸 때도 있다. P.D.C.A를 관리 사이클, 경영 사이클이라고 한다. Plan(계획)을 수립할 때는 꼭 기록으로 남겨야 한다. Do(실행)은 계획에 의하여 실행한다. Check(분석)는 계획한 대로 수행이 되었는지 여부를 분석하는 단계이다. 수행이 미진한 경우나 실패한 경우에는 결과를 피드백한다. Action(조치)은 피드백 받은 데이터를 바탕으로 하여 시정조치를 수행하는 것을 관리 및 경영의 사이클이라고 한다. 이 또한 머리로만 알아서는 안 된다. 몸으로 기억을 하여야 한다. 몸이 기억하는 것을 흔히 우리는 체득화(體得化) 또는 습관화(習慣化)라고 한다. 이러한 경영 및 관리 사이클을 몸으로만 익히면 어떠한 일을 하더라도 성공할 수 있다. 하루에 30분은 감사일기를 통하여 나를 돌아보는 시간을 갖는 것이 나를 나태하게 빠뜨리지 않고, 지속적해서 목표를 향해 갈 수 있는 용기를 북돋아 주어서 감사한 일이다.

신념이란 자신을 이끄는 원칙, 선언 또는 인생의 의미와 방향을 제공하는 열정 같은 것이다. 우리는 수없이 많은 자극을 받아들인다. 신념이란 그렇게 받아들인 자극을 어떻게 인식할 것인지 미리 정해놓은 잘 정비되고 체계화된 필터이다. 신념은 뇌의 사령탑과 같은 것이다. 우리가 몸과 마음으로 어떤 일을 진실이라고 믿는 것은 그 상황에 대한 내적 표상을 뇌에 전달하는 것이다. 신념은 신경체계에 직접 명령을 한다. 우리가 어떤 것을 진실이라고 믿으면, 우리는 말 그대로 그것이 진실이라는 내적 상태로 들어가게 된다. 신념을 효과적으로 다루면 인생에 도움이 되는 가장 강력한 힘이 된다. 반면에 우리의 행동과 사고를 한정 짓는 신념은 자원감이 풍부한 신념이 활력을 주는 것만큼이나 파괴적인 것이 된다. 신념은 우리가 목표를 향해 갈 수 있도록 안내한다. 아울러 목표를 달성할 것이라는 확신을 주는 지도이자 나침반 같은 것이다. 신념이나 목표에 접근할 능력이 없으면 의욕이 생길 수 없다. 확실하게 길을 안내하는 신념이 있을 때 우리는 행동하는 힘, 원하는 세상을 만들어 내는 힘을 갖게 된다. 신념은 우리가 원하는 것을 볼 수 있고, 그것을 얻을 수 있는 에너지를 제공해준다. 사실 신념만큼 인간의 행동을 강력하게 이끄는 힘은 없다. 본질적으로 인간의 역사는 신념의 역사이다. 예수나 모하메드, 코페르니쿠스, 콜럼버스, 에디슨, 아인슈타인처럼 역사를 바꾼 인물은 인간의 신념체계를 바꾼 사람들이다. 행동을 바꾸려면 자신의 신념부터 바꿔야 한다. 탁월성을 본받으려면 그 탁월성을 이루어낸 사람들의 신념을 본받으면 된다.

우리가 신념에 대해 가진 가장 큰 오해는, 신념은 정신적이고 지적인 개념이며, 행동과는 분리된 별개의 것이라는 생각이다. 이것이야말로 세상에서 가장 황당한 생각이다. 신념은 고정된 것이 아니다. 신념은 행동이나 결과와 분리된 것이 아니다. 신념은 정확하게 탁월성으로 들어갈 수 있는 문이다. 신념은 일관된 방법으로 자신과 대화를 나누기 위해 미리 만들어 놓은 내적 커뮤니케이션의 방식이다. 신념이 생기는 것은 첫 번째, 신념의 원천은 주위 환경이다. 두 번째, 신념을 형성하는 요인은 크고 작은 경험들이다. 세 번째, 신념은 지식을 통해서 형성된다. 네 번째, 신념은 과거의 결과를 통해서 형성된다. 다섯 번째, 미래를 머릿속에서 현실처럼 경험한다면 신념이 형성된다. 고 앤서니 라빈스는 「거인의 힘 무한능력」에서 말한다.

성공의 공식은 첫 번째, 자신이 원하는 목표가 무엇인지를 아는 것이다. 스스로 운이 있다고 믿고, 자신이 원하는 것을 명확히 정의하는 것을 말한다. 두 번째, 행동을 취하는 것이다. 자신이 원하는 것을 향하여 행동으로 옮기는 것을 말한다. 행동으로 옮기지 않으면 아무런 결과를 바랄 수 없다. 세 번째, 진행 중인 일이 잘되고 있는지 확인하는 것이다. 진행 중인 일을 주기적으로 분석하고 모니터링해서 피드백하는 것을 말한다. 마지막으로 성공할 때까지 방법을 바꿔가며 접근할 수 있는 유연성을 갖는 것이다. 피드백 받은 것을 반영하여 실패한 방향은 피해 가는 유연성을 가지는 것이 필요하다. 매일 아침 감사 일기를 쓰면서 성공을 향해서 가고 있는 나를 되돌아본다. 30분의 시간에 나를 돌아보면서 나의 신념에 변화는 없는지? 목표대로 진행되고 있는지를 매일 점검해 본다. 때에 따라서는 피드백으로 행동의 방향을 조정하기도 한다. 목표를 향해 정진하면 분명히 달성된다는 신념하에 일관되게 밀고 나가기 위함이다. 신념은 건강한 정신과 체력이 뒷받침되어야 흔들리지 않는다. 튼튼한 체력을 항상 유지해야 하며, 인내와 끈기를 가져야 한다. 매일 감사하는 마음으로 감사 일기를 쓰면서 나를 돌아보는 시간을 꾸준히 밀고 나가고 싶다.

감사하는 마음

하루하루를 살다 보면 기분 좋은 일만 있
는 것은 아니다. 계획했던 일이 술술 풀려서 기쁜 날도 있지만, 마음먹
은 대로 진행되지를 않아서 짜증나는 일들도 많다. 그럼에도 항상 잘
될 것이라는 신념을 가지고 우리는 행동한다. 우리는 모든 일에 감사
함을 느끼고 감사하면서 살고 있다. 일이 잘 풀리면 잘 풀리는 대로 감
사하고, 마음먹은 대로 풀리지 않으면 그것대로 감사할 일이다. 그 감
사함을 마음속에만 담아두고 살 것은 아니다. 입으로 그리고 몸으로
감사함을 표현하는 것이 중요하다. 나는 필드에 나가 골프를 칠 때 언
제부터인지 한 가지 말버릇이 생겼다. 함께 운동하는 멤버들에게는 감
사하는 마음을 전한다. 내 아니라도 함께 운동할 사람이 많을 텐데 나
와 함께 운동할 시간을 내준 것이 고맙고 감사할 일이다. 못하는 운동

이지만 끝까지 기분 좋게 함께할 수 있게 해달라는 감사의 마음도 전한다. 또 한사람 감사할 사람이 있다. 카트로 태워서 이동도 시켜주고, 운동할 때 남은 거리도 봐주며 필요한 클럽을 가져다주는 캐디에게 감사하다. 클럽을 받을 때 마다 '감사 합니다.' 라는 말을 한다. 직업상 당연한 서비스지만 내가 운동을 하는데 힘들지 않게 도와주는 것이 감사해서 시작했다. 의도적으로 한 것은 아니고, 마음에서 우러나와서 하기 시작한 것이다. 진정으로 감사한 마음에 감사하다는 말을 했을 뿐인데, 돌아오는 반응은 대단했다. 운동을 시작할 때의 대하는 반응은 별로였을 지라도, 마칠 때는 마음이 열려 아주 친절해져 있음을 느끼게 된다. 연습하지 않았는데도 점수가 그렇게 나쁘지 않음도 느낄 수 있다. 함께 운동하시는 분들과 비교하는 순간 그런 마음은 사라지기에 비교하지 않는다. 감사하는 마음은 절대 비교는 금물이다. 가는 말이 고와야 오는 말이 좋다고 하지 않았던가? 말은 의도적으로 좋게 하려고 노력하기도 한다. 진정성이 곁들여진 감사함의 말을 마칠 때까지 수 없이 듣다보면 마음의 문이 열리는 것 같다. 캐디가 도와주는 것은 대가를 받고 하는 일이기는 하지만, 그래도 고마운 일이다. 5시간을 동행 하면서 대화도 하고, 운동을 도와주는 역할을 하는데, 고용한 것처럼 행동할 일은 아니다. 동반자의 일원으로 생각하는 것이 맞다. 가끔은 캐디도 서비스 정신이 결여된 사람이 있기도 한다. 또한 갑 노릇하는 고객들도 있다고는 한다. 세상 사람들 모두가 똑같을 수는 없겠지만, 감사해 한다고 해서 손해 볼 일은 없다. 감사함을 계속 입으로 말하다 보면, 모든 일이 감사할 일 밖에 없음을 알게 된다. 운동의 성적이 좋지 않아도 기분이 나쁘지 않고, 감정의 기복도 심하지 않다. 캐디에게 감사하다는 이야기를 함으로써 캐디의 마음을 열게 하는 좋은 점도 있지만, 정작 내 마음을 안정시키고 정화시키는 역할을 한다는 것을 알게 된다. 그러기에 요즘은 의도적으로 '감사합니다.'를 입에 달고 산다.

매월 초 1일에는 지인들에게 감사의 메시지를 보낸다. 단체 문자발송이 좋은 방법이 아니라는 것은 알지만, 많은 시간을 할애할 여유가 없어서 단체문자로 안부를 전한다. 저장된 지인들이 만 명이 넘는데, 일일이 안부를 다 여쭙기가 어렵다. 그래서 시작한 것이 매월 초일 아침 9시에 단체문자로 인사를 한다. 상업적인 의도가 있는 것은 아니다. 그렇다고 정략적인 목적에서 시작한 것도 아니다. 나와 서로 명함을 주고받으며 인사를 나누었던 사람들에게 보낸다. 안부를 여쭙고 감사하는 마음을 전해야 하겠는데, 여건상 가능한 방법을 찾은 것이다. 처음에는 오해를 받는 경우도 많았다. '도 위원에 출마하십니까? 아니면 어느 지자체장에 출마하실 계획입니까?'라는 연락과, '집사람이 오해하니 보내지 말아 달라'는 요청을 받을 때도 있었다. 그럼에도 계속 보낸 것이 벌써 10년을 훌쩍 넘었다. 이제는 매월 초일 아침의 단체

문자 진정성을 이해하는 것 같아서 좋다. 사람의 인연은 소중하다. 불가에서는 ' 옷깃만 스쳐도 인연이다 ' 고 하지 않았던가? 명함 건네면서 인사 나누고, 교수와 학생의 관계로, 강사와 수강자의 관계로, 맨토와 맨티의 관계로, 컨설턴트와 고객의 관계 등으로 여러 채널을 통해서 만난 사람들이다. 얼마나 소중하고 귀중한 인연인가? 인연을 맺은 많은 사람에게 일일이 감사의 마음을 전할 수 없기에 단체 문자로 감사하는 마음을 전한다. 감사하는 마음을 가진다는 것은 자신의 몸을 감사하게 만든다. 감사하는 마음을 가지려면 겸손을 배워야 한다. 언제나 자신을 낮추며, 상대방을 존중하는 마음이 있어야 한다. 경쟁하는 마음, 이기려고 하는 투쟁심이 많아서는 겸손을 배울 수 없다. 겸손이라는 것은 몸에 체득되어서 나와야 한다. 겸손하려고 노력한다고 해서 겸손해지지 않는다. 겸손은 마음에서 우러러 나와야 몸에 체득이 된다.

라포(rapport)란 다른 사람과 함께 성과를 이루는 필요한 것이다. 상대방의 세계로 들어가서 그 사람에게 자신이 이해받고, 서로가 밀접한 공통점이 있다는 느낌이 들게 하는 능력이다. 그것은 자신의 프레임에서 벗어나 상대방의 프레임에 들어가는 능력이다. 라포를 형성하는 능력은 사람이 가질 수 있는 중요한 기술 중의 하나이다. 탁월한 성과를 내는 사람, 탁월한 세일즈맨, 좋은 친구, 훌륭한 부모, 뛰어난 정치가,

설득을 잘하는 사람이 되려면, 강한 유대감과 공명할 수 있는 관계를 형성하는 능력, 즉 라포가 반드시 필요하다. 그러기에 주변의 사람들과 또는 상대방과의 라포를 형성하는 노력이 필요하다.

확언이란 자신 스스로 자주 되풀이하도록 신중하게 만들어진 자신의 말이다. 확언을 실행하는 사람들은 확언이 뒷받침을 해주는 긍정적인 정신 태도가 모든 일을 가능하게 만들어준다고 믿는다. 또 이 방법이 효과를 내려면 긍정적이고, 주체적이며, 구체적인, 현재형의 확언을 만들어야 한다. 변화시키거나 강화하고 싶은 목표가 있다면 이를 날마다 시간을 내어 목표가 달성되었다고 자신 있게 이야기하는 것이 확언이다. 긍정적인 정신 태도가 삶에 커다란 영향을 미치는 것은 분명하다. 확언은 보통 사람들에게는 효과적으로 반응을 한다. 그러기에 입에서 나오는 이야기는 긍정적이어야 하며, 내가 갖고자 하는 마음을 확언으로 만들어서 계속하면 된다. 의도적으로라도 감사하다는 말을 입에 달고 살면, 나도 모르는 사이에 내 가슴은 감사함으로 가득 찬다. 이것을 확언이라고 한다. 상대방에게 '감사합니다.' 로 했던 말이 내 몸이 내 가슴이 감사함으로 가득 차게 됨을 느끼게 될 것이다.

감사는 축복받은 일들을 헤아리는 능력으로, 마음과 이어지는 궁극의 방법이다. 자신이 가진 모든 것에 감사하면 마음이 열린다. 내 인생의 사람들에게 감사하면 그들도 내게 감사한다. 그렇게 하는 감사는 훨씬 더 큰 풍요로움을 만들어 낸다. 감사하는 마음을 느낄 수 있는 두 단계가 있다. 감사하기의 첫 단계는 일상에서 접하는 일이나 상호작용에 관한 것으로, 비바람을 피할 집과 자식들에게 먹일 음식이 있음부터 길에서 스쳐 지나가는 낯선 이에게 무심코 받은 미소 같은 것들에 감사하는 일이 이에 해당한다. 두 번째 단계는 커다란 상실을 겪은 뒤에도 감사하는 것이다. 스스로 감사할 줄 아는 마음을 가져라. 그러면 삶은 더 크고 긍정적인 차원으로 옮겨갈 것이다. 감사할 일을 더욱 잘 인식하고, 아름다우며 사랑할 만한 일을 삶에 더 많이 받아들이기 위해 감사 일기를 써보라. 매일 감사한 일을 적어도 다섯 가지씩 적어보는 것으로 시작하라. 감사히 여기는 마음을 규칙적으로 기록하는 사람들이 그렇지 않은 사람들보다 훨씬 행복하고 그 행복이 더 오래 지속된다. 감사 일기를 꾸준히 쓰는 일은 어떤 치료법이나 우울증 치료의 약보다 효과적이다. 감사하기의 세 번째 단계는 실연을 당하거나 직장을 잃는 등 크게 낙담한 일, 사랑하는 이의 죽음처럼 크나큰 슬픔이나 비극적인 일 앞에서도 감사할 줄 아는 것이다. 이런 마음은 새로운 삶을 위한 길을 열어준다. 질병, 장애 혹은 끔찍한 상실과 같은, 살면서 겪을 수 있는 가장 나쁜 일과 마주했다 하더라도 언젠가는 새로운 이해, 새로운 연결 그리고 새로운 관계가 찾아온다. 누구에게나 사랑이 있다. 그 사랑은 고치를 벗어나려는 나비처럼 언제나 스스로 자유로워질 순간을 기다리고 있다. 주변 사람들과 삶에 감사하는 마음으로 내면에서 사랑을 풀어내어 표출하라. 그 사랑은 수차례 되풀이하여 내게 되돌아오며 사람들과 생각 그리고 삶을 풍요롭게 하는 특별한 일들을 끌어당길 것이다. 라고 바티스트 드 파브가「마음의 힘」에서 감사에 대하여 이야기하고 있다.

우리는 잘못된 것에 대해 너무 많이 생각하는 편이다. 어떤 것이 잘 되었는지에 대한 생각은 많이 하지 않는다. 더 잘되고, 건강해지기 위해서는 잘된 일들을 더 많이 생각하고 감사할 줄 알아야 한다. 그러기 위해서는 감사하는 훈련을 하면 가능하다. 일주일 동안 잠자리에 들기 전에 그날에 좋았던 일 세 가지를 간추려서 써본다. 일기장에 써도 좋고, 휴대폰의 애플리케이션에 기록해도 좋다. 크게 좋았던 것이나, 그렇지 않고 소소한 즐거움도 상관이 없다. 그리고 좋았던 일을 적은 것 뒤에 이렇게 질문을 던져본다. "그 일은 왜 잘되었을까?" 이렇게 일주일만 적다 보면 기분이 좋아지고 행복해짐을 느끼게 될 것이다. 살면서 모든 것에 감사하게 될 것이다. 감사하는 연습을 오래할수록 행복이 지속되고 더 많은 즐거움과 축복을 받게 될 것이다.

우리의 마음은 생명의 심장 그 이상의 무엇이다. 마음을 생명의 심장으로만 볼 수 있는 것이 아니다. 마음은 우리의 느낌 중심에 자리 잡고 있다. 대화하다가 자신을 표현할 때는 머리가 아닌 가슴을 가리킨다. 쓰는 언어에도 마음의 감정을 중심으로 한 표현이 많다. 다정한 사람을 '마음이 열린', '마음이 따뜻한' 사람이라 표현한다. 냉정하고 무뚝뚝한 사람을 '심장도 없는' 사람이라고 한다. 누군가를 살갑게 느끼면 그에게 정성을 쏟고, 누군가에게 용기를 북돋울 때는 온 마음을 다하고, 사랑에 빠지면 고스란히 마음을 빼앗기기 마련이다. 마음의 언어는 느낌이다. 마음을 따르려면 머리가 아니라 가슴에 귀 기울여야 한다. 영혼의 소리 역시 가슴을 통해 나와 나침반처럼 올바른 방향을 알려준다. 영적 본질인 영혼은 바로 우리 가슴속에 자리한다. 가슴속에 자리한 영적인 것을 우리는 말로써 표현한다. 거꾸로 말에 감사나 사랑을 담아서 하면 가슴속의 영혼이 바뀌게 된다. 말없이 자신의 느낌에 귀를 기울여 보라. 부드럽고 차분한 소리가 들릴 것이다. 귀가 아니라 느낌으로 들리는 소리다. 다 잘될 거라고 알려주는 마음의 소리다. 마음의 소리를 듣게 되면 삶이 더 조화로워진다. 자신의 정체성에 대한 새로운 느낌이 자리 잡게 된다. 결국에는 하고 싶은 일과 해야 하는 까닭을 알게 될 것이다.

세상을 살아가는 모든 일에 감사하지 않을 것이 없다. 우선은 치열한 경쟁을 뚫고 태어났음에 감사하고, 살아있음에 감사해야 한다. 그리고 세 끼 밥 굶지 않고 있음에 감사하고, 비록 남의 집이라도 이슬을 피할 수 있는 것에 감사하면 된다. 그러기 위해서는 다른 사람과의 비교는 금물이다. 다른 무엇인가와 비교하는 순간 마음은 힘들어지고,

감사할 일들이 사라지게 된다. 감사한 마음을 말로써 계속하다 보면 내 감사가 내 가슴속에 정체성이란 이름으로 자리를 잡는다. 이러기 위해서는 감사하는 노력을 많이 해야 가능하다. 훈련을 통해서 감사하는 방법을 터득해야 한다.

내 삶의 가치(타인의 삶에 도움을 주는 삶)

직장 다니면서 야간에 학교 다닐 때이다. 수업을 마치고 기숙사로 귀가를 했는데 후배가 급히 찾아와서 다른 후배의 사고 소식을 전했다. 근무하던 직장이 오토바이를 제조하는 회사이어서, 직원들에게 사내 판매를 했었다. 같은 부서에서 함께 일하던 후배 한 녀석이 오토바이를 사겠다고 상담을 해왔었다. 너무 젊어서 혈기왕성하고, 안전사고 위험 때문에 못 사게 했었는데, 몰래 구입을 했던 모양이다. 오토바이 사고가 나서 지금 병원 응급실에 있다는 이야기였다. 몇 번 타보지도 못하고 시내에서 택시와 추돌 사고를 당했다는 소식이었다. 급한 마음에 대충 챙겨서 입원했다는 병원으로 달려갔다. 아직 응급실에서 수술하고 있었는데, 차마 눈으로 보지 못할 정도의 장면이었다. 두 다리와 팔 하나의 골절상으로 오랫동안 입원 치료를 해야 하는 사고를 당했다. 본인 잘못이 큰 데다가 당시에는 보험 제도가 완벽하지 않아서 치료비 대부분을 본인이 부담했어야 했다. 1년은 넘게 입원을 했었는데, 문제는 작업자가 일하지 않으면 임금이 나오지 않아 엄청난 치료비가 부담이었다. 입원해서 치료받는 것도 힘든 일인데, 치료비까지 걱정해야 하는 후배를 그냥 보고 있을 수만 없었다. 함께 일하는 부서의 동료와 후배들이 모여서 도와줄 방법을 논의했다. 비슷한 처지인지라 누구 하나 금전적인 여유가 있어서 도와줄 수 있는 상황은 아니었다. 논의와 고심 끝에 일일 찻집을 열기로 마음을 모았다. 시내의 중심지에 있는 찻집을 하나 섭외를 하고, 일일 찻집 날짜를 잡고 계약을 했다. 그림에 소질이 있는 선배에게 부탁하여 티켓을 디자인하고 인쇄를 했다. 프로그램을 기획하고, 티켓의 판매를 개인별로 수량을 할당하여 회사업무를 마치고 팔러 나갔다. 나도 할당량의 판매를 위해 열심히 뛰었다. 판매를 위해 시내를 누비고 다녔더니 나를 알아보는 사람들이 생길 정도로 부끄러운 줄 모르고 열정을 다했었다. 처음으로 무엇인가를 팔아본 경험치고는 아주 큰 실적을 올렸다. 아마 장사를 잘했던 것보다는 취지가 좋아서 결과가 좋았던 것 같다. 회사의 동료들이나 직원들이 많이 찾아준 것도 일조를 했다. 상당한 금액의 수익을 올려서 후배의 병원비로 도움을 주었다. 적은 금액은 아니었는데, 그럼에도 병원치료비는 턱없이 부족했다. 게다가 6개월 이상의 산재 사고가 아닌 것으로 장기입원을 하게 되어 회사도 그만둘 수밖에 없었다. 지금은 어디에선가 사회의 구성원으로 활동을 잘하고 있을 거라고 믿고 있다. 태어나서 처음으로 누군가에게 금전적인 도움을 주었던 계기였기에 아직도 기억이 생생하다. 물론 나 혼자서 한 것이 아니고, 동료들과 함께한 봉사이지만, 누군가를 위해 도움을 주었던 첫 번째 시작이었다.

후배를 돕기 위해 시작했었지만, 성과가 있었기에 이후에도 여러 번의 행사를 주최했었다. 아직도 기억에 남아있는 행사 중 하나가 일일주점이다. 지방에서는 처음으로 시작해본 일일주점 행사다. 글쎄 전국을 조사해 보지 않았지만 아마 처음이었지 싶다. 그 당시에는 디스코라는 춤이 유행했다. 젊은이들이 춤추고 열정을 발산하기 위해 찾던 곳이 나이트클럽이다. 입장하면 기본(마른안주+맥주 3병)으로 목을 적시고 디스코 스텝을 밟으며 젊은이들의 열정을 불살랐던 장소이다. 마산 시내의 유명나이트클럽을 하루 임대하여 일일주점을 개최했다. 찻집은 조용하게 프로그램이 진행되지만, 나이트클럽은 신나고 시끌벅적하게 프로그램을 만들어야 했다. 동료 중에 끼가 많고, 진행능력이 있는 친구가 사회를 보고, 나는 생맥주 공급과 계산대를 담당했다. 가끔 친구들이랑 어울려서 놀러 가기는 했지만, 내가 해보리라고는 생각도 못했던 역할이었다. 일일 찻집에 비교하여 티켓 가격이 높았기에 수익은 훨씬 많았다. 그 수익으로 기숙사 인근에 있던 홍익재활원에 크지는 않지만, 동물원을 지어주었을 정도로 큰 금액의 기부를 했었다. 당시에 지방지 신문에 크게 기사화 되었을 정도였다. 가진 사람이 많지 않던 시절에 어려운 이웃이나 단체를 도울 방법으로는 좋은 경험이었다. 얼마나 뻔질나게 티켓을 판매하러 다녔던지, 수출자유지역 인근에 가면 어지간한 사람들은 다 알아볼 정도로 티켓돌이를 했던 시절이 있었다. 지금 생각하면 창피해서 엄두도 못 냈을 일인데, 젊음이 좋기는 좋았다. 부끄러워하지 않고, 열심히 봉사 활동에 참여하던 친구와 동료들이 하나씩 결혼하면서 손을 놓게 되었다. 결혼으로 인해 가족들과 먹고사는 것 때문에 마음의 여유가 없었던 것 같다. 결혼하여 가정을 꾸리고, 아기 낳아서 키우고, 애들 학교 보내고 공부시키면서 주변을 돌아볼 여유가 없었던 시절을 보냈다. 애들이 어느 정도 크고 나서 다시 조금씩 다시 활동을 시작한다. 마음 적으로 주변을 돌아볼 수 있는 여유가 조금은 생겼다. 큰 도움은 되지 않더라도 이제는 조직에 참여하여 봉사 활동을 한다. 나의 작은 마음과 정성이 사회를 따뜻하고 풍요롭게 만드는데 조금이라도 보탬이 되기를 바라는 마음에서 한다. 지금은 법무부 산하의 봉사단체, 검찰청 산하의 봉사단체, 그리고 경찰청 산하의 봉사단체에서 조금씩 활동을 하고 있다.

자원봉사는 여유 있을 때 하는 것이 아니다. 그리고 무엇인가의 대가를 바라고 해서도 안 된다. 자원봉사 활동을 하는 목적을 분명히 해야 하고, 처음의 순수함을 돌아보는 시간을 수시로 가져야 하며, 매사에 긍정적인 생각을 하고, 타인에게 모범을 보일 수 있는 성품과 행동으로 해야 한다. 다른 사람들을 보살피고 배려하며, 맡은 역할을 충실히 이행하여야 하고, 자신의 말이나 행동이 어떠한 영향을 미치는지 항상 생각하고 신중한 자세로 임해야 한다. 활동에 대한 책임감을 느끼고 봉사 활동을 시작해야 하고, 활동은 성실히 하며, 활동 시간에 대한 약속을 꼭 지켜야 한다. 자신의 개인적인 문제나 감정이 있더라도 이를 자기 일과 분리할 수 있는 능력과 자질이 있어야 한다. 자원봉사자는 양심적이어야 하며, 자원봉사자는 끊임없이 공부하며 학습하는 자세를 가져야 한다. 자원봉사는 누구를 도와주는 것이 아니라 자신 마음의 평정심을 찾기 위한 노력이다. 자기 마음의 평정심을 찾는 데 대가는 필요 없다. 자원봉사는 감사하는 마음으로 임해야 한다.

지인이 인도를 여행할 때의 일이었다고 한다. 인도 국민 중에는 어렵게 생활하는 계층이 많단다. 먹을 것이 부족하여 관광객이 많이 모이는 곳에 구걸하는 걸인들이 많았다. 구걸하는 모습이 하도 불쌍해 보여서 조금은 큰 금액을 보시했는데, 받고서는 전혀 고마움을 표시하지 않아서 괘씸했다고 한다. 봉사하는 마음으로 해놓고서 괘씸하다고 따질 수 없어서 나중에 일행에게 물었다 한다. 일행의 이야기에 깜짝 놀랐다한다. 걸인은 보시할 수 있도록 기회를 준 자기에게 감사함을 표해야 한다고 생각한다는 것이다. 보시나 봉사는 하는 사람의 마음을 아름답고 평안하게 해주는 것이라고 믿는다. 힌두교의 교리는 정확하게 알지는 못하나, 환생에 대해 믿음이 있다. 봉사하고 보시를 하게 되면 환생하는데 복을 받기에 보시하는 사람이 감사해야 할 일이라 한다. 확인할 수는 없으나, 저승에 갔을 때도 칭송받는 사람은 봉사를 한 사람이기에, 봉사하고 보시할 기회를 제공해준 자기들에게 감사해야 한다는 것이다. 맞는 이야기인 듯하다. 봉사는 다른 사람이나 어려운 사람을 도와주는 것이 아니라 자기의 마음을 북돋우는 일이다. 자신의 마음을 여유롭고 풍요롭게 만드는 행동이 자원봉사이기에 대가를 바라는 마음이 있다면 버려야 한다.

기업의 사회적 책임이 화두가 되고 있다. 기업이 이윤만을 추구해서는 안 된다는 이야기다. 기업은 사회적 책임에 대하여 명확하게 이해를 하고, 경영철학에 반영해야 한다. 조직의 문화와 가치창출과 서비스를 위해서 운영되는 모든 프로세스에 사회적 책임이 유기적으로 연결될 수 있도록 해야 한다고 한다. 기업의 사회적 책임도 넓은 의미의 자원봉사에 해당한다고 본다.

이유석의「성장의 정석 CSR」에 기업의 사회적 책임을 단계별로 정리를 해놓았다.

첫 번째 단계는 기업의 가장 기본적인 책임인 이윤을 극대화하는 경제적 책임이다. 기업의 경제적 책임이란 주주들의 이익, 종업원들의 일자리와 임금, 제품을 생산하기 위한 생산요소 구입, 새로운 제품 개발을 위한 연구 투자 등 기업의 사업과 관련된 직접적인 이해 당사자들에게 책임을 다하는 것이다.

두 번째 단계는 기업이 사업을 하면서 지켜야 할 각종 법과 규제들을 지키는 법적 책임을 다하는 것이다. 최근 환경에 대한 관심이 증대되고 실제 생활에서 느끼는 위험이 커지고 있어 환경 관련 규제라든지, 혹은 근로기준법 등 기업이 사업을 행할 때 기본적으로 지켜야 할 법과 규제를 따르는 단계이다.

세 번째 단계는 기업의 윤리를 지키는 것이다. 예를 들어 미국의 기업이 환경오염 관련 규제가 심한 업종을 자국을 떠나 그 공정을 해외로 옮긴다든지, 또는 비교적 법이 느슨한 제삼 세계로 생산시설을 옮겨 운영한다든지 하는 것은 비록 기업이 속한 사회에서 법과 규제의 범위에서 벗어날 수 있을지 몰라도 기업이 지켜야 할 윤리적 기준을 만족시키지 못하는 것이다.

네 번째 단계는 자선적 책임이다. 자선적 책임이란 책임을 수행함으로써 기대하는 반대급부가 없이 인본주의적이고 도덕적인 측면에서 창출한 가치를 사회로 환원시키는 방법으로 기업의 책임을 수행하는 단계라 할 수 있다.

이렇게 기업의 사회적 책임이라는 것은 과거 기업들이 추구했던 재무적 책임, 성장의 책임, 효율성 추구의 책임, 고품질의 상품과 서비스 제공의 책임보다 훨씬 복잡한 책임이기 때문에 기업의 경영철학에서 부터 시작하여 조직의 문화, 그리고 가치창출과 서비스를 운영하는 모든 프로세스에 유기적으로 녹아들어 있어야 한다.

　　자원봉사와 기업의 사회적 책임은 차별받지 않고 모두가 공평하게 사는 세상을 만드는 데 필요하다. 자유민주주의의 두 개의 기둥인 '자유와 평등'의 평등의 기둥이다. 자본주의 사회에서는 자유롭게 경제활동을 할 수 있도록 보장되어야 한다. 법적 테두리 내에서 부담해야 하는 세금을 부담하면서 경제활동의 자유가 보장되어야 한다. 하지만 자본주의의 문제점인 빈익빈(貧益貧) 부익부(富益富)의 양극화로 치닫는 불평등을 해소하지 않을 수 없다. 이를 해소하기 위하여 기업의 사회적인 책임이 요구되며 이슈화되고 있다. 자원봉사는 이익을 창출하는 조직이 아닌 개인들의 노력으로 불평등의 골을 메워가는 활동이다. 두가지 모두 풍요롭게 공평한 세상을 만들어 가는 데 꼭 필요한 것이다. 선진국 분류 기준에도 지표로 반영이 되고 있다는 것은 그만큼 중요하기 때문이다. 다만 강압적으로 강요할 수 있는 일은 아니다. 자원봉사를 강요할 수 없듯이 요즘 이슈로 대두되고 있는 네 번째 단계의 자선적 사회적 책임을 강요할 수는 없다. 기업이 스스로 자발적으로 할 수 있도록 문화가 형성되어야 한다. 문화가 형성되기 위해서는 기업인이 존경받는 사회가 되어야 하고, 세금 지급을 많이 하는 국민을 우대하는 사회가 되어야 한다. 재벌이 경계의 대상이 되고 손가락질의 대상이 되어서는 안 된다. 세금이 적절하지 못하면 세제를 바꾸면 된다. 기업의 사회적 책임을 다할 수 있도록 지지하고 응원해주면서 스스로 행할 수 있도록 분위기를 조성해야 가능하다. 그리고 모든 국민들은 자원봉사 활동에 참여할 수 있는 마음을 가졌으면 좋겠다. 자원봉사는 풍족하고 여유 있는 사람만이 하는 것이 아니다. 자신이 할 수 있는 정도의 자원봉사에 참여하고 활동하여 풍요롭고 아름다운 세상을 만드는데 보탬이 되면 좋겠다. 국민 한 사람 한 사람의 마음이 우선 되어야한다.

고통과 시련은 반드시 내 삶에 도움이 된다

　　　　　　　　새해 첫날에 명소를 찾아서 새해 첫날에 떠는 해를 보면서 한해의 안녕과 소원을 비는 것을 해돋이라 한다. 99년부터 시작한 해돋이를 매년 빠짐없이 연례행사처럼 하고 있다. 사는 곳 근처에서 다양한 행사와 함께하는 해돋이에 참여하기도 하고, 전국적으로 유명하다고 소문난 해돋이 명소를 다니기도 한다. 동해안의 강릉 경포대에서부터, 서해로 가서 해넘이를 보고 해남의 땅끝 마을에서 해돋이를 한 것까지 바다의 명소는 거의 다녔다. 다만, 산에 올라서 하는 해돋이는 집 부근의 산에는 올랐어도 지리산 천왕봉이나, 한라산 백록담에 올라보지는 못했다. 그중에 가장 기억에 남는 해돋이가 있다. 밀레니엄을 한해 남겨놓은 1998년 12월 31일이었다. 친구 가족과 함께 점심을 먹다가 다른 사람들 해돋이 간다고들 하는데, 우리도 한

번 가볼까 하고 무작정 출발했다. 동해안이 좋겠다고 판단하고, 영덕으로 무작정 차를 몰았다. 강구항에 도착하여 바닷가 쪽에 숙소를 찾았다. 처음 해보는 해돋이인지라 당연히 잠잘 곳은 있을 것으로 생각했었는데 바닷가에는 아예 없었다. 두 가족이 여덟 명의 식구였는데, 큰애가 열 살, 작은애는 6살 때이다. 애들이 어려서 차 안에서 잘 수도 없는 상황이었다. 하는 수 없이 영덕읍내로 들어가서 여인숙 방 한 칸을 겨우 잡아서 두 가족이 함께 잠을 자는 수밖에 없었다. 해가 몇 시에 떠는지도 몰라, 여섯시쯤 뜰 것이라는 잘못된 정보를 갖고 잠자리에 들었다. 잠을 제대로 자지 못하고 새벽 4시에 일어나서 컵라면으로 아침 요기를 하고, 여인숙을 나서서 삼사해상공원에 도착하니 다섯 시였다. 벌써 많은 사람이 기다리고 있기에 곧 해가 떠오를 줄 알았다. 날씨는 얼마나 춥던지, 그렇게 매서운 추위는 처음 느꼈다. 태어난 이후 제일 추운 날씨로 기억날 정도였는데, 어린 애들은 어떠했겠나? 그래도 큰애들은 발을 동동 구르며, 추위를 견뎠지만, 작은 애들은 징징거리기 시작했다. 빨리 차타고 집에 가자고 보채기 시작했다. 그 시간이 여섯시쯤! 곧 떠오를 것이라고 달래며 기다렸는데, 해가 7시 반쯤에 뜬다는 것을 나중에야 알았다. 해돋이 하려고 그 무서운 추위를 두 시간 반이나 맞싸우며 기다렸다. 아무런 준비 없이 시작한 첫 해돋이가 매서운 추위와 싸운 기억이 생생하다. 그렇게 춥기는 했지만 떠오르는 해는 너무 선명했다. 해무가 하나도 없는 상태에서 오메가 해가 떠오른 것이다. 달걀에서 병아리가 깨고 나오는 것처럼 해가 바다를 뚫고 떠올랐다. 주변에는 기도하는 사람, 엉엉 우는 사람까지 난리였다. 왜 우는지를 처음 해돋이를 하는 우리는 알지를 못했다. 추위와 맞서 싸우며 기다린 우리도 한해의 소원을 빌면서 처음으로 새해 해돋이를 했다. 그렇게 춥다고 징징거리던 애들도 해 뜨는 광경에 넋을 잃고 보는 것이 신기할 정도였다. 오메가 해가 뜨는 경우는 일 년에 손꼽을 정도라는 것을 알았다. 그 이후로 몇 번을 다녀도 그때의 해는 볼 수가 없었다. 오메가 해가 정월 초하루에 뜨는 경우는 거의 없다는 것을 알게 된 것이다. 그 아름다운 오메가 해를 새해 첫날 아침에 보여주려고 그렇게 날씨가 추웠던 모양이다. 지나고 보니 날씨가 아주 추워야 해무가 없이 해가 떠오른다는 것도 알게 되었다. 세상의 모든 일이 좋은 성과를 내기 위해서는 고통이 따른다는 것을 알려주었다.

조직에서의 성과는 보통 승진으로 평가받는다. 얼마나 빨리 진급하고, 승진하느냐에 따라 능력이 있고, 없는 것으로 평가한다. 필자도 직장생활은 뒤떨어지지 않게 열심히 노력했다. 나름대로 목표를 갖고 최선을 다했으며, 빨리 승진하려는 욕심도 없지 않았다. 과장에서 차장으로 진급할 때의 일이다. 대기업의 자회사에 근무하였기에, 인사발령은 하루 전날엔 어느 정도의 정보가 흘러나왔다. 기대를 크게 하고 있지 않았었는데, 승진했다는 소식을 듣고 축하도 받았다. 다음날 공식적인 발표만 기다리고 있었다. 그런데 발표하는 당일에 진급자 명단에 내 이름은 없었다. 정말 황당한 상황이어서 확인을 했더니 "빨리 승진 하면 동료들로부터 견제를 받을 것"같아서 제외했다는 궁색한 변명을 들었다. 나중에 알았지만, 전날에 선임 과장의 격한 항의 때문에 빠졌 다는 것을 알았지만, 모르는 것으로 했다. 빨리 승진하는 것을 기대했 던 것이 아니었기에 수용하고 다음 해를 기약하기로 했다. 그런데 문 제는 다음 해에 생겼다. 당연히 승진하리라 생각을 했었는데, 또 명단 에 보이질 않았다. 경영자의 약속도 있었고, 성과도 좋았기에 당연히 기대하고 있었다. 경쟁하던 동료들을 미처 파악하지 못한 것이었다. 승진이 회사생활의 모든 것이 되는 것은 아니지만, 자존심이 상황을 허락하지 않았다. 개인적인 생각으로는 있을 수 없는 상황이었고, 다 음 해엔 꼭 시켜주겠다는 약속까지 했었기 때문이다. 조직에서의 일이 예측 가능하지 않고, 일관성이 없다면, 그 조직에 남아있을 이유가 없 다고 생각했다. 회사를 그만두겠다는 마음을 먹었다. 사표만 던지지 않았지, 그만두는 것으로 알 만한 사람은 알 정도였다. 가족과의 논의 도 다 끝낸 상태였다. 깨끗하게 그만두고 새로운 것을 시작해보겠노라 결정을 했다. 사표를 던지기 하루 전날 곰곰이 생각하면서 정말 지금 그만두는 것이 맞는 것일까? 하고 여러 번 생각 끝에 지금 그만두면, 경쟁에서 영원히 지고 만다는 생각이 머리를 스쳤다. 그만두더라도 승 진 이후에 그만두는 것이 맞겠다고 마음을 정리했다. 원하든 원하지 않았든 승진을 시켜주겠다고 회사가 한 약속을 지키지 않았기에 내 마음은 회사를 떠났지만, 그만두지 않고 회사생활을 계속했다. 퇴직 후에 해야 할 일을 차근차근 준비하는 시간을 가졌다. 그렇게 마음으로 어려운 시련기를 참고 인내하며 보냈던 생활이 제2의 직업으로 전환하는 큰 도움이 되었다. 돌이켜보면 그때 승진이 되었으면 지금쯤은 앞으로 무엇을 해야 할지에 대해 전전긍긍하고 있을지 모른다. 동전의 양면처럼 좋은 점의 이면에는 또 다른 의미의 기회가 있다는 것을 알았다. 그때의 시련이 나의 의지를 다잡아서 제2의 직업을 찾아가도록 만들어 주었다. 게다가 창업을 준비하는 시간까지 마련해 주었기에, 바로 그만두지 않았던 것이 지금 생각해도 정말 잘한 결정이었다.

어떤 일이든 힘들이지 않고 이루어지는 것은 없다. 크든 작든지 성공의 뒤에는 피와 땀이 있었다는 것을 알 수 있다. 성공한 사람을 지켜보는 입장에서는 쉽게 이룬 것으로 보일지 모르나 정작 당사자는 그렇지 않다. 성공에 이르기까지 수많은 고민을 하고, 순간순간의 의사결정에 모든 신경을 쏟아 부어서 이루어진 결과이다. 의사결정 한번 잘못하면 치명적인 위험이 되어 덮치는 경우가 허다하기에 항상 긴장을 늦추지 못한다. 요즘처럼 정보가 넘쳐나고, 시대의 변화가 빠르게 일어나는 때에는 더 많은 걱정을 하게 된다. 매일 떠오르는 해이지만, 새해 첫날의 해에 사람들은 의미를 부여한다. 어제 떠올랐던 해와 새해 첫날에 떠오른 해가 하나도 다른 것이 없다. 사람들 스스로가 의미를 부여하고, 새해를 맞으면서 소망하는 것을 이루겠다는 각오를 다지는 것이 해돋이이다. 그러한 해도 매일 떠오르지만, 진정 아름답게 떠오르기 위해서는 심한 추위가 있어야 한다는 것에는 그냥 이루어지는 것이 없다는 것을 알려주는 것이라 본다. 원하는 것을 이룩하고 성취하기 위해 우리는 최선을 다해야 한다. 물론 노력이 부족하고 실행력이 모자라서 목표를 달성하지 못하는 경우도 있다. 그렇지 않고 최선을 다했는데도 원하는 성과가 나지 않을 때는 무엇인가 다른 암시를 주는 것일 수도 있다. 어떤 암시를 나의 무의식이 나에게 전달하는지를 곰곰이 돌아볼 필요가 있다. 어쩌면 다른 방향으로 가야 한다는 암시일 수 있기에 시련이라고 생각하지 말고 그 이면을 볼 수 있는 여유가 필요하다.

사람들은 같은 세상에 살고 있으나 사람마다 서로 다른 세상 모형을 갖고 살기 때문에 갈등을 하게 된다. 두 사람이 같은 사건을 보고 같은 말을 들으면서도 그것을 서로 다른 의미로 해석하는 경우가 많다. 이렇게 서로의 모형과 의미가 다르기 때문에 우리는 다양한 가치관, 정치, 종교, 관심, 동기 속에서 살게 되는 것이다. 우리 생각의 틀에서 가장 중요한 부분 중에는 우리의 삶을 형성하고 삶에 목표를 제공하는 신념과 가치관이 있다. 그 신념과 가치관은 우리의 행동을 움직이며 다른 사람과의 갈등도 생기게 한다. 가치는 우리가 중요하다고 생각하는 것이라 정의된다. 우리가 중요하다고 생각하는 것이 다른 사람에게도 역시 중요해야 한다고 주장하게 되면 그때부터 갈등이 시작된다. 그리고 성과를 내기 위해서는 전심전력을 다 하거나 완전하게 일치된 상태에서 성과를 추구하게 되기는 정말 어렵다. 그 성과가 크면 클수록 내적으로 더 많은 분아가 나타나서 관여하게 되며 이익에 대한 갈등이 더 많이 발생한다. 내적 일관성은 강력한 개인적인 힘을 실어준다. 자신의 언어적이거나 비언어적인 모든 행동이 자신의 성과를 지원할 때 갈등의 반대 개념에 해당하는 일관성을 갖는다. 그때는 모든 분아가 조화를 이루고 있고 자신의 능력에 자유롭게 접근할 수 있게 된다. 조화를 이룬다고 해서 모든 분아가 같은 목소리를 낸다는 것을 의미하지 않는다. 오케스트라에서는 여러 가지 서로 다른 악기가 함께 섞여서 조화를 이루면서 전체의 소리를 만들어 내는데, 이것은 이미 한 악기가 내는 한 가지의 소리가 아니다. 각각의 악기 간에 차이가 있으므로 해서 그것이 오케스트라의 음악에 각자의 색감, 흥취, 조화를 줄 수 있다. 사람도 그렇게 일관성이 있을 때 신념, 가치관, 흥미가 각자에게 자기의 목적을 추구하는 에너지를 제공하기 위해 함께 작용하게 된다. 반면에 비일관성은 혼란스러운 메시지다. 혼란스러운 내적 메시지는 다른 사람에게 모호한 메시지를 투사하게 되고, 결과적으로 갈피를 잡을 수 없는 행동과 자기 파괴를 초래한다. 만약 당신이 결정을 내려야 하는 상황에서 그 결정과 관련하여 내적 비일관성을 느낀다면 그것은 곧 무의식이 당신에게 매우 가치 있는 정보를 알려주는 양상이 된다. 즉, 그 비일관성 신호는 일을 더 진행하는 것은 현명한 일이 아니며 좀 더 생각해야 할 필요가 있다는 점, 더 많은 정보가 필요하며 좀 더 신중한 선택을 해야 할 필요가 있거나 현재와는 다른 성과를 탐색해야 한다는 점을 알려주는 신호라고 할 수 있다고, 조셉 오코너와 존 시모어는 「NLP입문」에서 이야기 하고 있다.

성공을 위해서는 원하는 것을 명확하게 해야 한다. 명확하게 하려고 목표를 글로 옮겨야 한다. 우리의 뇌는 오랫동안 기억하지 않으려는 성향을 갖고 있기에 잊어버리기 때문이다. 그 목표를 달성하고 성공의 길로 가기 위해서는 지금 당장 행동으로 옮겨야 한다. 성공으로 가는 길은 절대 꽃길만은 아니다. 자갈밭은 그나마 좋은 길일 것이다. 가시밭길도 걸어야 하는 경우도 자주 있을 것이다. 세상의 모든 것에는 그냥 이루어지는 것이 없기에 그렇다. 공짜가 없다는 것은 모든 사람이 다 아는 사실이다. 그럼에도 한 번씩은 공짜에 기대고 싶은 경우도 있다. 사람이기에 힘들고 지칠 때가 있다. 그렇다고 마음을 놓아버리면 목표는 달성할 수 없게 된다. 어떠한 고난과 어려움이 닥쳐도 그 이면에 있는 자신의 목표를 볼 줄 알아야 한다. 달성하였을 때의 그 기쁨의 환호를 듣고, 열렬히 응원해주는 사람들을 보면서 몸과 마음으로 느끼면서 열정을 멈추지 말아야 한다. 그러기 위해서는 일관성 있게 인내와 끈기로 지속 해야만 무너지지 않고 계속 정진할 수 있다. 한 번 넘어졌다고 모든 것이 끝나는 것이 아니기에, 더 큰 성공을 위해서 거쳐야 하는 과정이라고 생각하자. 그 이면에 있을 성공의 기쁨을 키워주기 위함일 것이다.

역경을 견딘 경험이 성공으로 가는 발판이 된다

어렸을 적에 읽었던 책 중에 기억에 남는 이야기는 아무것도 없는 집에 태어나서 성공한 이야기이다. 내가 처한 상황과 비슷해서 더 관심이 높았을 수도 있다. 세상의 쓴맛, 단맛, 매운맛을 다보고, 모든 역경을 딛고 일어서서 영웅이 된 사람들의 이야기이다. 옛말로 '개천에서 용 났다'고 하는 이야기이다. 요즘 말로 흙수저를 물고 태어나서 금수저로 바꾼 사람들이다. 평범한 인물 혹은 아무것도 없는 집에서 태어나서 스스로 능력을 갈고닦아 성공한 사람들이 예전이나 지금도 많다. 많은 사람의 도전기가 지금도 여전히 팔리고 있고, 여러 사람의 입에서 여전히 회자 되고 있다. 이러한 사람들은 역경을 맞으면서 견디는 힘을 길렀기에 가능했다. 역경을 이겨내고 견뎌내는 힘에는 자신이 가진 신념이 없다면 불가능한 일이다. 어떤 일을 할 때 신념을 가지고 일하는 사람과 그렇지 않은 사람과의 사이에는 커다란 차이가 있다. 일에 대한 신념이든 자기 자신에 대한 신념이든 굳은 신념을 가지고 일하면 분명히 좋은 결과를 얻을 수 있다. 그렇다고 신념이 항상 만족할 만한 결과를 선사하는 것은 아니다. 잘못된 신념은 오히려 일을 그르칠 수도 있다. 자신의 능력과 주변 환경을 무시한 자아도취 식의 신념은 일의 장애 요인이 될 뿐이다.

"사람은 자신의 임무가 끝나지 않았을 때는 절대 죽지 않는다."라고 19세기 영국의 아프리카 탐험가로 유명한 리빙스턴의 말이다. 리빙스턴은 27세 때 탕가니카의 오지에서 이질에 걸려 세상을 떠났다. 그는 30여 년 동안 거의 아프리카를 떠나지 않고 전도와 질병 치료에 힘썼으며, 각 지방을 탐험하여 지금 까지 세상에 알려지지 않았던 아프리카 오지의 실상을 밝혀내는 공로를 세웠다. 리빙스턴은 아프리카의 생활에서 수없이 많은 죽을 고비를 넘겼는데, 그때마다 구사일생으로 살아나게 되어서 "사람은 자신의 임무가 끝나지 않았을 때는 절대 죽지 않는다." 는 신념을 갖게 되었다. 사람마다 각자 처한 환경이나 맡은 바 임무에 따라 각기 다른 신념을 갖게 된다. 어떤 신념이든지 마음을 든든하게 하고 희망을 품을 수 있게 하는 것이라면 일의 성과를 더욱 높일 수 있다고 확신한다. 아무 일도 하지 않는 사람이나 앞뒤 생각하지 않고 막무가내로 일을 추진하는 사람은 올바른 신념을 가질 수 없다. 신념은 일을 성공적으로 수행하는 데 도움을 줄 수 있어야 한다.

자신에게 활력을 제공하는 신념을 바탕으로 자신의 능력과 주변 환경을 세밀하게 분석하여 일의 추진 방향을 결정하고 이에 따라 일을 추진시키는 자세가 필요하다.

동전의 양면에 대한 강연을 들었다. 어떤 동전이든지 앞면과 뒷면이 있다. 물론 옆면도 있지만, 던져서 받았을 때 옆으로 서는 경우는 거의 없기에 동전의 양면으로 표현한다. 살다 보면 행복과 불행은 누구에게나 예외 없이 찾아온다. 누구에게나 늘 공존하듯이 동전의 양면성도 어떤 상황이나 어떤 사물에도 늘 함께 공존하고 있다. 동전의 양면은 어떤 의미로 정의를 해야 할까? 모든 상황이나 사물에는 서로 반대되거나 대립하는 두 가지 성질이 있다는 의미로 볼 수 있다. 다시 말해서 인간에게 일어나는 어떤 상황이나, 세상에 존재하는 사물에는 서로 반대되거나 대립하는 두 가지 성질이 존재한다는 의미이다. 예를 들어서 국가에서 복지정책 확대를 위해서 고소득자의 세금을 인상한다면, 소득이 높은 사람들은 세금 인상을 싫어하게 된다. 그렇지만 세금 인상으로 혜택을 보는 생활보호 대상자들이나 고령자들은 세금 인상을 환영하게 된다. 복지 정책 확대로 인한 계층 간의 대립이라는 두 가지 성질이 작용하게 된다. 세상살이에도 늘 행복만 있는 것이 아니라 불행도 있듯이 어떤 상황이 마냥 행복한 쪽으로만 흘러가지 않는다. 부와 명예를 한 몸에 받았음에도 자식이 없는 사람이라면 결코 행복한 삶이라고 할 순 없다. 비록 부와 명예는 없지만, 사랑하는 자식이 있다면 부와 명예가 절대 부럽지 않을 수 있다. 여성의 사회 진출 기회가 많아지면서 여성의 사회적 지위와 자아실현의 만족도는 높아졌지만, 출산율 감소라는 부작용도 초래되고, 남성의 일자리가 줄어들게 되는 문제점도 함께 나타난다. 국가적인 차원에서 볼 때는 좋은 점과 나쁜 점이라는 두 가지 성질이 작용하고 있다.

역경을 이겨내고 성공한 사람들을 보면 한결같은 공통점이 있다. 자신에게 처한 상황을 절대 불평하지 않고, 긍정적으로 받아들였다는 것이다. 그 힘든 역경을 이겨내기 위해 큰 노력과 땀을 흘렸다는 것을 책을 통해서 알 수 있다. 그럼에도 그러한 상황을 즐기면서 역경을 견디어 낸 사람들이 자신이 원하는 목표를 달성하고 성공을 이룰 수 있었다. '젊어서의 고생은 사서도 한다.' 라는 속담이 있다. 요즘 젊은이들은 이해하지 못할 것이다. 먹고 놀 시간도 부족한데 왜 고생을 돈 주고 사야 하는 지를 이해하지 못한다. 성공은 참고 견디며, 인내할 줄 아는 사람을 좋아하는 것을 알지 못하기 때문이다. 우리의 주변에서 일어나는 일도 마찬가지다. 좋지 않은 일이 생기면 왜 나에게만 이런 일 생기나 하고 탓하고 원망하지만, 그 이면에는 또 다른 무엇인가가 있다는 것이다. 역경이 닥쳤다고 역경으로 만 볼 것이 아니다. 그 역경의 이면에 희망을 숨겨놓았을 수 있고, 그 역경을 견뎌내면서 내공을 다지게 되는 힘을 기를 수 있다. 그 길러진 힘으로 좋지 않았던 일을 희망으로 바꾸어 낼 수 있다는 것이다. 동전에 양면을 흑백논리로 이해해서는 안 된다. 내가 바라는 쪽이 나오지 않는다고 원망하고, 포기해서는 안 된다. 그 이면의 희망을 찾을 줄 아는 내공으로 역경을 헤쳐 나가야 한다.

인간은 태어날 때부터 학습하는 능력을 갖추고 태어난다. 세상을 살면서 대부분의 사람은 나이가 들수록 학습 과정이 느려진다. 물론 어떤 사람들은 평생에 걸쳐 저하되지 않고, 왕성하게 학습활동을 계속하기도 한다. 사람들은 아기 때부터 성장하면서 주변에 걷고, 말하는 사람들을 보면서 자란다. 걷고 말하는 것을 보고 관찰함으로써 자연스럽게 학습하게 된다. 그리고 우리는 그 과정에서 자기가 학습한 것을 스스로 실행해보게 되는데, 이것은 결국 우리 자신이 스스로 걷고 말하는 법을 배우게 되는 것이다. 그기에 우리는 일단 어떤 다른 사람이 하는 행위를 해보고, 그 행위의 결과를 주목하면서, 그 결과에 따라 자신의 행위를 변화시켜 나간다. 어린아이들의 걸음걸이를 배워 나가는 것을 보자. 첫 번째로 어린아이는 시험적으로 조심하여 발걸음을 내디뎌 본다. 어떻게 될지를 모르며 도전을 해본다. 두 번째로는 반복하여 넘어지는 결과를 확인한다. 다른 사람들과 같이 해보는데, 같은 결과가 나오지 않음을 느낀다. 세 번째로 더 이상 넘어지지 않으려고 의자나 사람들에게 기대는 과정을 거치면서 걷는 연습을 계속 하게 된다. 이런 과정을 거치면서 걸음걸이를 자연스럽게 몸에 익히게 된다. 이렇게 다른 사람이 하는 것을 보면서 배워 나가는 것을 모델링에 의한 학습이라고 한다. 예를 들어 걷다가 넘어지면 그것을 실패한 것으로 생각하고, 제대로 걷게 되면 성공한 것으로 생각하게 되는 것이다. 부모와 또래로부터 받는 칭찬이나 격려와 함께 우리는 성공을 하고 싶어 할 뿐만 아니라 성공에 대해 갈망하고, 실패에 대해서는 두려워하고 실패를 하지 않으려 하기 시작한다. 그런 과정에서 잘 못 하는 것에 대해 두려움이 우리의 자연스러운 학습 과정을 억제하기도 한다. 하지만 이러한 과정을 거치지 않고 바로 성공하는 경우는 없다. 어린아이들이 기다가 바로 일어서서 걸을 수는 없는 것과 마찬가지이다. 그러기에 넘어졌다고 해서 실패한 것은 아니다. 걷기 위해 필수적으로 거쳐야 하는 과정일 뿐이다.

우리는 성공을 통하여 배우는 것보다 더 많은 것을 실패를 통해서 학습한다. 실패가 가치 있는 피드백을 주기에 우리는 실패에 대하여 생각하는 데 더 많은 시간을 할애한다. 우리는 처음으로 어떤 일을 할 때는 아주 단순한 일이 아니고서는 잘할 수 있는 것이 거의 없다. 잘할 수 있다 하더라도 발전시켜야 할 여지는 많다. 우리는 조금씩 성공에 가까워지는 일련의 과정을 거치면서 결국에는 성공하는 학습을 하게 된다. 우리는 자신이 할 수 있는 것을 하고, 그것을 원하는 상태와 비교한다. 그리고 그 비교 결과를 피드백으로 삼아서 다르게 행동한다. 그 과정에서 결국에는 현재 자신이 할 수 있는 것과 하기를 원하는 것과 차이나 격차를 줄이려고 노력하게 된다. 이렇게 우리는 서서히 자신의 목적에 접근해 나간다. 우리는 이러한 비교를 통해서 자신이 원하는 학습의 수준을 높여 가게 되는 것이다.

어린애가 태어나서 몇 개월이 지나야 뒤집기를 할 수 있고, 뒤집기를 배운 후에야 배밀이를 한다. 배밀이를 하면서 어떤 물건을 잡고 일어서는 연습을 하게 되고, 어른들이 하는 모습을 보면서 걷기 연습을 시작한다. 처음 해보는 걷기는 넘어지기 일쑤이다. 넘어지면 일어서고, 또 걷기를 하다 넘어지면 또 일어서서 걷는 것을 연습한다. 많이 넘어져 보면 아프고, 잘 안 된다는 것을 깨우치게 되어 주변에 있는 물건이나 사람을 잡고 걷기를 연습하기도 한다. 이렇게 어린아이가 걷기 연습을 하면서 원하는 목표를 달성해 가듯이 우리가 맞이하는 모든 일은 바로 좋은 결과를 얻어내기가 쉽지 않다. 흔히 우리들이 말하는 실패를 거치면서 배워 나가게 된다. 실패라고 말하기는 극단적인 표현인 것 같다. 잘 안 되는 방법을 알아내어 그러한 방법을 피해 가면서 목표를 성취해 가는 것이다. 그리고 동전에 양면이 있듯이 바라는 면이 나와야 성공한 것은 아니다. 바라는 면이 나오지 않았을 때 그 이면에는 다른 그림이 있다는 것을 느껴야 한다. 이면에 있는 그 그림은 내가 원한 것은 아닐지라도, 내가 원하는 것을 만들어 가는데 어떠한 정보나 도움을 줄 수 있다는 것을 알아야 한다. 그러기 위해서는 인내와 끈기로 목표를 향해서 나아가야 한다. 가다가 넘어지면, 포기하지 말고 다시 일어서서 가야 한다. 도전에 도전을 거듭하면서, 어떤 때에는 다른 길로 돌아가는 지혜를 가지는 것도 필요하다. 무식하게 한 우물만을 고집하는 것은 좋은 방법은 아니다. 안 되는 방법을 알았다면 그 방법을 계속 고집할 이유는 없다. 목표를 향해서 정진하는 도중에 있었던 실패한 일들을 우리는 고난과 역경이라고 말한다. 이 고난과 역경을 견뎌내는 것이 성공으로 가는 길의 발판이 된다.

세상은 견디는 사람을 좋아한다

사람이 살면서 특별한 일이 아니면 기억에서 지워져 버린다. 우리가 가진 두뇌의 용량에 한계가 있기에 신이 그렇게 만들었을 것이다. 어제와 같은 오늘, 오늘과 같은 내일을 반복하면서 살아가고 있다. 이처럼 무의미하고 지루한 삶이 싫다면 나의 삶을 위해 변화를 위한 노력을 해야 한다. 소소한 즐거움을 느끼게 하는 것이 남는 것이다. 소소한 즐거움을 주는 것은 사람마다 다를 수 있다. 어떤 사람은 음악일 수도 있고, 어떤 사람은 운동을 즐기는 것일 수도 있다. 또한, 어떤 사람은 자신이 정한 목표를 달성하는 것에 기쁨을 찾을 수도 있다. 어떤 것이 자신에게 소소한 즐거움을 주는 것인지에 대해 생각하고, 실행할 계획을 마련하여 하나씩 해보는 것이 좋은 방법이다. 하지만 우리는 생활을 하면서 소소한 기쁨을 즐기려면 언제나 문제가 따른다. 그런 문제는 어떤 때에는 고통으로 닥쳐오기도 한다. 행복과 고통은 우리의 삶을 지탱해주는 것이다. 우리의 삶 전체라고 해도 과언이 아니다. 고통을 잘 이겨낸다는 것은 득도한 것이나 마찬가지이다. 고통은 사람을 양털처럼 부드럽게 만들기도 하지만, 바윗돌처럼 단단하게 만들어주기도 한다. 고통의 크기가 크든 작든, 순간을 맞을 때는 고통스럽다. 그 아픔을 잘 이겨내고 견뎌낸 사람에게는 그 고통으로 내면의 성장이 있었을 것이고, 견뎌내지 못한 사람은 힘들었던 기억으로만 머릿속에 남아 있을 것이다. 고통과 행복은 주기적으로 반복해서 찾아오기에 고통을 나에게 도움이 될 수 있도록 견뎌내는 것이 중요하다. 고통을 이겨내는 방법이 여러 가지 있겠지만, 언젠가는 지나갈 것이라는 신념을 갖고 대응하는 것이 필요하다. 자신을 믿는 신념이 견고하지 못하면 마음은 자꾸만 흔들리고 고통은 더 견디기 어려운 것으로 닥쳐오기 때문이다. 좋은 방법의 하나가 독서이다. 책을 읽으면서 마음을 안정시켜 나가는 것이다. 또한, 책을 읽으면서 글쓰기를 함께 하는 것도 권장할 일이다. 글을 쓴다는 것은 읽는 것의 몇 배 자신을 돌아보는 계기를 만들어 준다. 어떤 사람들은 여행을 떠나기도 한다. 가보지 못한 곳으로 여행을 하면서, 새로움을 가슴에 담으며 고통을 이겨내기도 한다. 세상은 절대 행복만 주어지지 않는다. 행복을 느끼려면 고통이 있어야 더 많은 행복이 오기에, 그 고통을 슬기롭게 이겨내고 견디는 방법을 만들어야 한다.

우리가 생활하면서 부닥치는 고통을 이겨내려면 신념을 갖고 있어야 한다. 꼭 성공할 수 있다는 신념이 없으면 힘든 고통을 견뎌내기 쉽지가 않다. 그러기에 굳건하게 긍정적인 신념이 있어야 가능하다. 사람들은 각기 다른 얼굴을 갖고 태어나듯이 우리는 똑같은 신념을 갖고 태어나지는 않는다. 신념은 성장하면서 학습하고 경험 때문에 만들어진다. 신념은 바뀔 수도 있고 또 개발할 수도 있다. 신념이 바뀌어 스스로에 대해서 다르게 생각할 수 있고, 친했던 사람과 다툴 수도 있고, 헤어질 수도 있다. 또한, 신념은 성격의 중요한 부분이 되기도 한다. 신념의 변화는 낮은 수준에서 높은 수준으로의 변화는 일어나지 않는다. 환경의 변화는 자신의 신념을 변화시키지는 못한다. 행동이 바뀌어야 신념을 바꿀 수 있다. 그렇다고 해서 꼭 그러한 것만은 아니다. 그렇지만 상위수준의 신념 변화는 하위수준의 행동 변화로 이어지게 된다. 상위수준의 변화는 언제나 더 포괄적이고 지속해서 하위 수준에 영향을 미치게 된다. 그러기에 행동을 변화시키려면 상위수준의 신념이나 능력을 다루어야 한다. 만약 능력이 부족하면 신념을 다루어라. 신념은 능력을 결정짓고, 능력은 행동을 결정짓게 된다. 신념은 개개인 자신의 선택 문제이다. 우리는 자신이 스스로 도움이 된다고 판단되면 채택할 것이고, 도움이 되지 않는 신념은 버리게 될 것이다. 긍정적인 신념을 갖게 되면, 자신이 유능하고 능력 있다는 자신감을 키울 수 있다. 그러기에 긍정적인 신념은 자유롭게 세상을 탐색하고 성장

가능성을 키워 나갈 수 있다. 목표를 추구하고, 성취하는 과정에는 꼭 신념이 필요로 한다. 분명 그 신념은 자신에게 도움이 되는 것일 거다. 우리는 사랑에 대한, 삶에 대한 나름대로 신념을 갖고 있다. 성공할 수 있다는 가능성과 행복해질 수 있다는 여러 가지 신념을 갖고 있다. 하지만 신념은 불변하는 것은 아니다. 신념이 변할 수 있기 때문이다. 성공하기 위해서는 성공할 수 있다는 신념을 가져야 한다. 성공할 수 있다는 긍정적인 신념을 갖고 있다고 해서 반드시 성공하는 것은 아니지만, 결국에는 그것으로 인해서 자신감을 느끼게 되어 성공할 가능성을 높여주게 되는 것이다.

세상의 일들이 쉽게 이루어지는 것은 없듯이 공짜는 있을 수 없다. 그러기에 무엇인가를 이루고 목표를 달성하여 기쁨을 얻기 위해서는 그 과정에서 생기는 고통을 피해갈 수 없다. 성공의 길로 가는 데에 고통이란 산들을 넘어야 갈 수 있다. 고통의 산을 넘으면서 땀을 흘리게 되고, 목까지 차오르는 숨을 참아야 한다. 경사가 심한 산을 오르다 보면 다리의 근육이 뭉쳐서 한 발짝도 내딛기가 힘들어지는 경우도 견뎌내야 한다. 그 힘든 고통을 이겨내고 정상에 올라서 기쁨을 만끽하고서 다시 내려가면서 미끄러지고 관절에 무리가 오는 것도 참아내면서 산을 넘어야 성공의 길로 가게 된다. 다소 쉬운 목표는 한두 개의 산만 넘으면 되겠지만, 고난도의 목표는 여러 개의 산을 넘어야 하는 경우도 생긴다. 힘든 고통을 이겨내다 보면 자연스럽게 내성이 생기게 된다. 다리에는 근육이 생겨서 어지간한 경사는 거뜬히 넘을 힘이 붙는다. 또한, 폐활량이 늘어나면서 목까지 차오르던 숨도 즐기면서 오를 수 있는 내성이 생긴다. 고통을 받을 때는 힘이 들어서 때려치우고 싶지만, 고통을 견뎌내면서 스스로 강해지는 체력과 신념을 갖게 된다. 성공에는 체력과 신념이 함께 있어야 달성할 수 있다. 허약한 체질에서 강한 신념이 생기지 않겠지만, 설령 신념이 있다 하여도 체력이 뒷받침하지 못하면 성공에 이를 수 없다. 반대로 체력은 충분한데 신념이 없다면 시작조차 하지를 않을 것이다. 그러기에 건강한 체력과 강한 신념이 바탕이 되어야 한다. 강한 신념과 체력을 바탕으로 목표로 하는 성공을 향해 아무리 어려운 고통이 닥치더라도 견뎌내는 힘이 필요하다. 절대 포기하지 않는 인내와 끈기로 밀고 나가야 한다.

성공한 사람과 같이 탁월함을 갖춘 사람들은 원하는 결과를 얻지 못했을 때 실패했다고 이야기하지 않고, 단순히 피드백으로만 받아들인다. 그 피드백은 원하는 것을 얻을 수 있다는 신념을 제공해주기 때문이다. 벅민스터 플러는 이렇게 쓰고 있다. "인간은 시행착오를 통해서 배운다." 자신의 실수를 통해서 배우는 것도 있지만, 다른 사람의 실수를 통해서 배우기도 한다. 이를 반면교사라고(反面敎師) 한다. 위대한 지도자나 성공한 사람이 지닌 공통적인 또 하나의 특성은 자기가 만들었다는 신념으로 산다는 것이다. 그 사람들은 언제나 "그것은 제 책임입니다. 제가 알아서 하겠습니다."라고 말한다. 성공하든 실패하든 내 인생은 내가 만드는 것이라고 믿지 않으면, 우리는 환경에 지배를 받게 된다. 내 책임이 아니라고 회피하게 되면, 모든 일은 우연히 일어난 것이 된다. 나 자신이 주체가 아니라 객체가 된다. 솔직히 말해서 주변에서 자주 볼 수 있는 상황이다. 국민은 국민대로 국가가 잘못해서 그렇다고 책임을 전가한다. 정치하는 사람은 그들대로 상대 당에서 발목을 잡아서 그렇다고 책임을 떠넘긴다. 책임을 떠넘기게 되면 자신이 주체가 되는 삶을 살지 못하고, 누군가에게 예속당하는 객체적인 삶을 살게 된다는 것을 모르는 것 같다. 성공한 사람들에게는 또 하나 본받을 신념이 있다. 그들은 어떤 일을 할 때 그 일에 대해 모두 다 알아야 한다고 생각하지 않는다. 세밀한 부분까지는 몰라도 핵심적인 요소를 어떻게 사용해야 하는지를 잘 알고 있다. 탁월성이 뛰어난 사람들을 연구해 보면, 그들이 다방면의 지식을 많이 갖고 있기는 하지만, 하나하나에 모두 정통하거나 상세한 내용까지 다 아는 것은 아니라는 것을 알 수 있다. 또한, 성공한 사람들은 결단의 힘을 믿는다. 성공과 분리할 수 없는 유일한 신념이 있다면, 그것은 바로 제때에 제대로 결단하지 못하면 멋지게 성공할 수 없다는 것이다. 성공한 사람이라고 해서 반드시 그 분야의 최고이거나, 가장 똑똑하고 강한 사람은 아니다. 그럼에도 그들은 매우 훌륭한 결단력을 가진 사람이라는 것은 분명하다. 결단은 어떤 분야를 막론하고 성공의 핵심 요소이다. 성공하는 사람들은 성공하는데 필요한 것이라면 무엇이든 기꺼이 하려 든다. 이것이야말로 그들과 일반 대중이 확실히 구분 되는 점이다.

우리는 세상을 살아가면서 많은 것을 사랑하고 여러 가지를 배우며, 그 흔적을 삶의 유산을 남기고 있다. 하지만 지금의 위치가 어딘지? 어디를 향해 가고 있는지 모르고 바쁘게 살고 있을 수 있다. 어디를 향해서 가는지도 모를 정도로 바쁘게 살아서는 안 된다. 인생은 목표를 향해 질주하는 경주가 아니라 한 걸음 한 걸음을 음미해가면서 가는 과정이며 여행이기 때문이다. 어제는 지나간 역사이고, 내일은 어떤 변화무쌍함이 닥칠지 모르는 미스터리이며, 오늘이야말로 신이 주신 선물이기 때문이다. 그러기에 우리는 현재(present)를 선물(present)이라고 말한다. 오늘은 나에게 남은 생애 첫날이다. 그러기에 인생의 매 순간을 소중하게 즐기며 살아야 한다. 작은 꿈을 이루게 되면, 그 성과가 모여서 큰 꿈이 이루어지게 된다. 오늘 나의 모습은 내가 어제 내렸던 선택의 결과이다. 행운은 준비된 사람을 더 좋아하고, 운명도 용기 있는 자를 선택한다고도 한다. 꿈을 포기하지 않으면 어떠한 시련도 이겨낼 수 있다. 신은 우리에게 교훈을 줄 때 그것을 문제라는 것으로 포장하여 준다. 신이 준 교훈은 쉽게 풀 수 있도록 주어지지 않는다. 지금 우리가 해야 할 것은 오직 하나 바로 실천하는 것이다.

원하는 결과를 바로 만들어 내지 못한다고 운명을 탓해서는 안 된다. 아무런 노력 없이 행운을 바라서도 안 될 일이다. 행운과 운명은 절대 준비되지 않은 사람을 좋아하지 않는다. 과정에서 일어나는 어려움과 고통을 이겨내고 견뎌내는 체력과 신념이 필요하다. 신은 우리에게 성공으로 가는 팁을 문제라는 이름으로 포장을 해주기에 우리는 그 문제를 풀어가는 지혜와 체력 신념이 있어야 한다.

CHAPTER

05

• • •

제5장

성공으로 향하는 가장 빠르고
확실한 길

우리는 성공을 위해서 목표를 설정해야 한다.
원하는 목표가 무엇인지를
명확하게 하여야 한다. 성공은 원하는 것을
명확하게 그려야 한다. 원하는 것을
머릿속에만 두어서는 안 된다.

운이 있다고 믿어라

우리는 치열한 경쟁 사회에서 살고 있다. 더욱이 한국에서 태어난 우리는 더 심하게 경쟁하면서 살고 있다. 국토의 면적은 좁은 데다, 국토의 65%가 산으로 이루어져 있다. 국토의 35% 정도만 쓸 수 있는 조그만 나라이다. 활용이 가능한 땅은 얼마 되지 않는데, 인구 밀도는 세계에서 최고로 높다. 게다가 천연자원이 부족하여 수입하지 않고서는 산업을 유지할 수 없는 상황이다. 더 큰 문제는 우리끼리 자급자족을 할 수 없는 산업구조로 되어 있다는 것이다. 수출하지 않고서는 지금 정도의 풍족함도 누릴 수 없는 산업구조이다. 게다가 남북이 분단되어 각자의 입맛에 맞는 통일을 추진하려고 호시탐탐 기회를 엿보니 안보까지 걱정해야 한다. 또한, 분단된 남쪽에서조차도 이념이라는 잣대로 서로를 인정하지 않고 반목하며, 적폐

청산에 매몰되어 경제에는 관심조차 없는 것처럼 보인다. 세계의 그어느 나라보다 치열한 경쟁에서 이겨야 살아남을 수 있다. 어떻게 보면 한국에서 태어난 것이 억세게 운이 없다고 생각될 정도다. 여기에서 '운이 있다. 운이 없다'는 말을 우리는 자주 사용한다. 정말 운은 있는 것일까? 사업을 하는 사람들은 운칠기삼(運七氣三)이란 용어를 흔히 쓴다. 사업에 성공하는 데는 기술이 30%이고, 나머지 70%는 운이 뒤따라야 가능하다는 말이다. 이런 것을 보면 운이 있다는 것을 믿어야 하는 것 같다. 이론적으로 풀어서 설명할 때엔 내부역량과 외부환경으로 설명한다. 사업의 성공은 내부의 역량이 30%를 차지하고, 나머지는 외부의 환경이 받쳐주어야 가능하다는 것이다. 외부의 환경을 운이라고 봐야 할 것인가? 외부의 환경 모두를 운으로 치부할 수 있는 것은 아니지만, 운이라고 해도 과언이 아니다. 예를 들어 주식 투자를 하는 사람들은 주가가 내려가서 고민할 때가 많다. 미국과 북한이 말로서 극한 대립으로 치달으면서 주가는 폭락했다. 국내의 분위기는 전혀 느낄 수 없을 정도로 평온하기만 한데, 외국인 투자자들이 많이 참여하는 한국의 주식시장에 전쟁위험 위험성이 반영된 것이다. 주식을 처분하지 않았기에 손해를 보지 않았다고 할 수도 있겠지만, 단순 지표를 기준으로 보면 심각한 손해를 본 결과이다. 주식투자자는 재수나 운을 바라는 경우도 있다. 하지만 상장한 회사는 그 주식의 가치가 사업을 열심히 하지 않아서 그렇게 떨어진 것인가? 아니면 경영의 성과가 나빠서 그런 것인가? 아니다. 자신들의 의지와는 아무런 관계가 없는 경우도 많다. 운이 없어서 그런 것이다. 학자들은 외부의 환경 즉, 위험성 대응을 하지 않아서 그렇다고 할 것이다. 김정은이가 어떤 말을 하고, 트럼프가 어떤 말을 할 것인가까지 우리는 예상할 수 없다. 세상을 살면서 어떤 위험이 닥칠지 모르는데, 모든 위험성에 대응책을 마련할 수 있는 것이 아니기에 운이 좋지 않아서 그렇다고 할 수밖에 없다.

운을 이야기할 때에 끌어당김의 법칙을 많이 인용한다. 끌어당김의 법칙이란 어떤 바람이나 대상에 대해 생각하면 그 일이 실제 일어날 가능성이 높아진다는 것을 의미한다. 「시크릿」의 내용처럼 '간절히 바라면 이루어진다.' 는 긍정적인 생각의 중요성을 역설한 것이기도 하다. 끌어당김의 법칙은 염원의 다른 표현이기도 한데 이는 유유상종, 인력의 법칙, 심리적 관성의 법칙이라고도 한다. 이러한 끌어당김의 법칙인 생각 에너지가 작동되는 원리는 동기감응이라고도 한다. 모든 사물(事物)과 정신적 에너지는 그 성질에 따라 본질(本質)에 해당하는 기(氣)를 자석 음. 양극처럼 끌어 당겨오는 원리이다. 노력이 부족한 채 염원만 한다고 이루어지는 것이 아니다. 동기 감응할 우주의 에너지를 끌어당기면 끌려온 만큼 현실에서도 노력해야 한다는 것이다. 왜냐하면 끌어오기만 하였지 이끌어온 에너지를 정착시키는 노력이 부족하다면, 부족한 에너지는 다시 나가 버리기 때문이다. 무엇인가를 성취하고 싶은 강한 염원을 가지고 노력하는 사람은 자신이 의식하든, 의식하지 못하든, 우주의 에너지를 끌어오고 있다는 것이다.

세상 살다 보면 노력한 만큼 결과물이 나오지 않아 가끔 염원성취에 필요한 것을 끌어다 쓰는 경우가 있다. 이것이 기도이며, 주술이며, 풍수, 마법 부적 등이다. 우주는 나를 중심을 해서 움직이고 있다. 모든 에너지도 나를 기준으로 해서 발생하고 소멸한다. 그러기에 강렬하게 원하면 이루어진다는 것이 끌어당김의 법칙이다. 우주에서 나라는 존재가 없으면 아무런 의미가 없는 것이 아닌가? 내가 없어진다고 해서 우주의 질서가 무너질 것은 아니지만, 나를 기준으로 볼 때는 아무런 의미가 없는 것이다. 그러기에 우주는 나를 위해 존재하고 내가 그 중심에 있다고 믿어야 한다. 그리고 나는 정말 운이 있는 사람이라고 믿어야 한다. 모든 에너지가 나를 중심으로 해서 움직이기에 내가 간절히 원한다면 나에게로 끌려온다고 믿어야 한다.

운이라는 것은 실체가 없기에 믿을 수도, 믿지 않을 수도 있다. 너무나 형이상학적인 내용이어서 나처럼 평범한 사람은 책으로 읽을 때는 조금은 이해가 가기는 하는데, 명확하게 설명하기는 어려운 것이 운이다. 그럼에도 우리가 살아가는 사회에는 운이라는 용어를 정말 많이 사용한다. 그런 것을 보면 눈에는 보이지는 않지만, 운이라는 것이 존재하는 것은 맞는 것 같다. 보지 않고 확인되지 않은 것은 믿지 말라고 하지만, 세상의 일이 어떻게 다 그런가? 쉽게 정의할 수 없는 것이 너무나 많지 않은가? 신념이라는 용어도 그렇다. 신념이라는 단어는 이해는 가는데, 신념을 보여 달라고 하면 보여주기가 어려운 것이다. 운이라는 것도 마찬가지여서 존재한다고 믿어야 한다. 그리고 나에게는 억세게 좋은 운이 있다고도 믿어야 한다. 사이비 종교의 교리가 아니다. 여러 저자가 꿈을 이루는 데에 끌림의 법칙에서 운을 이야기하고 있기에 필자만의 주장이 아니다. 그렇다고 운이 있다고 해서 운만을 기다리고 있어서는 안 된다. 아무리 성공에 기술이 30%밖에 점유하지 않지만, 그 기술을 연마해놓지 않고서는 오는 운을 맞이할 수 없다. 그러기에 나는 억세게 운이 좋다고 생각하고, 그 운을 잡을 수 있도록 목표를 향해 최선의 노력을 기울여야 한다.

김승호 작가의 「돈보다 운을 벌어라」에 이렇게 쓰고 있다. 운을 이끌어내는 방법은 무수히 많다. 중요한 것은 운을 끌어내는 방법이 존재한다는 것을 아는 것이다. '세상에 운이 어디 있어?' 라고 비웃으면 운은 오지 않는다. 반면 운이라는 것이 있다고 생각하면 그 순간부터 조심성이 생기고 운을 향한 탐색이 시작된다. 평소에 '운이라는 것이 존재하니 신경을 쓰자' 고 마음먹으면 자신도 모르게 운을 끌어당기는 행위를 하게 된다. 경건한 마음과 조심성이 극대화되기 때문이다.

'운은 있다'는 생각을 오래 하면 운이 보인다. '운이 어디에서 오는가?'라는 생각을 하고 운에 주의를 기울이면, 매사에 조심하게 되고 종종 운의 육감을 통해 그것을 발견한다. 그렇다면 또 한 가지가 궁금할 것이다. 운이 있다는 것을 알겠는데, 그것을 어떻게 오게 만드는가? 운이 있다는 것을 알았다면 일단 성공이다. 겸허한 마음이 생겼으니까 말이다. 미국의 한 유명한 도박사는 게임이 잘 풀릴 때도 미소를 짓거나 여유 부리지 않는다고 한다. 그리고 그는 '내 실력이 좋아서가 아니라 지금은 운이 조금 좋은 것뿐이다. 하지만 곧 나빠질 수도 있으니 조심하자'라고 생각한다는 것이다. 이는 조바심과는 다른 마음이다. 겸손하고 조심스러운 마음이다. '열심히 일해서 내 힘으로 돈을 벌면 그만이지, 요행 따위는 바라지 말자'고 생각할 수도 있다. 그러나 이 마음이 바로 요행을 바라는 마음이다. 어째서 세상일이 내 뜻대로 순탄하게만 흘러가리라고 생각하는가! 이는 오만이고 방심하면 위험을 초래하는 몹시 나쁜 마음이다. 옛사람들이 '매사에 살얼음 밟듯이 하라'고 말한 것은 '운을 경계하라'는 뜻이다. 실력이 아무리 좋아도 운이 따르지 않아 실패하는 사람들을 무수히 보고 듣지 않았는가? 실력이나 재능은 최소한의 대비일 뿐이다. 실력은 누구나 가지고 있다. 우리가 남들보다 한 가지를 더 갖출 수 있다면, 그것은 바로 끊임없이 운을 추구하는 마음이다. 단순히 노력만 하는 사람과 운을 생각하며 노력하는 사람은 그 결과에 있어서 차원이 완전히 다르다. 물론 운이란 최선의 노력을 하고 난 후에 생각해야 한다. 노력하는 가운데 운을 잠시도 잊어서는 안 된다. 진인사대천명(盡人事待天命)이라는 말을 잘 알 것이다. 이는 최선을 다하고 운을 기다리라는 말이다. 다른 말로 '최선을 다하는 것만 가지고는 안 된다' 는 뜻이기도 하다. '최선' 은 당연히 해야 한다. 그리고 거기에 운을 기다리는 마음이 추가되어야 한다. 자신이 해야 할 일을 하지 않고 운만 기다리는 짓은 거지 근성이고 재수 없는 짓이다, 그런 사람에게는 절대로 행운이 오지 않는다. 최선을 다하면 인간이 해야 할 최소한의 일은 다 한 셈이다. 적어도 노력한 만큼의 몫은 챙길 수 있다. 하지만 운이 따라 준다면 결과는 더욱 창대해질 것이다.

세상 사람들은 근면한 사람이 성공해야 한다고 한다. 착한 사람, 정의로운 사람이 잘사는 나라가 되어야 한다고 말한다. 정말 그럴까? 그렇게만 된다면 그곳은 지상낙원이자 유토피아(utopia)일 것이다. '근면성 '은 필요조건이지 충분조건은 아니기 때문이다. 세상에는 근면하지 않은 사람도 상당히 많았기 때문에 근면성이 강조되었다고 한다. 열심히 살았기 때문에 결과는 하늘의 뜻에 맡긴다는 것은 속 편한 생각이다. 그렇게만 된다면 세상에는 경쟁과 다툼이 없어지고 모두가 성공하는 삶을 살 수 있을 것이다. 근면성은 최소한의 필요조건이다. 누구나 가져야 하는 덕목이라서 이마저도 없는 사람은 성공의 반열에 낄 자격이 없다. 어떤 사람은 죽기 살기로 열심히 노력했지만 실패하고 마는 경우를 본다. 그런 사람은 인생의 절대 요소 한 가지를 간과했기 때문이다. 바로 '운'이라는 것이다. 열심히 했으니 다 잘 될 거로 생각하는 사람은 운명에 대해 지나치게 태만한 사람이다. 현대를 살아가는 사람은 치열한 경쟁을 하고 산다. 모두 근면하고 열심히 노력하는 사람들과 치열하게 경쟁하면서 살아가고 있다. 근면함과 노력 이상의 것이 있어야 성공한다. 그것이 바로 운이다. 성공하기 위해서는 운이 있다고 믿어야 한다. 나에게 운이 온다고 믿어야 한다. 성공은 내면적 태도의 결과이다. 내면적 태도만 잘 갖추면 누구나 성공할 수 있다. 나는 운이 있다고 느끼면서 원하는 것을 명확하게 그려야 한다. 행운은 믿고 느끼는 사람에게 찾아간다. 원하는 바를 모르면 언제 어디서 찾겠는가? 운이 좋다고 느끼고 원하는 것을 명확하게 알게 되면 우리가 원하는 것을 사방에서 볼 수 있고, 사방에서 얻게 된다. 성공할 기회는 항상 존재한다. 성공하고 건강하게 살 행복할 기회는 존재한다. 운이 있다고 믿고, 원하는 것을 명확하게 알고 있을 때 기회가 눈에 보이고 기회를 통해서 성공하게 된다. 그 기회들이 눈에 보여야 성공하게 된다.

원하는 바를 명확하게 하라

우리는 성공을 위해서 목표를 설정해야 하고, 원하는 목표가 무엇인지를 명확하게 하여야 한다. 성공은 원하는 것을 명확하게 그려야 한다. 원하는 것을 머릿속에만 두어서는 안 된다. 원하는 것을 글로 적거나 그림으로 그려내야 한다. 그리고 매일 매일 원하는 바를 확인하고 실행하고 달성해야 하는 방법을 찾아 나가야 한다. 원하는 바를 모르면 무엇을 찾아야 할지, 언제 어디에서 찾을지를 알 수가 없다. 우리는 받아들인 수많은 정보 중에서 머릿속에는 남아 있는 것은 얼마 되지 않는다. 하루에 받아들이는 정보가 오만가지가 넘는데, 머리에 기억되어 저장되는 것은 얼마 되지 않는다는 것이다. 머릿속에 저장할 공간이 부족해서 생략하고 왜곡시키고, 일반화시킨다고 한다. 그러기에 관심 있는 것만 보이게 되고, 머릿속에 남아있게 된다. 내가 원하는 것이 있다면 생생하도록 명확하게 해야 한다. 그렇게 해야만 원하는 바를 달성할 방법이나 기회를 찾을 수 있기 때문이다. 우리는 원하는 것을 명확하게 알게 되면 우리가 원하는 것을 사방에서 보게 된다. 사방에서 방법과 기회를 얻게 된다. 성공하기 위한 기회는 항상 존재하고, 건강하고 행복하게 살 기회는 항상 존재하기 때문이다. 원하는 것을 명확하게 알고 있을 때 눈에 보이고 기회를 통해서 성공하게 된다. 그러기에 원하는 것이 있다면 명확하게 하여야 한다. 문제는 원하는 것이 무엇인지를 찾지를 못한 것이다. 그럴 땐 스스로 이렇게 질문을 던져 보자. "나는 앞으로 활동할 수 있을 때까지 어떻게 살아갈 것인가? 내가 결정한 목표를 실현하려면 어떻게 살아야 할 것인가? 나는 앞으로 어디를 향해 갈 것인가? 나에게 지금 중요한 것은 무엇이고, 장기적으로 중요한 것은 무엇인가? 내 궁극적인 운명을 창조하기 위해 오늘 어떤 행동을 할 것인가?"라고 스스로 질문을 통해서 원하는 것을 명확하게 할 필요가 있다.

우리는 살아가면서 원하지 않는 것을 많이 생각한다. 나는 왜 쪼들리는 생활을 하지? 나는 왜 대머리가 되어가지? 나는 왜 항상 허겁지겁 시간에 쫓기지? 나는 왜 일에 치여 살아야 하지? 하는 등으로 원하지 않는 것의 생각을 하는 경우가 많다. 문제는 원하지 않는 걸 생각한다고 해도 원하는 데로 살 수가 없다는 것이다. 우리 뇌의 무의식은 부정어를 인식하지 못한다. 뇌는 부정어를 인식하지 못하고, 같이 느끼기 때문에 아무리 원하지 않는 것을 생각해도 원하는 것이 이루어 질수가 없다는 것이다. 예를 들어 높은 곳에 올라가 있는 사람에게 불안감을 없애주려고 "밑을 내려 보지 마세요."라고 한다고 해서 밑이 생각나지 않는 것은 아니다. 내려 보지 말라는 말은 들리지 않고, 밑만뇌리에 남아서 불안이 더 가중된다. 또한 "반바지는 입지 마세요."라고 했다고 하자. 우리의 뇌는 반바지만 기억하게 된다는 것이다. 입지말라는 부정어를 인식하지 못하기 때문이다. 무의식 뇌에서는 긍정과부정어를 같이 느끼기 때문이다. 그러기에 원하지 않는 것을 생각한다고 원하는 것이 생겨나지 않는다. 중요한 것은 원하지 않는 것을 생각하지 말고, 원하는 것을 명확하게 생각하고 그리는 것이 중요하다. 그렇게 하면 원하는 것을 얻을 기회가 보인다. 나는 운이 좋다고 느끼면서 원하는 것을 생각하고 명확하게 그려라. 그러면 원하는 것을 얻을방법과 해결해 주려 사람과 기회가 몰려오게 된다. 원하는 것을 명확하게 그린 것을 비전이라고 한다. 비전은 우리가 미래에 도달하기를원하는 것에 대한 분명한 그림이다. 그것은 우리가 달성하고자 하는목표이다. 그것은 현실을 뛰어넘어 생각하고, 꿈을 향해 지금 가능한것과 앞으로 도달할 것을 마음에 그려보게 하는 것이다. 비전은 꿈을불어넣고 비전을 가진 리더는 추종자들을 끌어 모으는데, 이는 상상력을 사로잡고 성취 가능한 꿈을 기대하도록 흥분시키기 때문이다. 이러기 위해서 비전은 미래의 가능성을 계획하더라도 오늘의 현실을 바탕으로 해야 한다. 비전은 지금 우리가 있는 지점에서 우리가 갈 수 있고, 또 가야만 하는 곳까지 어떻게 갈 것인지에 대한 이미지를 제공하는 것이다. 일단 비전이 분명해지면, 그것은 몇 마디로 표현될 수 있다. 이상적인 비전 선언문은 짧고 간결하며 쉽게 기억하기가 쉽기 때문이다.

원하는 것에는 '환상, 꿈, 목표, 계획' 이라는 4가지 레벨이 있다. 원하는 것을 명확하게 할 때는 다음 5가지 포인트에 주목해야 한다. 첫 번째, 원하는 것을 소원과 착각하지 말라. 소원이란 단순히 '이런 일을 하고 싶다.' 라는 생각일 수 있다. 원하는 것은 단순히 무엇을 하고 싶다는 것이 아니다. 실현이 가능한 것을 구체적으로 명료화하는 것이다. 두 번째, 자신만이 아니라 주변 사람도 두근거릴 것을 소원으로 해라. 자신만 두근거리는 소원 혹은 가족만 두근거리는 소원처럼 좁은 범위의 소원은 좀처럼 이루기가 힘이 든다. 자신도 두근거리고 주변의 모든 사람이 기뻐할 만한 소원이면 더 좋다. 우리의 마음은 서로 네트워크로 이어져 있기 때문이다. 어쩌면 진짜 행복해지기 위해서는 주변 사람, 사회에 속한 사람의 행복이 필요할지도 모른다. 세 번째, 도달점의 이미지와 상황을 가능한 한 구체적으로 상상하라. 예를 책을 출간해보고 싶다고 생각하는 사람은 어떤 책을 어떤 식으로 써서 사람을 행복하게 할 수 있는지 구체적으로 떠올려 보라. 책이 나왔을 때 주변 사람들 축하의 함성, 베스트셀러에 올랐을 때 응원해주는 박수, 내 책을 읽고 감동하는 독자들의 모습을 생생히 이미지로 떠 올려 보라. 네 번째, 달성했는지 아닌지 확실히 알 수 있는 지표로 설정하라.' 책을 출간한다.' '베스트셀러에 올랐다' '초판 인쇄본이 완판 되었다.' '인지대가 O원 들어왔다' 등 달성했는지 아닌지 확실히 알 수 있는 내용으로 설정한다. 다섯 번째, 실현하고 싶은 기한과 타이밍을 명확하게 하라. '올해 안에 세 번째 출판 기획서 통과를 시킨다.' 'O년 안에 베스트셀러 작가가 된다.' '1년에 최소 한 권씩 출간한다.' 등 실현하고 싶은 기한을 구체적으로 정한다. 꿈을 이루기 위해서는 행동이 무엇보다 중요하다. 꿈을 이루기 위한 모든 수단과 방법 가리지 않고 행동한다면 모든 사람이 나를 위해 힘을 실어주고 응원해 주지 않을까요? 우리가 원하는 바가 있다면 그것을 명확하게 구체화하여야 한다. 그리고 그것을 기록으로 남겨서 매일 매일 숙지할 수 있는 곳에 붙여두고 인지하여야 한다. 명확하게 원하는 바를 정해두어야 그것을 이루는 방법을 찾을 수 있고, 기회가 왔을 때 그 기회를 이용하여 원하는 바를 달성할 수 있기 때문이다.

앤서니라빈스는 「거인의 힘 무한능력」에 이렇게 쓰고 있다. 우리는 살아가면서 혼돈의 안개 속에서 길을 잃고 헤매는 경우가 허다하다.

이 길로 가다가 다른 길로 방향을 갑자기 바꾸기도 한다. 이 일을 하다가 갑자기 다른 일로 직업을 바꾸기도 한다. 문제는 원하는 것이 무엇인지를 모르는 것이다. 활을 쏠 때의 과녁이 어디에 있는지를 모르는 것과 같다. 성취할 수 있는 목표에는 한계가 없다. 한계가 있는 목표는 한계가 있는 삶을 만들어 낸다. 그러니 목표를 세울 때는 원하는 만큼 자신을 마음껏 펼쳐라. 자신이 무엇을 원하는지 먼저 결정해야 한다. 그것이 성과를 기대할 수 있는 유일한 방법이기 때문이다. 목표를 명확하게 하기 위한 다섯 가지 원칙은 다음과 같다.

첫 번째, 원하는 목표를 긍정적인 말로 작성하라.

자신에게 일어났으면 하고 바라는 것을 말하라. 일어나기를 바라지 않는 일을 목표로 언급하는 사람들이 많다. 부정어로 말하지 말고, 일어나기를 바라는 목표를 긍정적인 말로 표현해라.

두 번째, 가능하면 구체적으로 작성하라.

원하는 성과가 어떻게 보이고, 들리고, 느껴지고, 냄새나는가? 원하는 결과를 작성할 때 자신의 모든 감각 시스템을 다 표현하라. 표현이 감각적으로 될수록 원하는 것을 이루어 내기 위해 뇌에 보내는 힘이 더 강력해진다. 그리고 구체적인 완료 일자나 기간을 명시하라.

세 번째, 확인 방법을 만들어라

원하는 성과가 이루어졌을 때 자신이 어떻게 보일지, 어떤 느낌이 들지, 외적으로 무엇을 보고 무엇을 듣게 될지 파악하라. 자신의 목표가 이루어진 것을 알 방법을 모른다면 실제로 이루고 나서도 알아차리지 못할 수 있다. 점수를 기록하고 있지 않으면 승리하고도 패한 것 같은 느낌이 들 수 있다.

네 번째, 자신이 통제할 수 있어야 한다.

자신의 목표는 자신이 시작하고 자신이 좌우할 수 있어야 한다. 자신이 행복하기 위해 다른 사람들이 변화해야 하는 것을 목표로 삼아서는 안 된다. 자신의 목표에는 자신이 직접 영향을 미칠 수 있는 것이 반영되어야 한다.

다섯 번째, 사회적으로 건전하고 바람직한 것인지 확인하라.

자신의 목표가 초래할 미래의 영향에 대해서 생각해 보라. 목표는 나와 다른 사람들 모두에게 이익을 주는 것이라야 한다. 라고 말하고 있다.

활을 쏠 때 과녁이 어디에 있는지도 모르는데 어떻게 과녁을 맞힐 수 있을까? 구체적이고 명확하게 원하는 목표를 설정해 놓지 않고 달성하기란 어렵다. 아니 달성할 수가 없다. 우리는 달성하고 싶은 것을 구체화해서 우리의 뇌에 전달해 주어야 한다. 우리의 마음은 우리가 간절하게 원하는 것을 달성하게 해주는 힘을 가지고 있다고 한다. 사람들이 성공하지 못하는 이유는 성공 뒤에 숨어 있는 노력을 간과하기 때문이라고 한다. 목표를 세운다거나 성과를 올리려면 큰 노력이 필요하다. 사람들은 인생을 설계하고서는 계획에 따라 열심히 행동으로 옮기지 않고 그냥 하루하루를 살아가는 경우가 많다. 그러기에 원하는 목표를 달성하지 못하는 상황이 발생하게 된다. 원하는 바를 명확히 했다고 무조건 목표가 달성 된다는 것은 아니라는 것이다. 속담에 있듯이 원하는 것을 명확하게 하였다면, 반은 넘었다고 볼 수 있다. 그 나머지는 실행하여야 가능하다. 그럼에도 목표를 명확히 하는 것이 중요한 것은 시작의 반을 차지하기 때문이다. 각자가 가지고 있는 능력을 발휘하여 목표를 명확하게 하는 것을 실습하고 목표설정 방법을 단련시켜야 한다. 인생에는 두 가지 고통이 있다고 한다. 하나는 단련을 위한 고통이고 또 하나는 달성하지 못한 후회의 고통이다. 단련을 위한 고통의 무게는 얼마 되지 않지만, 후회의 고통 무게는 어마어마 하다고 한다. 어마어마한 고통을 감내하지 않기 위해서 원하는 바를 명확하게 하도록 끈기와 인내로 단련시켜 나가야 한다.

꾸준히 지속적으로 하되 한 방법으로 집착하지 마라

간절히 원하는 것을 명확하게 하여 목표로
만들고, 목표 달성을 위해 실행으로 옮겨야 한다. 실행으로 옮기면서
중간에 제대로 이행되고 있는지를 확인해보는 단계를 거친다. 간절히
원하기만 한다고 바로 성과로 이어지지 않는다는 것을 안다. 그 뒤에
노력이라는 것이 숨어있다는 것도 안다. 그러기에 실행으로 옮기는 것
도 대충하지 않고 최선을 다해야 한다. 원하는 성과를 달성하기 위해
노력을 결집하고 혼신의 힘을 다 쏟는다. 그럼에도 원하는 성과가 한
번에 달성되지 않을 수 있다. 몇 번씩을 반복해서 시도해 원하는 목표
를 달성하기도 하지만, 어떤 경우에는 원하는 결과를 얻지 못하는 경
우도 생긴다. 여러 번 시도했는데도 안 되면 방법으로 바꾸어 봐야 한
다. 무식하게 한길만을 고집스럽게 밀고 나가는 것이 정답은 아니다.

우리가 어떠한 일을 수행할 때 몇 번 만에 성공할 수 있을까? 그것은 아무도 모른다. 신의 존재만이 알 수 있는 영역이다. 통계수치를 보면 시도한 일 중에 80%는 효과를 내지 못한다고 한다. 나머지 20%가 약간의 효과를 보이며, 극적인 효과를 나타내는 것은 4%밖에 안 된다고 한다. 우리가 일을 100번을 시도하게 되면 만족할만한 성공을 얻을 수 있는 것은 4번밖에 안 된다는 것이다. 그러면 성공했다는 사람들의 성공 비율은 얼마나 될까? 성공한 사람들의 성공할 비율도 같다고 한다. 성공한 사람들은 시도를 더 많이 한다. 그러기에 실패의 횟수도 더 많다. 우리는 일을 실행으로 옮겨서 몇 번이고 반복해서 시도해보지만 성공하지 못하면 다른 방법으로 시도를 해봐야 한다. 물론 다른 방법으로 시도를 하기 전에 최선의 노력을 다해야 한다. 꾸준히 끈기 있게 열심히 해보았지만 안 되면 창의적인 다른 방법을 찾아봐야 한다. 고 정주영 회장은 16살에 이광수의 소설 「흙」을 읽고서 꿈을 가지게 되었고, 그 꿈을 이루기 위해서 소 판 돈 70원을 훔쳐서 가출했다. 부두의 막노동에서부터 안 해본 일 없을 정도로 막노동을 전전하다가, 쌀집의 배달꾼으로 들어가게 된다. 무슨 일을 하든지 일하는 데에 꾀부리지 않고 전심전력을 다 한 끝에 쌀가게의 총 관리를 맡게 되고, 2년이 지나서는 그 쌀가게를 인수하여 사장이 되었다. 아무것도 없이 어렵게 시작하였기에 보통사람들은 쌀집 사장으로 만족하였을 것이다. 하지만 정주영 회장은 그것에 만족하지 못하고 아도서비스라는 자동차 수

리공장을 시작한 것이 지금의 현대자동차가 된 것이다. 아마 그때 쌀가게에 만족하고 있었다면, 이름 있는 상인이 되었을지 모르나 지금의 현대 신화를 만들지는 못했을 것이다. 우리나라 발전의 한 축을 담당하는 커다란 업적을 남기지는 못했을 것이다. 그러기에 지금 내가 하고 있는 것에 만족하지 못할 때는 새로운 방법을 시도해보아야 한다. 꾸준하게 지속하되 꼭 한 방법에만 집착하지는 말아야 한다.

'한 우물만 파라. 그러면 반드시 성공할 것이다.' 라는 말은 내가 싫어하는 말이다. 요즘 같이 변화가 심한 세상에 한 우물만을 파서는 영원히 먹고 살 수 있는 일은 없다. 4차 산업혁명의 시대에 접어들었다고 한다. AI가 인간이 하는 일을 대부분 다해주는 시대가 곧 도래 한다고 한다. 그렇다고 사람들이 할 일이 없어지지는 않을 것이라고 개인적으로는 본다. 하지만 지금 하는 일을 계속하게 될 것인지는 아무도 예상할 수 없다. 분명 많은 변화는 있을 것은 분명하다. 그런데 한 우물만 파라고? 위험천만한 이야기다. 지난 2차 산업혁명의 시대에는 맞는 말이었을 수 있다. 기술이 지배하던 시대였으니까 가능한 이야기다. 컴퓨터 혁명인 3차 산업혁명의 시대로 접어들면서 이 말의 효력은 서서히 힘을 잃었다. 그런 데다 인공지능의 시대인 4차 산업혁명의 시대를 맞이하면서 이런 이야기는 아무런 설득력이 없게 되었다. '전문직의 일을 해라' '오래 할 수 있는 일을 해라' '안정된 일을 해라' 틀린 말은 아니다. 그래서 우리나라의 젊은이들은 죄다 공무원에 목숨을 걸고 있는 걸까? 오래 할 수 있는 일이 무엇일까? 과연 전문가 영역의 일을 사람이 계속하게 될 수는 있을까? 아무도 답을 하지 못한다. 4차 산업혁명의 전문가라는 학자들도 자신의 견해만 이야기할 뿐이지 아무도 정확하게 예상을 하지 못한다. 그런데 한 우물만을 파라는 것은 아니다. 평생직업 평생직장이라는 개념이 없어진 지 오래전이다. 이제는 한 우물만을 고집스럽게 파는 사람은 미래를 기대할 수가 없다. 다행스럽게 지속하는 직무도 있을 수 있지만, 지금의 시대를 사는 우리는 한 가지 일에만 올인 해서는 안 된다. 앞으로 닥쳐올 기술은 융합의 기술이다. 융합의 시대를 우리는 벌써 살고 있다. 얼마 전까지만 해도 '창조, 창의, 소통'이란 키워드가 대세였다. 그런데 요즘은 '융합'이 그 자리를 대신하고 있다. 다른 것이 녹아서 서로 구별이 없게 하나로 합해지거나 그렇게 만들어지는 것을 우리는 융합이라고 한다. 주로 과학, 기술, 인문 간의 융합에 관심이 높아지고 있다. 인간과 인공지능과의 대결을 예고하는 4차 산업혁명을 대하면서 더 이상 한 우물을 고집한다는 것은 환영받지 못할 일이다.

필자는 앞으로 닥쳐올 것을 예상하고 준비한 것은 아니지만 많은 것을 경험했다. 4차 산업혁명이 닥쳐올지? 융합의 시대가 도래 할지에 대한 개념 없이 여러 방면을 학습해왔다. 중학교까지는 그림에 빠져서 학업을 거의 손을 놓았을 정도였으니 예술을 경험했다. 언젠가는 다시 도전해보고 싶은 영역이다. 고등학교의 진학은 집안 사정상 공업계 고등학교로 진학하였고, 직장생활 20년을 포함하면 기술적인 부문에도 많은 시간을 투자했다. 비록 밤에 다니긴 했지만, 대학의 전공은 행정학이었고, 대학원에서의 전공은 경영학이었다. 그것도 석사는 경영전략으로, 박사는 인사조직으로 학위를 받았으니 경영학도 두루 공부했다. 경영지도사의 자격은 재무관리 전공으로 했기에 재무 분야도, 보험에 대한 자격취득으로 금융에 대한 공부도 할 기회를 가졌다. 미국의 자격증까지 취득하면서 혼신의 힘을 다했던 부동산 투자 및 개발에 대한 학습에 투입한 시간도 만만치 않다. 컨설팅을 수행하면서 자격을 취득하고 업무를 하는 품질경영, 환경경영, 안전보건경영, 사업연속성경영등을 지도하기 위하여 많은 시간을 투입하지 않을 수 없었다. 근래에는 창업에 관련된 학업을 지속하고 있으며, 인문학 분야인 NLP, 코칭, 액션러닝, 퍼실리테이션 등의 학습은 현재 진행형이다. 정말 많은 것을 넘보면서 살아왔다. 어떤 것이 성공의 밑거름이 될지 모르지만 무작정 준비해 왔던 것이 이제는 효과를 발휘할 때가 된 것이다. 예전에는 너무 많은 것을 욕심낸다고 선배들로부터 핀잔을 들을 때도 있었다. 그 시작이 대학교에서의 교수로서 시작이다. 내가 몸담은 학과가 '신산업융합학과' 이기에 누가 뭐래도 필자가 우리 학과에 가장 적격이라고 스스로 자부심을 느낀다. 학생들에게 자주 듣는 질문중에 '교수님은 어떻게 그렇게 많은 상식을 갖고 계시냐?'는 말이다. 학생들은 상식으로 보일지 모르지만, 상식이 아니다. 내가 그 분야에 쏟아 부은 시간과 땀이 없었다면 엄두도 못 낼 일이었기에 그렇다. 목표를 세우면 꾸준히 밀고 나가서 원하는 결과를 얻어야 한다. 그 목표가 부분적인 목표일 수도 있고, 삶의 목표일 수도 있다. 작은 목표 하나씩을 만들어 가면 큰 목표는 달성된다. 하지만 성과가 없는 실행에 대해서는 굳이 한 방법만을 고집할 이유는 없다. 다른 방법을 찾아서 창조적인 사고가 필요할 때가 있을 것이다.

우리는 최고의 성공공식을 배웠다. 자신이 원하는 결과가 무엇인지를 알라. 행동하라. 지금 진행되고 있는 결과를 알 수 있는 민감한 감각을 계발하라. 그리고 원하는 것을 얻을 때까지 계속 행동을 바꿀 수 있는 유연성을 계발하라. 우리는 성공이 얼마든지 가능한 시대에 살고 있다. 그러나 성공을 이루어낸 사람은 행동으로 옮긴 사람들이다. 지식이 중요하지만, 그것만으로는 충분하지 않다. 행동으로 옮기는 사람만이 훌륭한 성공을 거두는 세계로 만들었다. 그리고 우리는 자신이 어느 방향으로 가고 있는지를 파악해야 한다. 그리고 가고 있는 곳이 정말 가고 싶은 곳인가를 자신에게 솔직하게 물어보고 계속 갈 것인가를 결정해야 한다. 그러기에 실행하는 사람이 되고, 실행한 것에는 책임을 져야 한다. 배운 것을 활용하되 미루지 말고 바로 활용해야 한다.

자신만을 위해서 활용하지 말고 이웃을 위해서도 활용하라. 행동하면서 얻게 되는 선물은 상상외로 크다. 세상에는 말로만 하는 사람들이 많으나, 그들은 원하는 결과를 만족스럽게 이루지 못하고 있는 경우가 많다. 말로만 하는 것으로는 충분치 않기에 이제는 행동으로 옮겨야 한다. 그것이 바로 자신 내면의 힘이며, 바로 자신의 신념이다. 탁월성을 발휘하기 위해 우리 자신에게 필요한 것을 실행하도록 하는 내면의 힘이 필요하다. 그리고 터득한 것을 다른 사람들과 나누어라. 나누게 되면 내가 꼭 배워야 할 것을 가르치게 된다. 아이디어를 다른 사람과 나누는 과정에서 우리는 그것을 다시 듣게 되고, 중요하다고 생각하게 되고, 믿는 것이 인생에서 정말로 중요하다는 사실을 되새길 수 있게 된다. 또 하나의 이유는 다른 사람의 인생에 중요하고 긍정적인 변화가 찾아올 수 있도록 도와줌으로써 말할 수 없는 풍요로움과 기쁨을 맛볼 수 있다는 것이다.

우리는 일을 꾸준하게 지속하는 것을 사소하게 생각할지 모르지만, 작은 행동이라도 계속하면 이는 큰 힘으로 다시 돌아온다. 꾸준함이 '비범함'을 만든다고 한다. 어느 농부가 다이아몬드가 묻혀 있다는 이야기를 듣고 자기 집 뒷마당을 파 내려 갔다. 하지만 아무리 애를 써도 다이아몬드는커녕 돌덩이만 나오자 포기하고 땅을 팔아버렸다. 그런데 새로 땅을 산 사람이 딱 1미터를 더 파자, 다이아몬드가 모습을 드러냈다는 이야기가 있다. 우리가 어떤 일을 할 때 포기하고 싶은 유혹을 가장 많이 느끼는 시점은 언제일까? 대개는 조금만 더 가면 이윽고, 고지가 눈앞에 보일지도 모를 바로 그 지점이다. 왜냐하면, 그기까지 오는 동안 너무 지친 데다, 어쩌면 고지는 더 멀리 있을지도 모르는 생각. 그래서 많은 사람이 고지를 눈앞에 두고 그만 포기해버리고 만다. 실제로 인생의 여러 면에서 성공한 사람들은 그 성공이 소박한 것이든 화려한 것이든, 마지막 '1미터'를 포기하지 않은 사람들이다. 물론 대단한 노력이 필요한 일이라 수많은 힘든 요소들이 따르겠지만, 어딘가에 있을지 모르는 그 고지를 두고 현재 많이 지쳐있는 나 자신에게, 고지가 곧 눈앞에 있다고, 한 번만 더 힘을 북돋우는 것이 필요하다. 그렇게 여러 번을 포기하지 않고 시도했는데도 성과가 없을 때는 방법을 바꾸어 볼 필요가 있다. 목표를 포기하라는 이야기가 아니다. 실행하는 방법을 새로운 시각에서 창조적으로 생각해 볼 필요가 있다. 한길만을 고집스럽게 집착할 이유는 없다. 융합의 시대에서 더 좋은 길, 더 좋은 방법이 있는지를 끈기 있게 인내심을 갖고 찾아보는 것이 필요하다.

평생학습의 태도를 가져라

　　우리나라 발전의 주역인 베이비부머세대들의 은퇴가 시작되었다. 임금 피크제로 연장하기도 하고, 촉탁으로 근무하는 경우도 있지만, 퇴직도 많이 한다. 회사를 퇴직하고 다른 직장을 찾기는 하늘의 별 따기다. 새 정부가 집권하면서 근로자 삶의 질 향상을 위해 올린 최저임금의 부담으로 경비원의 일자리마저 줄어들고 있다니 더 안타까운 일이다. 그렇다 보니 많은 사람이 새로운 일에 관심을 갖는다. 해보지도 않았고, 알지도 못하는 사업에 뛰어들게 되는 경우가 많다. 자신이 잘하는 일을 하라고 하지만, 자신이 해왔던 일로는 창업할 수 없어서 모르는 일에 뛰어든다. 대부분 성공한 사람들은 그들의 관심 분야에 전문가들이다. 일을 해보고, 공부하고, 경험했던 것으로 사업을 시작했다. 성공한 사람들은 이미 많은 경험과 연구가 되어있는 것에서 시작한다. 학습이 놀이가 되고 즐겨야 한다. 놀이가, 즐거운 취미가 돈벌이가 된다. 돈을 쫓아다니는 공부는 재미가 없고 호기심이 생기지 않는다. 호기심이 없는 것은 성공하기 어렵다. 그리고 성공은 벼락치기 공부한다고 되는 것이 아니다. 항상 새로운 것을 준비하고 탐구할 때 가능하다. 성공한 사람들의 특징은 자기가 좋아하는 것 잘하는 것을 하고 있다는 것이다. 자신이 평소에 좋아하는 일, 잘하는 일을 해야 한다. 재미있고 즐겁게 하는 것을 찾아야 한다. 안철수는 게임을 좋아했다고 한다. 의학도로서 공부도 열심히 했지만 시간이 날 때마다 게임을 즐겼다. 의사가 게임을 즐기면서 만들어 낸 것이 컴퓨터 바이러스를 치료하기 위한 백신의 개발이다. 자신이 좋아하던 게임을 즐기면서 좋아하던 것을 사업으로 연계시킨 대표적인 성공사례이다. 누구나 부러워할 의사의 직업을 마다하고 사업가로, 경영자로 변신을 하였다. 자신이 좋아하는 일을 즐기면서 하였기에 성공할 수 있었다. 우리는 자신이 쌓아놓은 경험을 토대로 미래를 만들어 간다. 우리가 학습하고 경험하는 것이 어떻게 쓰일지 어떻게 될지는 잘 모른다. 그러기에 우리는 성공하는데 필요한 경험만 할 수는 없다. 다양한 학습과 경험을 바탕으로 하여 그 경험들을 통해서 성공의 요소를 만들어 가기 때문이다. 그러한 경험을 하는데 두 가지 원칙이 있다. 그것은 좋아하는 일을 하라! 잘하는 일을 하라!는 것이다. 만약에 좋아하고, 잘하는 것이 없다면 스스로 찾아라! 찾다가 보면 나온다는 것을 명심하고 평생학습의 태도를 가져야 한다.

선취업, 후 진학 제도를 더욱 발전시켜서 고등학교를 졸업하고 곧바로 취업하더라도 원하는 시기에 언제든지 학업의 기회를 가질 수 있도록 하겠다는 취지에서 만들어진 과정이 평생교육단과대학이다. 평생교육이라는 명칭이 평생교육원과 혼돈스러워 미래융합대학, 미래라이프대학 등으로 이름을 바꾸어 부른다. 산업현장에 투입될 인원이 없어서 중소기업에서는 구직난으로 홍역을 치르고 있다. 그럼에도 학교에 오면 취직할 곳이 없다고 학생들은 아우성이다. 그럼에도 정작 필요한 분야에 투입할 인원이 없다. 우리나라의 학구열은 대단하다. 학생들도 그렇지만, 부모들의 욕심에서 더 심한 것 같다. 20대의 대학진학률이 95%를 넘어선 지는 오래되었다. 쉽게 말하면 우리나라 젊은이들은 대부분 대학에 다 진학한다고 보면 된다. 젊은이들 모두 대학교에 진학하다 보니, 산업현장에 투입될 사람이 없다. 아무리 찾아도 내국인을 채용하기가 어렵다고 한다. 지역이 시 외곽지역인 경우에는 더욱 심하다. 대부분이 외국인 근로자로 현장작업자가 구성되는 이유가 그 때문이다. 그런데도 법에는 내국인의 일자리 확보를 위해서 외국 근로자를 일정비율 이상 채용하지 못하게 되어 있다. 그럼 어쩌란 말인가? 내국인들은 취업 나올 사람이 없고, 외국 근로자도 더 못쓰게 하면 기계를 세워두어야 하는 것인가? 하는 딜레마에 빠진다. 하는 수 없이 불법 체류자를 채용해서 일을 시키다가 단속에 걸려서 불법 체류자는 물론이거니와 회사도 벌금을 물어야 하는 경우가 생긴다. 이러한 미스매치를 없애기 위해서 내놓은 정책이 평생학습단과 대학이다. 일자리 없다고 아우성칠 것이 아니라, 특성화 고등학교를 거쳐서 선취업하여 일정 기간을 근무하면, 대학교진학을 희망하는 사람에게 학습의 기회를 제공해 주는 제도이다. 그런데 왜 이렇게 좋은 제도를 학위장사라고 매도하는지 이해가 되지 않는다. 학위증 있다고 무슨 혜택이 있기에 학위를 돈으로 산다는 말인지 그 사람들에게 묻고 싶다. 어려워서 바로 진학하지 못한 학생들에게 작은 배려도 없고, 상처만 주는 말이다. 국가 전체의 고용 문제와 취업 문제를 해결에는 아무런 관심이 없다. 취직되지 않는다고 정부에 책임을 떠넘기는 사람들의 형태이다, 평생교육단과대학이 성공여부를 떠나서 평생교육은 없어질 수 없다. 닥쳐올 100세 시대 120세 시대를 살아가기 위해서 학습을 손에서 놓을 수 없다. 4차 산업혁명의 시대를 살아가기 위해서는 그냥 손 놓고 쳐다만 볼 수 있는 것이 아니다.

공부에는 끝이 없다는 말이 실감 난다. 세상이 워낙 빠르게 변화다 보니 그냥 가만히 있을 수 없다. 그런 시대를 우리들은 살아가고 있기에 학습은 끝이 없다고 한다. AI가 어떻게 삶을 변화시킬지 모르기에 불안감은 더 심하다. 4차 산업혁명에 대해 듣고, 교육은 받았는데, 정작 일이 어떻게 된다는 것에는 아무도 확실한 답을 내놓지 못한다. 어떻게 변화할지를 알 수 없기에 더 학습하고 준비를 해야 할 것들이 많아진다.

구글의 다양한 서비스에 '머신러닝(machine leaning)'을 접목한 '인공지능 퍼스트(AI First)'라는 것이 있다. 머신러닝을 활용해 기존의 구글 서비스와는 완전히 다른 기술을 만들어낸다는 것이다. '머신러닝'은 말 그대로 기계학습이다. 컴퓨터가 스스로 주어진 데이터를 반복적으로 학습해 의미를 찾아내고 미래를 예측하는 능력을 뜻한다. 입력된 정보와 경험을 통해 습득한 지식을 바탕으로 다양한 알고리즘을 형성해나가는 것이다. 이렇게 만들어진 알고리즘은 어떤 상황에서도 대응할 수 있다. 세간의 화제가 되었던 바둑 인공지능 프로그램 알파고 또한 머신러닝을 빼놓고 말할 수 없다. 알파고는 머신러닝을 이용하여 나올 수 있는 모든 경우의 수를 계산한 끝에 결국 이긴 것이다. 이렇듯 인공지능의 기계마저도 학습을 하는 시대이다. 하물며 사람의 평생학습은 필연이다. 인공지능의 AI에 지배당하지 않기 위해서 하지 않을 수 없거니와, 미래를 예측하고 읽어내어 성공의 길로 가기 위해서 꼭 필요한 것이다. 평생학습 할 수 있도록 무장을 해야 한다. 책을 손에서 놓지 말고 학습하고, 또 쓰는 일을 지속하여야 한다.

평생학습의 브레인 파워 도구를 강화하기 위한 전략을 「위너브레인」에서는 다음과 같이 여덟 개의 범주로 나눈다.

첫 번째, 자아 인식이다. 올바른 자아 인식은 당신의 인간관계, 일,

일상생활이 더욱 효율적으로 이루어지게 해줄 것이다. 당신이 위너의 뇌를 지닌 경지에 이르렀을 때, 당신은 자신과 세계가 맺고 있는 상호관계가 어떤지 인식하게 될 것이다. 어떤 사람들은 자아 인식을 의식적으로 개발할 수 있다는 것에 놀랄 것이다.

두 번째, 동기부여이다. 어쩌면 동기는 번개처럼 한순간에 강력한 영향을 주는 것처럼 보일지 모른다. 그러나 일련의 연구에서는 동기가 전류와 같은 상태로 당신의 마음속에 흘러 다닐 수 있다는 가능성을 제시한다. 내면에 늘 흘러넘치는 동기 덕분에 그들은 동기를 촉진하는 외부 자극이 거의 없을 때도 어려움을 잘 헤쳐 나간다.

세 번째, 주의집중이다. 이메일! 문자 메시지! 뇌는 우리의 주의를 흩트려 놓는 혼잡하고 산만한 요인들에 항상 둘러싸여 있다. 스트레스 요인과 산만 요인이 넘쳐날 때도 위너의 뇌는 그 순간의 과제와 활동에 집중한다. 그들은 상황에 따라 그들의 집중 수준을 주의 깊게 조정하고 해당 과제에 적합한 최선의 집중력을 발휘한다.

네 번째, 정서조절이다. 어떤 사람들은 '정서(감정)'라는 단어를 피해야 할 무엇이거나 약점인 것처럼 부정적 의미로 이해한다. 그러나 사실 정서 반응은 우리가 의사를 결정하고 행동할 때 강력한 영향을 주는 원천이다. 정서 조절이 이루어질 경우, 우리는 감정에 휩쓸리지 않고 정서를 유리하게 유지하고 활용할 수 있다.

다섯 번째, 기억력이다. 위너는 오래전의 일요일에 있었던 저녁 식사를 회상할 때에만 기억을 활용하지 않는다. 오히려 미래를 예측하고 새로운 상황에 대처하는 최선의 방식을 찾기 위해 기억을 활용한다. 그때야 말로 기억을 가장 생산적이고 유용하게 활용하는 것이다. 위너의 뇌를 가진 이들은 새로운 상황을 예측하고 이해하는 데 유익한 정보를 찾기 위해 자신의 마음을 신속히 스캔한다.

여섯 번째, 회복력이다. 과거의 실패가 미래의 결과로 직결되는 것은 흔히들 하는 오해이다. 오히려 위너는 실패의 중요성을 이해하고 수용한다. 간단히 말해, 그들은 실패를 다시 한번 더 일어날 기회로 여긴다.

일곱 번째, 적응력이다. 뇌는 놀라울 정도로 유연하고 탄력적이다. 위너들은 이런 사실을 수용한다. 그들은 무슨 일이 있든 뇌가 꾸준히 변하며, 그들이 뇌를 어떻게 사용하느냐에 따라 뇌의 모양이 달라진다는 사실을 잘 활용한다. 이러한 적응력은 뇌의 모든 영역에서 일어난다.

여덟 번째, 뇌 관리 이다. 위너들은 뇌를 잘 관리한다. 복근이나 흉근을 관리하는 것처럼 그들은 양질의 음식을 먹고 충분한 수면을 취하며 운동한다. 다른 모든 신체 부위와 마찬가지로, 당신이 뇌를 어떻게 다루느냐에 따라 뇌의 작용방식은 달라질 것이다.

4차 산업혁명이 유행어처럼 사람들의 관심이 높아지고 있다. 구글에서 알파고(AlphaGo)와 이세돌의 바둑 대결 한 번으로 인공지능(AI)을 전 세계에 각인시켰다. 4차 산업혁명의 한 단면을 보여주는 사건으로 우리에게 신선한 충격을 안겨 주었다. 인공지능과 로봇, 사물인터넷, 빅데이터 등을 통한 새로운 융합과 혁신이 빠르게 진행되고 있음을 보여 주는 사건이었다. 특히 인공지능은 인간의 미래에 대해 커다란 화두를 던졌다. 인공지능이 인간의 일자리를 빼앗고 기계류가 인류를 대신할 것인가 등의 현실적인 문제로 대두하였다. 인공지능이 인간의 지능을 모방하는 데 그치지 않고 인간의 지능을 초월한 초지능을 갖게 될 것인가? 갖게 될 경우 인간의 존재는 어떻게 될 것인가? 하는 근본적인 문제를 생각하게 되는 계기가 되었다. 4차 산업혁명 시대에 인간이 기계의 지배를 받게 될지도 모른다는 불안감을 느끼게 되지만, 그 기계를 지배하는 것은 그것을 만든 인간이라는 것은 변함이 없다. 기계를 지배하는 인간이 되기 위해서는 평생토록 배움을 게을리 하면 안 된다는 것을 우리는 느끼고 알아야 한다. 4차 산업혁명시대를 잘 살아가기 위한 조건으로 인공지능과 견줄만한 사회적 지능을 겸비하고 평생토록 배움을 게을리 하지 않아야 한다는 점을 우리는 명심해야 한다. 4차 산업혁명은 결국 '지능'과 '연결'을 키워드로 일어나는 새로운 산업혁명으로 아직 4차 산업혁명이 본격화되지 않았지만, 이제 그러한 길로 들어섰다는 것은 분명하다. 산업혁명의 과정에는 고통이 수반되고 시간이 필요하나 반드시 걸어가야 하는 길임은 우리는 알아야 한다. 4차 산업혁명에 잘 적응할 수 있는 것이 바로 평생토록 배움을 게을리 하지 않아야 한다는 점이다.

자신의 직관을 믿어라

우리는 가끔 결정적인 판단을 할 때, '직관
이 답이다.' 라는 말을 할 때가 있다. 직관이 답이다. 라 함은 어떤 문제
를 직면하는 순간 바로 내 마음속에 떠오르는 어떤 생각이 바로 그 문
제의 가장 적합한 답일 수 있다는 뜻이다. 오히려 고민할수록 시간을
들일수록 변수가 너무 많아져서 어려워지고 답을 내기가 어려울 때를
대비해서 하는 말이다. 흔히 '직관적' 이다. 는 표현을 많이 쓴다. 어떤
것에 대해 이것저것 생각할 필요 없이 한눈에 파악할 수 있다는 의미
인데 같은 의미로 생각하면 된다. '그 판단이 직관과 관련된 것이라면
더 그랬다.' 이 문장에서 '판단' 이 의미하는 바는 '직관적인 판단' 이
다. '이것저것 논리적으로 따지지 않고 한눈에 내린 판단' 정도로 생
각하면 된다. 전체적인 문단을 간추리면, "논리적인 추론의 결과 없이

한눈에 내린 판단은 판단의 과정을 객관적으로 풀어쓸 수 없으니 믿을 수 없다."로 표현할 수 있는 것이 직관이다. 직관의 사전적인 의미는 다음과 같다. 직관(直觀)은 감성적인 지각처럼 대상의 전체를 직접 파악하는 것을 말한다. 대체로는 사유(思惟)를 수단으로 하여 성립하는 간접적인 이성(理性)적 인식과 구별되며, 때로는 대립하고 있다. 그러나 판단 및 개념을 사용하지 않는 절대적 직관은 없다. 비합리적인 철학에서는 논증이나 매개 없이 사물의 본질을 바로 포착할 수 있다고 한다. 그러면 직관은 하늘에서 계시를 줘서 알게 되는 것일까? 신이 알려주는 주술 같은 것일까? 아니다. 어떤 문제를 고민하다가 갑자기 직관적으로 생각나는 것을 직관이라고 하는데, 이는 언제인지는 몰라도 자신이 경험했던 것에서 나온다고 보는 것이 맞을 것이다. 우리가 언젠가 경험했던 것이 의식의 뇌에서 무의식의 뇌로 옮겨져 보관되고 있던 것이 어떤 일이 생겼을 때 인식하지 않는 상황에서 툭 튀어 나오는 것을 흔히 직관이라고 부른다. 그러기에 직관이라고 해서 하늘에서 떨어지는 거처럼, 계시를 받는 것 같은 것이 아니라는 것이다. 언제인지는 몰라도 자신이 경험했던 것이 무의식에서 튀어 나온 것이다. 그러기에 직관을 믿어라! 고 하는 말이 나온 배경이 된다.

우리는 자신의 직관과 감을 신뢰하여야 한다. 그렇다고 맹목적으로 감에 의존하라는 것은 아니다. CEO들이 직관적인 의사결정에만 의존하는 것은 결코 아니다. 그들은 자신의 결정에 대한 객관적인 근거를 찾아내기 위해서 혹은 부하직원들에게 자신의 결정에 대한 신뢰감을 심어주기 위해 객관적인 근거를 찾기 위한 시도 또한 계속한다. 이때 즐겨 사용하는 대안이 바로 설문조사다. 다양한 설문조사를 통해서 의사결정 내용의 옳고 그름을 판단하거나 의사결정을 수립하는 행위가 여기에 해당한다. 하지만 설문조사는 의사결정에 필요한 과학적이며 객관적인 근거를 제공해주는 수단일 수 있지만, 설문조사로 인해 잘못된 의사결정이 유도되기도 한다는 점을 기억해야 한다. 직관이란 자신의 마음에서 들려오는 소리이다. 오직 용기와 신념을 가지고 자신의 직관을 믿어라. 직관을 믿고서 판단하고 결정하라. 세계적으로 유명한 과학적 발명품이 직관에서 나왔다는 것을 우리는 책을 통해서 배웠다. 직관을 믿고, 노력으로 가능하다는 것이 증명된 것이다. 절대로 직관은 벼락치기로 오는 것은 아니다. 직관에 귀를 기울이면서 의식하고 생활하면 기회의 문이 열리는 것을 알 수 있다. 직관을 믿어라! 는 것에는 중요한 의미가 담겨 있다. 내가 알아야 할 것의 모든 해답은 내 안에 있다는 것을 알아야 한다. 내 안의 지혜가 열릴 때 직관의 형태로 나타난다. 직관에 귀 기울일 때 내 안에 있는 해답이 인생의 길을 인도해준다. 내가 세상을 살아가는데 필요한 것은 모두 내 안에 있고, 직관을 통해서 길을 가르쳐 준다. 무엇인가를 믿고 열심히 하면 직관이 뚫린다. 오랫동안 사업을 하는 사람은 사업에 대한 직관이, 오랫동안 예술을 한 사람은 예술에 대한 직관을 갖고 있다. 우리의 내면에 모든 해답을 갖고 있기 때문이다. 직관을 믿고 따라가면 원하는 바를 성취하게 된다.

　우리는 자신이 하려는 일이 크든 작든 할 수 있다는 신념이 없으면 아무것도 할 수 없다. 신념에는 위대한 힘이 있다. 신념은 우리가 가고자 하는 방향으로 달릴 수 있도록 도와주는 역할을 한다. 다시 말해 인생의 원동력이라고 할 수 있다. 직관을 믿어라. 인물이나 상황에 대해 그것이 중요하든 그렇지 않든 자신이 직관적으로 느낀 것을 결코 무시해선 안 된다는 것이다. 우리는 혹시 '왜 갑자기 그 사람이 만나고 싶을까' '이 이야기는 전혀 감동을 주지 않아' '이 사람은 왠지 어디서 본 사람 같아' 와 같은 감정을 느낀 적이 있는가? 그런 자신의 직관을 무시하지 말자는 것이다. 마음이 진정 무엇을 느끼고 있는지에 주의를 기울여야 한다. 아무것도 느낄 수 없다면 느낄 때까지 결단을 미루는 것이 좋다. 기다리다 보면 뭔가 느낄 수 있다. 그 감각이 당신의 진정한 직관이다. 내면에 조용히 귀를 기울이면 자신이 무엇을 원하는지, 무엇을 해야 하고 무엇을 하지 말아야 하는지, 어디에 가고 싶은지, 왜 그렇게 하고 싶은지, 언제 시작해야 할지, 어떻게 일을 진행할지에 대해서 많은 것을 알 수 있다. 마음의 목소리를 따라가 보아야 한다. 이 세상에 자기 자신만큼 본인을 잘 아는 이는 없다. 언제나 내면의 목소리에 귀를 기울이는 습관을 갖도록 해야 한다. 그러기에 자신의 경험을 신뢰해야 한다. 자신이 의지할 다양한 지식과 경험을 가지는 대부분의 경우에 당신의 직관을 믿어라. 왜냐하면, 사람들은 그들이 가장 잘 알고 있는 것에 대해 최상의 직관을 가지기 때문이다.

어떤 일을 결정하고 나서 시간이 좀 지난 후에, "에이, 그 일을 했어야 했는데~ " 하고 말한 적이 몇 번이나 있는가? 직감적으로 해야 한다고 느끼면서도 그렇게 하지 않는 경우가 자주 있는가? 직관을 믿는다는 것은 무엇을 해야 하고, 어떤 행동을 취해야 하며, 지금 자신의 인생에 어떤 변화가 필요하다는 사실을 누구보다 잘 알고 있는, 우리 내면의 목소리가 들려주는 말에 귀를 기울인다는 것을 의미한다. 사람들은 대개 어떤 일을 이것저것 완전히 따져 보지 않고서는 그것을 잘 알 수 없으리라는 두려움 때문에, 혹은 해답이 너무도 명백할 것이라는 두려움 때문에 자신의 직관적인 마음에 귀를 기울이지 않는다.

사람들은 "그 생각이 맞을 리가 없어" 혹은 "그것을 제대로 해낼 리가 없어"라고 말하곤 한다. 그리고 생각의 가지가 이런 방향으로 뻗어 나가는 대로 따라다니다가 서둘러 결론짓고 나서, 자신이 그 상황에서 벗어났다고 생각한다. 그리고서는 자신의 한계를 따지게 되는데, 그럴 경우 실제로 그것이 자신의 한계가 되고 만다. 자신의 직관이 틀릴지도 모른다는 두려움에서 벗어나 그것을 신뢰하는 법을 배울 수만 있다면 당신의 인생에 마술과 같은 모험이 시작된다. 자신의 직관을 믿음으로써, 기쁨과 지혜에 이르는 길을 가로막고 있는 장벽을 없앨 수 있다. 또한, 이것은 지혜와 축복이 넘치는 세상을 향해 자신의 마음과 눈을 여는 방법이기도 하다. 자신의 직관을 신뢰하는 일에 익숙하지 않은 사람이라면, 잠시 짬을 내서 마음을 비운 후 내부의 목소리에 귀를 기울이는 일부터 시작하라. 습관적으로 떠오르는 자기 파괴적인 생각은 모두 무시하고, 서서히 떠오르는 조용한 생각들에 집중해 보라. 마음속에서 사랑으로 충만한 놀라운 생각들이 하나둘씩 떠오르기 시작하면, 그것을 적은 후 행동에 옮겨라. 가령, 사랑하는 누군가에게 편지를 쓰거나 전화하라는 메시지를 받을 경우 그렇게 해보라. 그리고 자신의 직관적인 마음이, 좀 더 속도를 줄이고 느긋해질 필요가 있다고 말한다면 그렇게 되도록 노력하라. 조심해야 할 습관에 대한 생각이 떠오르는가? 그렇다면 마찬가지로 그것에 주의를 기울여야 직관이 들려주는 메시지에 따라 행동하는 사람의 삶은 낙관과 사랑으로 충만해진다. 오늘부터라도 자신의 직관을 신뢰하기 시작하라. 그러면 삶에서 전혀 다른 새로운 세계를 발견하게 될 것이다. 라고 리처드 칼슨은 말했다.

우리 인간은 본능적으로 많은 것을 내면에 갖고 있다. 그동안 지내온 세월과 경험 덕분에 좋아하는 것과 싫어하는 것을 알게 되었고 무엇이 진실이고 무엇이 진실이 아닌지도 축적된 경험으로 알고 있다. 우리는 자신의 직관을 믿어야 한다. 물론 직관에 충실하더라도 실수할 때도 있다. 그러나 이런 실수가 쌓이면 경험이 되고, 직관이 더 깊어지며 다음에는 더 나은 선택을 할 수 있게 되는 것이다. 오늘도 나 자신의 감정에 충실하게 생활하려고 노력한다. 그리고 긍정적인 생각이 지닌 힘은 의심할 여지가 없다. 어떤 일을 하기도 전에 미리 제대로 해내지 못할 것이라고 단정해 버리면 실제로 이루지 못한다는 것은 자명한 사실이다. 반면에 "나는 할 수 있다."라고 믿는다면 성공할 가능성은 훨씬 커지며 최소한 그만큼 더 노력할 수 있게 된다. 그런데도 우리는 반드시 잡아야 할 좋은 기회가 왔음에도 불구하고 오히려 이런저런 핑계로 포기하고 만다면 아주 슬픈 일이다. 부정적인 생각이 떠오른다면 그걸 서둘러 던져 버리고 그 자리에 긍정적인 생각을 채워 넣어야 한다. 살다 보면 자신에 대한 확신도 없고, 어떤 행동을 취해야 할지도 잘 모르는 불확실성의 순간들은 있게 마련이다. 그럴 때는 자신의 직관을 믿어라. 이때 그것이 무한 지성에서 나온 직관이든, 아니면 자신의 지식과 경험에서 나온 것이든 관계없다. 중요한 건 그것을 자신이 쓸 힘이라는 사실이다. 직관을 확실하게 인식하고 행동하기 위해선 다음의 4단계가 필요하다고 한다. 우선 자기 안에 직관이 있음을 깨달아야 한다. 그리고 직관이 어떤 느낌인지 깨달아 감정과 혼동하는 일이 없어야 한다. 감정은 동요가 심하므로 직관과 구별할 수 있다. 그 직관이 확실히 자기 안에서 생겨난 것임을 인정해야 한다. 다른 사람의 영향을 받은 것이 아니라 바로 자기 자신의 감각임을 인정해야 한다. 자신의 직관을 믿는다. 그리고 행동으로 옮긴다. 우리는 모든 순간에 자신의 직관에 귀를 기울이려고 노력한다. 지금 어떤 느낌이 드느냐고 귀를 기울인다. 어떻게 하고 싶은가. 직관이 내게 전하고자 하는 것은 무엇인가. 이렇듯 직관이 이끄는 대로 끈기 있게 인내하면서 인생을 살아가면 전보다 많은 성과를 얻을 수 있게 될 것이다.

성공할 수 있다고 믿어라

성공한 많은 위대한 업적은 밤새 이루어지
지는 않는다. 우연히 이루어진 것처럼 보이지만, 잘못된 시작으로 많
은 어려움을 겪기도 하고, 수많은 고통을 이겨내면서 이루어진다. 처
음부터 큰 성공으로 이루어지는 경우는 많지 않으며, 작은 성공들이
모여서 때가 되면 큰 성공으로 만들어진다. 성공으로 만들어 내기 위
해서는 자신이 성공할 수 있다고 믿어야 한다. 성공할 수 있다는 신념
을 가져야 한다. 반드시 성공할 수 있다는 신념이 필요하다. 성공이란
괴로움이나 두려움, 고통, 실패로부터의 자유로움을 의미한다. 성공은
자신의 자존감을 높여주고 끊임없이 많은 행복과 만족을 가져다준다.
인간은 누구나 성공을 원한다. 남에게 뒤떨어지고 싶은 사람은 아무도
없을 것이다. 신념은 무엇을 하는데 필요한 힘이라고 할 수 있다. 일

하는데 원동력을 제공해준다. 성공할 수 있다고 믿으면 저절로 성공의 방법을 알려 준다. 하지만 주위의 실패한 사람들을 지켜보면 성공하리라는 신념이 부족하다. '해보기는 하겠지만 잘되지 않을 것 같다' 라는 태도를 가진 사람은 실패를 낳을 수밖에 없다. 믿지 않는다는 것은 부정의 힘이다. 믿지 않거나 의심할 때 마음은 불신의 원인을 만들어 낸다. 의심과 불신, 실패할 것이라는 잠재의식이 실패의 실마리가 된다. 의심하면 실패하게 되므로 난 성공할 것이라는 믿음을 가져야 한다. 성공의 배후에는 성공에 대한 신념이 있기에 가능하다. 그러기에 꿈을 버려서는 안 된다. 꿈을 간절히 원하고 실행에 옮기고, 열심히 성공을 믿고 하다 보면 예상보다 빨리 성공을 하게 된다. 성공한 사람들의 놀랄 만큼 탁월한 성공을 거둔 것에 또 다른 공통점이 있다. 그것은 바로 힘이다. 진정한 힘은 이 세상에서 변하지 않는 것임을 알아야 한다. 우리는 자신의 눈으로 세상을 보기도 하지만, 다른 사람의 눈을 빌려 세상을 보기도 한다. 우리는 자신이 원하는 대로 행동하기도 하고, 다른 사람의 뜻에 따라 행동하기도 한다. 내가 생각하는 궁극적인 힘이란, 내가 간절히 원하는 결과를 만들어 내면서 또한 다른 사람의 가치까지 창출해 낼 수 있는 능력이다. 진정한 힘은 함께 나누는 것이지 강요하는 것이 아니다. 힘은 나 자신이 결과를 정확히 만들어 내는 능력이다. 그러기에 우리는 자신의 힘을 믿어야 하고, 그 힘을 통해서 성공할 수 있음을 믿어야 한다.

우리는 살아오면서 자신만의 신념을 가지고 산다. 살아오면서 신념이 얼마나 중요한 것인지 들어보았을 것이다. 어떤 사람은 물질에 최상의 가치를 부여하며 살아가고, 신념 따위에는 그다지 신경을 쓰지 않는 것처럼 하는 경우도 있다. 그럼에도 불구하고 신념은 분명히 현실에서 작동하고 있다. 그것을 믿거나 믿지 않거나 간에 말이다. 작은 구름이 심한 바람에 빨리 소멸하여 사라져 없어질지도 모른다. 하지만 처음엔 작은 구름과 같던 생각에 계속해서 무언가 에너지를 덧붙이고 또 덧붙여 보자. 게다가 엄청난 압력을 가하여 밀도를 높이고 압축한다고 상상해 보자. 이것은 마치 우주에 블랙홀이 생성되는 원리와도 비슷하다. 처음에는 그저 구름과 같이 훅~ 불어버리면 날아 가버릴지도 모르는 생각에 지나지 않던 것이, 점점 더 큰 에너지와 압력을 받아들여 몹시 단단하게 되어 다른 것을 끌어당기는 신념이 된다. 자신의 신념이란 본래 자신이 창조한 것이다. 목수가 의자를 만들었다면 목수는 의자의 창조자인 것과 마찬가지로 우리는 자신이 가진 신념의 창조자인 셈이다. 우리가 경험하는 모든 현실이 신념이라는 벽돌들을 토대로 이루어져 있다는 사실을 반드시 알아야만 한다. 왜냐하면, 그것이 결국 현실을 창조한 것은 바로 우리 자신이라는 사실을 깨닫게 되는 것이다. 우리의 실체는 우리 자신이 창조한 것이다. 우리가 긍정적인 내적 표상과 신념을 가졌다면 그것은 자신이 그렇게 만들었기 때문이다. 우리가 만약 부정적인 면을 가졌다면 그것도 자신이 만든 것이다.

사람들은 자신이 믿는 대로 행동한다. 그리고 사람들은 성공한 사람이 되고자 한다. 사람들은 나름대로 성공한 사람이라는 이미지를 가지고 그런 사람들이 되려고 노력한다. 그러기 위해서는 기본인 자신 신념의 강화에서부터 출발해야 한다. 자신 스스로 강한 신념을 심으며 강한 목적의식을 끌어내고, 그런 신념과 목적의식은 자신의 생활을 절제하고 스스로 제어할 수 있도록 만든다. 이런 절제된 생활은 효율성을 증대시키고 자신이 이루고자 하는 목표를 얻어내는데 더욱 도움이 된다. 그리고 매일매일 스스로에 대한 성찰과 반성을 하면서 강한 의지를 불어 넣는다면, 성공의 지름길로 갈 수 있다.

생각과 사리판단은 스스로 가장 믿는 것을 바탕으로 하게 된다. 스스로 절대적인 믿음인 사고의 틀에서 하는 것이다. 이 신념이라는 것은 사고의 근본이고, 영혼과 사상의 근본이다. 건물에서 중심 기둥이 중요하듯이 신념이란 사고의 기둥이다. 신념의 약화는 내 정신체계의 약화를 불러온다. 반면에 강한 신념은 나에게 강한 정신체계를 끌어내며 강한 의지를 불어 넣도록 작용한다. 성공하는 사람들은 돈을 많이 벌고 명예를 얻는 것에 국한된 것이 아니다. 인생에 있어서 스스로 만족할 수 있고, 자신에게 정직하며 떳떳할 수 있는, 그런 사람들을 가리키는 말이다. 그런 사람 중에는 사회적인 부와 명예를 얻게 되는 사람들이 많다. 부와 명예는 절제된 생활과 뛰어난 판단력, 강한 리더십을 갖추고 있으면 충분히 따라올 수 있기 때문이다. 그러기에 우리는 성공할 수 있다는 믿음을 가져야 하고, 성공하기 위해서 내적인 튼튼한 신념이 바탕이 되어야 한다.

신념이란 무엇일까? 그것은 일관된 방법으로 자신과 대화를 나누기 위해 미리 만들어 놓은 내적 커뮤니케이션의 방식이다. 그러면 신념은 어디서 생기는 것일까? 왜 우리는 성공할 수 있다는 신념은 갖고 있는데, 어떤 사람은 성공할 수 없다는 신념을 갖고 있을까? 탁월성을 불러일으키는 신념을 본받으려면 우선 신념이 어디서 생기는 것인지를 알아야 한다. 첫 번째, 신념의 원천은 주위 환경이다. 주위 환경은 성공이 성공을 낳고, 실패가 실패를 낳게 하는 순환 고리를 만드는 냉혹한 현실이다. 빈민가 생활이 정말 무서운 것은 매일매일 겪는 좌절과 약탈 때문이 아니다. 그것은 극복할 수 있다. 진짜 악몽은 환경이 신념과 꿈에 영향을 미친다는 것이다. 두 번째, 신념을 형성하는 요인은 크고 작은 경험들이다. 누구에게나 평생 잊지 못할 여러 가지 사건이 있다. 누구에게나 평생 잊지 못할 경험, 즉 너무 충격적이어서 영원히 머릿속에 박혀 버린 사건들이 있다. 이러한 것들이 우리 인생을 변화시키는 역할을 하는 신념을 형성하는 경험이다. 세 번째, 신념은 지식을 통해서 형성된다. 지식은 직접적인 경험을 통해서, 또는 독서나 영화처럼 세상을 다른 사람의 눈을 통해 보는 것에서 얻을 수 있다. 지식은 환경이라는 족쇄를 깨뜨리는 좋은 방법이다. 세상이 아무리 힘들더라도 다른 사람의 업적에 대해 읽을 수만 있다면 자신도 성공할 수 있다는 신념을 가질 수 있다. 네 번째, 신념은 과거의 결과를 통해서 형성된다. 할 수 있다는 신념을 만드는 가장 확실한 방법은 그것을 한번 실행해보는 것이다. 한 번이라도 성공하면 다음에 또 성공할 수 있다는 신념을 갖기는 훨씬 쉽다. 마감일을 맞추기 위해 나는 이 책의 초고를 마무리해야만 책이 출간되기에 주어진 일정 내에 마무리해야 했다. 처음에는 자신이 없었다. 한 권을 출간하고 나서 해낼 수 있다는 자신이 생겼다. 그리고 한번 성공하면 다음에도 또 성공할 수 있다는 것을 다시 한번 경험하게 되었다. 다섯 번째, 미래를 머릿속에서 현실처럼 경험하면 신념이 형성된다. 과거의 경험이 내적 표상을 바꾸어 신념을 갖게 하는 것처럼, 미래에 원하는 일이 어떻게 이루어질지 상상하는 것도 같은 효과를 낸다. 이것을 '결과 선행 체험'이라고 부른다. 강력하고 효과적으로 주변 상황의 도움을 받을 수 없다면, 우리가 바라는 성공을 머릿속에서 가상 체험으로 경험하라. 그렇게 하면 우리의 내적 상태, 신념 그리고 행동이 바뀌게 된다. 고 앤서니 라빈스는 「거인의 힘 무한능력」에 쓰고 있다.

위대한 업적을 남긴 성공한 사람들은 탁월함을 가진 사람들이다. 탁월함을 가진 사람은 꾸준히 성공의 길을 걷는다. 그들은 꾸준하게 성공의 길을 걷는데, 성공의 공식을 따라서 한다는 것을 알 수가 있다. 이 공식은 첫 번째, 자신의 목표를 아는 것이다. 다시 말해서 자신이 무엇을 원하는지 정확하게 정의를 내려야 한다. 명확하게 원하는 것을 그려야 한다. 두 번째, 행동으로 옮기는 것이다. 명확하게 원하는 것이 있더라도 행동이 따르지 않으면 우리의 소망은 한낱 꿈일 수밖에 없다. 원하는 결과에 도달하도록 행동을 해야 한다. 행동에 옮긴다고 무조건 성공하는 것은 아니다. 그러기에 세 번째, 자신이 취한 행동이 어떤 반응과 결과를 나타내고 있는지 알아낼 수 있는 민감한 감각을 키워야 한다. 지금 실행하고 있는 것이 목표에 가까이 접근해 가고 있는지, 아니면 멀어지고 있는지를 빨리 파악해야 한다. 그렇게 해야만 방향을 조정할 수 있기 때문이다. 네 번째, 원하는 것을 얻을 때까지 계속 전략을 바꿔 갈 수 있는 유연성을 계발하는 것이다. 무식하게 한길만 고집스럽게 가는 것은 아닐 수 있다. 목표를 향해 최선을 다하되, 안 될 때는 다른 방법을 써 보는 유연성이 필요하다. 성공한 사람들을 잘 살펴보면 이 네 가지 단계를 밟는다는 사실을 알 수 있다. 우리도 성공할 수 있다고 믿으며, 성공하는 그때까지 끈기 있게 참고, 인내하며 의지를 굽히지 말아야 한다.

인내와 끈기를 가져라

성공하는 사람들은 미래에 대한 긍정적인 목표를 명확하게 세운다. 목표를 세우고 나면 어떤 고통과 어려움이 닥치더라도 밀고 나간다. 언젠가 에는 실현될 것이라는 신념을 버리지 않는다. 성공한 사람들은 예외 없이 뚜렷한 목표를 세우고 나면, 어떠한 어려움과 좌절이 있어도 뛰어넘어 목표를 향해 인내와 끈기로 분투했던 사람들이다. 우리가 힘들다고 말하는 대부분의 일은 정말 못하는 것이 아니라 안 하니까 못하는 것으로 생각한다. 성공한 사람들은 일단 목표를 결정하면 일을 끝장 보는 습관을 갖고 있다. 누구든지 노력을 기울이지 않고서는 성공하기 힘들다. 보통 사람들은 '꿈'을 가지고 있다고 한다. 그 꿈은 노력하지 않으면 꿈은 아무리 세월이 흘러도 단지 꿈으로만 남을 뿐이다. 인내와 끈기로 끊임없이 자신을 채찍질하지 않으면 달성할 수 없다. 끈기와 인내가 없는 사람은 꿈을 이루겠다는 욕심을 버려야 한다. 성공한 사람들을 그들에게는 한 가지 공통점이 있다. 그것은 바로 끊임없는 동기부여와 삶에 대한 투지와 집념을 불사른다는 점이다. 열정적인 행동 없이 앉아서 구상만 하는 사람은 도둑심보를 가진 사람이다. 노력 없이 그저 얻겠다는 것이 정당한 생각은 아니기 때문이다. 성공으로 가는 길도 결국은 좋은 방법을 습관화해서 매일 한 걸음씩 전진하는 것이다. 성공하는 사람은 끊임없이 열정을 일깨우고 모든 일이 순조롭게 돌아가고 잘될 때도 더욱 노력한다. 또한 순간순간에 강한 집중력을 보이며 한 번 결심하면 끝까지 밀고 나간다. 성공을 쟁취하기 위해 자신이 세운 목표에 두려움 없이 도전하고 전력투구하는 습관을 지닌 사람이다. 이러한 사람이 성공할 가능성이 매우 높다. 성공과 실패의 갈림길을 결정짓는 것은 바로 끈기가 있느냐 없느냐의 차이다. 성공하는 사람들은 어려운 문제를 만나도 될 방법을 모색하면서 끈기 있게 파고들며 해결해 나간다. 인내심만 키운다면 세상에 얻지 못할 게 없다. 크게 성공하는 사람들은 가능한 목표에다 플러스알파의 목표를 더한 원대한 꿈을 갖고 한계를 의식하지 않고, 인내와 끈기로 목표를 향해 매진한다. 세상에서 중요한 일들은 이루어지기가 어렵게 보이는 경우가 많다. 그러나 이런 일도 끝까지 노력을 기울이는 사람들에 의해 세상의 중요한 일들은 이루어져 왔다. 매사에 집요하고 끈질긴 성격은 성공의 보증수표다. 권력과 돈은 인내심이 강하고 집념이 있는 사람을 좋아한다. 진정 흥미 있는 도전은 최고가 되기 위해 스스로 동기부여하고, 인내와 끈기를 갖고 최선을 다하는 것이다.

1만 시간의 법칙이란 용어가 유행한 적이 있다. 말콤 글래드웰이라가 쓴 「아웃라이어」라는 책에 나오는 말이다. 어떤 분야에서 성공하려면 1만 시간을 투자해야 한다는 것이 주 내용이다. 말콤은 역사학자이자 경영사상가이다. 그는 월스트리트저널에서 선정한 세계에서 가장 영향력 있는 경영사상가 10명 중 한 명이니 성공을 꿈꾸는 사람이라면 말콤의 주장을 콧등으로 듣고 넘길 수는 없을 것이다. 하지만 요즘 들어 1만 시간의 법칙은 설득력을 잃어가고 있다. 오늘날은 노력해서 성공할 수 있는 시대가 아니라는 것이다. 모두가 부러워하는 대학이나 회사에 들어가려면 출신 배경이 좋아야 가능하다고 믿는다. 금수저, 흙수저라는 용어가 등장한 것이 그 풍토를 말해주는 것 같다. 노력한다고 해서 누구나 성공할 수 있는 시대는 더 이상 존재하지 않는다고 말한다. 그것은 그렇지 않은데 피해의식에서 나온 것 같다. 아니면 탓을 남에게 돌리는 못된 습성의 발동일 수도 있다. 모든 일은 나를 중심으로 돌아간다. 잘되고 못 되는 것도 내 책임이지 그 누구의 탓도 아니다. 결국, 행위의 결과를 내가 아닌 타인으로 돌린다면, 나는 그 환경에 예속되고, 통제받을 수밖에 없음을 알지 못해서 그렇다. 그럼에도 우리가 한 분야에서 정통하기 위해서는 적어도 3년이란 시간을 보내야 한다는 것은 부인할 수 없는 일이다. 적어도 그 시간만큼을 인내와 끈기를 갖고 밀고 나가야 능숙해 질 수 있다는 것이다. 요즘 사람들의 가장 큰 약점이 인내와 끈기가 없는 것일 거다. 무엇을 해도 끝까지 못하고 중간에 포기하고 마는 것이 너무 많다. 만약 누군가 한 가지 분야를 일 년 동안 한다면 어떨까? 혹은 삼 년을 한다면? 그런 사람이 못 이루는 것이 있을까? 그렇게 한다면 부정적인 감정을 정화하지 않아도 이루어질 것이다. 자신의 소원이라면 그 정도 할 만하지 않을까? 인내와 끈기로 어떤 것이든 일 년을 하면 그것이 '나의 것'이 되고 삼 년을 한다면 '내'가 된다. 누군가 나에게 성공하는 비법을 알려 달라고 한다면 매일 그 일을 빠짐없이 하면서 삼 년을 버티면 된다고 말할 것이다

우리가 성공하려면 스스로 가장 중요한 것은 꾸준하게 실행하는 것이다. 성공은 어쩌다 한번 하는 행동으로 이루어지지 않는다. 꾸준하게 지속해서 이루어지는 행동의 결과 있어야 성공이 따라서 온다. 우리가 성공의 감격을 맛보거나 험한 시련을 맞게 되는 것도 우리 스스로가 내리는 크고 작은 결단에서 비롯된다. 우리의 운명이 결정되는 것은 결단하는 순간이라고 믿는다. 지금 내리고 있는 결단이 우리의 미래를 결정할 뿐 아니라 현재의 감정 상태도 결정하게 된다. 무엇보

다도 자기 운명을 결정하는 것은 환경조건이 아니라 자신의 결단이라고 믿는다. 우리는 살아가는 동안 어떤 경우에도 흔들리지 않는 기준을 정해 놓고 살 필요가 있다. 이 운명을 좌우하는 세 가지 결단은 첫번째, 초점을 어디에 맞출 것인지에 대한 결단을 해야 한다. 두 번째, 그것이 나에게 무엇을 의미하는지에 대한 결단을 해야 하고, 세 번째, 원하는 결과를 창조하기 위해 무엇을 할 것인지에 대하여 결단을 해야 한다. 이렇게 내린 결단이 원하는 것이 되고, 꿈이 되고 목표가 된다. 꿈과 목표가 결정되었다면 행동으로 옮겨야 한다. 아무리 힘든 고난과 역경이 닥치더라도 이겨내고 나가야 한다. 인내하면서 끈기 있게 목표를 향해서 정진해 나간다면 우리는 목표를 달성하게 되고, 성공의 희열을 맛볼 수 있다.

인내와 끈기는 인간의 가장 위대한 특성 중 하나이다. 중단하려는 유혹을 물리치고 계속 앞으로 나가기 위해서는 어떤 방법이 있을까? 성공의 목표를 향해 전진하다가 힘들고 지쳐서 중단하고 싶은 유혹을 물리치는 6가지 방법을 나폴레온 힐은 다음과 같이 소개하고 있다.

첫 번째, 나의 비전을 항상 새롭게 하자. 비전과 꿈을 가지고 모든 일을 시작하여야 한다. 할 수 있다는 믿음과 꿈의 실현에 대한 분명한 상을 마음속에 항상 품고 있어라. 비전과 꿈을 위해 한 발 한 발 앞으로 나아가라. 이런 발걸음이 시작될 때 비전과 꿈이 유효하고 욕구가 실현되며 목표들은 가치가 있게 된다.

두 번째, 목표에 초점을 맞추어라. 모든 개인적인 문제는 목표에 집중할 때 극복이 된다. 관리할 수 있는 크기의 목표를 1개나, 2개로 한정시키고 여기에 노력을 집중시켜라.

세 번째, 목표가 이미 달성되었다고 시각화하여라. 상상력을 활용하는 것이 의지력을 사용하는 것보다 훨씬 위력이 있다.

네 번째, 긴장을 완화하고 리듬 있게 일을 해 나가라.

다섯 번째, 성공 관련 서적들을 탐독하고 감동을 주는 강연을 수시로 듣는다. 그들이 어떻게 어려움을 관철했는지 잘 살피면서 책을 읽고 그들이 경험한 것을 모방해 보자.

여섯 번째, 하루 단위로 살도록 노력해 보자. 그러면 더욱더 현실적으로 새로운 경험을 하게 된다. 사람은 너무 멀리 보면 다른 길로 가려는 충동을 받는다. 그러나 하루하루 일을 잘 완성한다면 내일을 위한 신선한 능력을 얻을 수 있다.

당신도 노력하면 끈기 있는 사람이 될 수 있다. '끈기는 일종의 어떤 정신상태이다. 그러므로 당신이 노력해서 수련하면 얻을 수 있다.'라고 적고 있다.

성공으로 가는 유일한 길은 인내와 끈기이다. 인내와 끈기를 가지고 목표를 향해 무심하게 노력해야 한다. 그렇게 무심하게 목표를 향해 정진하게 되면 성공의 기쁨을 맛보게 된다. 등산할 때 바위 뚫고 나온 나무의 뿌리를 본 적이 있는가? 또는 깊은 계곡의 바위가 물이 흘러간 데로 홈 이난 것을 본 적이 있는가?

바위가 나무뿌리에 뚫어지고, 물의 흐름에 홈이 난 것은 나무뿌리와 물은 안 된다는 생각을 하지 않았기에 가능했다. 안 된다는 생각 없이 무심하게 흙을 찾아서 뿌리는 밀고 내려갔고, 물은 무심하게 흘러내려 갔기에 가능했다. 바위도 뚫리고 깎여 나간다. 안 된다는 생각 없이 무심하게, 그리고 인내하고 끈기 있게 지속하므로 가능해진 것이다. 만리장성도 하나의 돌을 쌓으면서 시작되었다. 천 리 길도 한걸음부터 시작해야 한다. 성공의 비결은 천부적인 재능보다 끈질긴 집념이다. 끈기와 인내가 천부적인 재능을 능가한다. 성공을 위해서 가는 길에는 끊임없이 우리의 의지와 결심을 시험받는다. 그렇기에 결심은 꾸준히 지속하여야 한다. 결심은 자신의 꿈을 이루며 사는 사람과 후회하며 사는 사람을 구분하는 척도가 된다. 결심과 결단을 통해서 확정되고 신념으로 만들어진 목표는 어떠한 고난과 역경도 이겨나간다. 이렇기 위해서 인내와 끈기는 성공의 필수요소이다. 인내와 끈기가 있어야만 성공할 수 있다. 그렇기에 인내와 끈기는 인간이 겪어야 할 최고의 가치이다. 인내와 끈기를 가진 사람은 무엇이든 다 해낼 수 있다. 안 된다는 생각 없이 무심하게 목표를 향해 나가면 성공하지 않을 수 없기 때문이다. 성공으로 가는 유일한 길은 참고 견디는 힘 "인내"이다.

"성공은 내면적 태도의 결과이다"

내면적 태도만 잘 갖추면 누구나 성공할 수 있다.
우리는 운이 있다고 느끼면서 원하는 것을 명확하게 그려야 한다.
행운은 믿고 느끼는 사람에게 찾아간다.

어떠한 일이든 힘들이지 않고 이루어지는
것은 없다. 크든 작든지 성공의 뒤에는 피와 땀이 있었다는 것을 알 수
있다. 성공한 사람을 지켜보는 입장에서는 쉽게 이룬 것으로 보일지
모르나 정작 당사자는 그렇지 않다. 성공에 이르기까지 수많은 고민을
하고, 순간순간의 의사결정에 모든 신경을 쏟아부어서 이루어진 결과
이다. 의사결정 한번 잘못하면 치명적인 위험이 되어 덮치는 경우가
허다하기에 항상 긴장을 늦추지 못한다. 매일 떠오르는 해이지만, 새
해 첫날의 해에 사람들은 의미를 부여한다. 어제 떠올랐던 해와 새해
첫날에 떠오른 해가 하나도 다른 것이 없다. 사람들 스스로가 의미를
부여하고, 새해를 맞으면서 소망하는 것을 이루겠다는 각오를 다지는
것이 해돋이이다. 그러한 해도 매일 떠오르지만, 진정 아름답게 떠오

르기 위해서는 심한 추위가 있어야 한다는 것에는 그냥 이루어지는 것이 없다는 것을 알려주는 것이라 본다. 최선을 다했는데도 원하는 성과가 나오지 않을 때는 무엇인가 다른 암시를 주는 것일 수도 있다. 어떤 암시를 나의 무의식이 나에게 전달하는지를 곰곰이 돌아볼 필요가 있다. 어쩌면 다른 방향으로 가야 한다는 암시일 수 있기에 시련이라고 생각하지 말고 그 이면을 볼 수 있는 여유가 필요하다.

성공을 위해서는 원하는 것을 명확하게 해야 한다. 명확하게 하려고 목표를 글로 옮겨야 한다. 우리의 뇌는 오랫동안 기억하지 않으려는 성향을 갖고 있기에 잊어버리기 때문이다. 그 목표를 달성하고 성공의 길로 가기 위해서는 지금 당장 행동으로 옮겨야 한다. 성공으로 가는 길은 절대 꽃길만은 아니다. 자갈밭은 그나마 좋은 길일 것이다. 가시밭길도 걸어야 하는 경우가 자주 있을 것이다. 세상의 모든 것에는 그냥 이루어지는 것이 없기에 그렇다. 공짜가 없다는 것은 우리가 다 아는 사실이다. 어떠한 고난과 어려움이 닥쳐도 달성할 수 있다는 신념을 가져야 한다. 달성하였을 때의 그 기쁨의 환호를 듣고, 열렬히 응원해주는 사람들을 보고, 몸과 마음으로 느끼면서 열정을 멈추지 말아야 한다. 그러기 위해서는 일관성 있게 인내와 끈기가 함께 해야만 무너지지 않고 계속 정진할 수 있을 것이다. 한번 넘어졌다고 모든 것이 끝나는 것이 아니다. 더 큰 성공을 위해서 거쳐야 하는 과정이라고 생각하자. 그 이면에 있을 더 큰 성공의 기쁨을 주기 위함일 것이다.

우리는 성공을 통하여 배우는 것보다 더 많은 것을 실패를 통해서 학습한다. 실패가 가치 있는 피드백을 주기에 우리는 실패에 대하여 생각하는 데 더 많은 시간을 할애한다. 우리는 처음으로 어떤 일을 할 때는 아주 단순한 일이 아니고서는 잘할 수 있는 것이 거의 없다. 잘할 수 있다 하더라도 발전시켜야 할 여지는 많이 있다. 우리는 조금씩 성공에 가까워지는 일련의 과정을 거치면서 결국에는 성공하는 학습을 하게 된다. 우리는 자신이 할 수 있는 것을 하고, 그것을 원하는 상태와 비교한다. 그리고 그 비교 결과를 피드백으로 삼아서 다시 다르게 행동한다. 그 과정에서 결국에는 현재 자신이 할 수 있는 것과 원하는 것과 차이나 격차를 줄이려고 노력하게 된다. 이렇게 우리는 서서히 자신의 목적에 접근해 나간다. 우리는 이러한 비교를 통해서 자신이 원하는 학습의 수준을 높여 가게 되는 것이다.

처음부터 모든 것을 학습해서 태어나는 사람이 없듯이 우리가 하는 일들은 실패를 통해서 학습하게 된다. 목표를 향해서 정진하는 도중에 있었던 실패한 일들을 우리는 고난과 역경이라고 말한다. 이 고난과 역경을 견뎌내면 끈기 있기 인내하면서 정진하는 것이 성공으로 가는 길이다.

세상 사람들은 근면한 사람이 성공해야 한다고 한다. 착한 사람, 정의로운 사람이 잘사는 나라가 되어야 한다고 말한다. 정말 그럴까? 그렇게만 된다면 그곳은 지상낙원이자 유토피아(utopia)일 것이다. '근면성'은 필요조건이지 충분조건은 아니기 때문이다. 열심히 살았기 때문에 결과는 하늘의 뜻에 맡긴다는 것은 속 편한 생각이다. 그렇게만 된다면 세상에는 경쟁과 다툼이 없어지고 모두가 성공하는 삶을 살 수 있을 것이다. 근면성은 최소한의 필요조건이다. 누구나 가져야 하는 덕목이라서 이마저도 없는 사람은 성공의 반열에 낄 곳이 없다. 근면함과 노력 이상의 것이 있어야 성공할 수 있다. 그것이 바로 운이다. 성공하기 위해서는 운이 있다고 믿어야 한다. 나에게 운이 온다고 믿어야 한다. 성공은 내면적 태도의 결과이다. 내면적 태도만 잘 갖추면 누구나 성공할 수 있다. 우리는 운이 있다고 느끼면서 원하는 것을 명확하게 그려야 한다. 행운은 믿고 느끼는 사람에게 찾아간다. 운이 좋다고 느끼고 원하는 것을 명확하게 알게 되면 우리가 원하는 것을 사방에서 볼 수 있게 되고, 사방에서 얻을 수 있다. 성공할 기회는 항상 존재한다. 운이 있다고 믿고, 원하는 것을 명확하게 알고 있을 때 기회가 눈에 보이고 기회를 통해서 성공하게 된다. 그 기회들을 보기 위해서는 끈기와 인내로 목표를 향해 정진해야 성공하게 된다.

성공으로 가는 유일한 길은 인내와 끈기이다. 인내와 끈기를 가지고 목표를 향해 무심하게 노력해야 한다. 그렇게 무심하게 목표를 향해 정진하게 되면 성공의 기쁨을 맛보게 된다. 등산할 때 바위 뚫고 나온 나무의 뿌리를 본 적이 있는가? 또는 깊은 계곡의 바위가 물이 흘러간 데로 홈 이난 것을 본 적이 있는가? 바위가 나무뿌리에 뚫어지고, 물의 흐름에 홈 이난 것은 나무뿌리와 물은 안 된다는 생각을 하지 않았기에 가능했다. 안 된다는 생각 없이 무심하게 흙을 찾아서 뿌리는 밀고 내려갔고, 물은 무심하게 흘러내렸기에 가능했다. 바위도 뚫리고 깎여 나간다. 안 된다는 생각 없이 무심하게, 그리고 인내하고 끈기 있게 지속하므로 가능해진 것이다. 성공의 비결은 천부적인 재능보다 끈질긴 집념이다. 끈기와 인내가 천부적인 재능을 능가한다. 성공을 위해서 가는 길에는 끊임없이 우리의 의지와 결심을 시험받는다. 결심과 결단을 통해서 확정되고 신념으로 만들어진 목표는 어떠한 고난과 역경도 이겨나갈 수 있다. 이렇기 위해서 인내와 끈기는 성공의 필수요소이다. 인내와 끈기가 있어야만 성공할 수 있다. 그렇기에 인내와 끈기는 인간이 겪어야 할 최고의 가치이다. 인내와 끈기를 가진 사람은 무엇이든 다 해낼 수 있다. 안 된다는 생각 없이 무심하게 목표를 향해 나가면 성공하지 않을 수 없기 때문이다. 성공으로 가는 유일한 길은 참고 견디는 힘 "인내"이다.

2017년 11월

저자 성남주